Schattenmann

© 2011 LEPORELLO Verlag
Richard-Wagner-Straße 15 · D-47799 Krefeld
leporellobuch@aol.com
www.leporello-verlag.de
Alle Rechte vorbehalten.
Gestaltung: WerbeAtelier Coelen
Titelfoto: Theo Windges
Druck und Bindearbeiten: Bercker, Kevelaer
ISBN 978-3-936783-44-5

Yvonne Kronberger

Schattenmann

TATORT KÖLN

Leporello Verlag

Für meine Eltern

*Was kann ich zurückgeben, als dort anzukommen,
wo ich sein soll.*

Prolog

Fritz hastete den dunklen Feldweg entlang auf den Stüttgenhof zu. Die schmalen Lederriemen seines Ranzens schnitten ihm beim Laufen schmerzhaft in die Schultern, dennoch beeilte er sich. Seine beiden Freunde warteten sicher schon auf ihn. Kurz darauf schob er sich schwer atmend durch das angelehnte Tor in die Scheune.

»Hat alles geklappt?«, fragte Hans sofort, der den Durchschlupf sorgsam hinter dem Kameraden verschloss.

»Ich war fast unten am Rhein, bis ich jemanden gefunden habe«, musste Fritz eingestehen, deshalb sei er auch so spät.

»Gustav kommt gleich, seine Mutter hat ihn noch mal ins Haus gerufen«, berichtete Hans.

»Na ich hoffe doch, er beeilt sich, sonst trinken wir das Bier vom Schwarzmarkt allein auf seinen Geburtstag. Ist ja schließlich der siebzehnte, das müssen wir feiern!«

Fritz stellte den schweren Ranzen zu seinen Füßen ab.

»Es ist ganz gut, dass Gustav nicht da ist«, begann Hans. »Du bist doch mein bester Freund?«

»Sagt jemand was anderes?«

»Nein«, beeilte sich Hans, »aber ich muss mit dir reden.«

Neugierig setzte sich Fritz auf einen Strohballen. Hans machte es so spannend, als ginge es um sein Leben.

»Wenn ich dir ein Geheimnis anvertraue – hältst du dann dicht?«

Fritz nickte.

»Schwöre auf die Uhr deines Vaters, dass du es niemandem verrätst – egal was passiert!«

Seit sein Vater in Russland gefallen war, war diese goldene Uhr Fritz' erklärtes Heiligtum. Er legte Zeige- und Mittelfinger nebeneinander auf das Uhrenglas und schaute Hans feierlich ins Gesicht. »Ich schwöre.«

»Meine Mutter«, begann Hans zögernd, und plötzlich war es totenstill in der Scheune. Nicht einmal das Rascheln der Mäuse hinter den Strohballen war zu hören. »Meine Mutter ist Halbjüdin.«

Fritz schluckte. »Warum erzählst du mir das?«

»Weil du mein bester Freund bist – und weil ich deine Hilfe brauche.«

Fritz nickte und versuchte den plötzlichen Schwindel in seinem Kopf zu ignorieren. Hans war jüdisch, wenn auch nur zu einem Viertel. Wenn das herauskam!

»Mensch, Hans«, er boxte den Freund mit der Faust gegen die Schulter, »natürlich halte ich dicht – wir sind doch Kameraden. Gustav wird bestimmt auch nichts sagen.«

»Es darf niemand außer dir wissen. Ich will nicht, dass Gustav Bescheid weiß. Nur du und ich – und wir beide schließen jetzt einen Pakt.«

Fritz nickte feierlich.

Hans fischte ein Klappmesser aus seiner Hosentasche und schob das Glas der Öllampe zurück. Dann hielt er die Klinge in die Flamme. »Gib mir deinen Arm!«

Fritz schob den Ärmel seines Hemdes nach oben, Hans tat es ihm gleich. Zuerst ritzte er mit dem Messer seinen eigenen Unterarm, dann den des Freundes. Beide pressten ihre Arme an der Stelle zusammen, an der das Blut aus den Schnittwunden hervor quoll.

»Nun sind wir wie Brüder, und Brüder verraten einander niemals.«

»Niemals«, bestätigte Fritz, und seine Augen glänzten im Schein der Öllampe.

»Hör zu, ich möchte, dass du etwas für mich aufbewahrst, damit es sicher ist, falls mir etwas passiert.«

Fritz wollte etwas sagen, aber Hans ließ ihn nicht zu Wort kommen. »In dieser Schachtel ist alles, was wir besitzen. Wir können es nicht bei uns zu Hause aufbewahren – dort würden sie natürlich zuerst alles durchsuchen und mitnehmen.«

»Aber warum ich?«

»Du bist mein bester Freund. Seit Vater im Krieg ist, sind wir ganz alleine, und ich habe Mutter versprochen, ein sicheres Versteck zu finden. Eines, das wirklich sicher ist, bis das hier alles vorbei ist.« Mit einer ausladenden Handbewegung umschrieb er das Areal der Kaserne, die am Ende des Feldweges in der Dunkelheit verborgen lag. Dann bückte er sich und zog aus einem Spalt zwischen den aufgestapelten Strohballen eine abgewetzte Tasche hervor. Ihr entnahm er eine schuhkartongroße Schachtel, die mit grobem Band umwickelt war.

Aufgeregt nahm Fritz das Kistchen entgegen. »Was ist drin?«

»Ein paar Fotos und ein bisschen Schmuck von meiner Großmutter. Es ist alles, was wir haben. Ich kann mich doch auf dich verlassen?«

Fritz schob die Schachtel in seinen Ranzen und beteuerte Hans erneut, dass er ihm vertrauen könne. Schließlich waren sie Freunde, seit sie beide zurückdenken konnten. Gerade noch rechtzeitig stellte er den Ranzen wieder auf dem Boden ab, denn in diesem Moment öffnete sich das Tor, und Gustav kam zurück in die Scheune.

Später zu Hause in seinem Kämmerchen, das gerade einmal Platz für ein Bett und einen Schrank bot, klemmte Fritz einen Stuhl unter die Türklinke. Er wollte verhindern, von seiner Mutter oder seiner Schwester überrascht zu werden. Zwar war es mitten in der Nacht und beide hatten schon fest geschlafen, als er in die Wohnung geschlichen war, aber er wollte sicher gehen. Eine Kerze spendete ihm schwaches Licht. Er zog die Schachtel aus seinem Ranzen und legte sie auf das Bett. Was mochte er da wohl vor sich haben? Hans hatte ganz schön geheimnisvoll getan. Trotzdem durfte er die Schachtel nicht einfach öffnen, schließlich gehörte sie ihm nicht. In seinem Innern kämpften zwei Stimmen gegeneinander an. Andererseits wollte er die Sachen ja nicht behalten. Er wollte nur einmal sehen, was er da für den Freund aufbewahren sollte.

Schließlich siegte seine Neugier, und Fritz zog die Schachtel zu sich heran. Die Knoten saßen ziemlich fest, aber nach einigen Versuchen ließen sie sich lockern, und er konnte das Band abstreifen. Gespannt öffnete Fritz den Deckel. Zuoberst lagen mehrere Fotografien, deren Ränder schon leicht angegilbt waren. Er legte die Aufnahmen, auf denen die Damen hochgeschlossene, lange Kleider trugen und die Männer Gehrock oder Frack, beiseite. Darunter kamen drei lederüberzogene Schatullen und ein Beutel aus Samt zum Vorschein. Er griff sich die Schatullen und öffnete eine nach der anderen. Ungeduldig nestelte er am Band des Samtsäckchens, bis die Verschnürung endlich nachgab, und er den Inhalt vor sich ausschütten konnte.

Fritz glaubte seinen Augen nicht zu trauen. Vorsichtig strich er mit den Fingern über eine Halskette aus großen, grünen Steinen, die von kleineren Glitzersteinen eingefasst waren. Daneben lagen passende Ohrklips, die genauso funkelten wie die Halskette. Fritz war sicher, dass es sich um Diamanten handelte, obwohl er noch nie in seinem Leben welche gesehen hatte. Aus der kleinsten Schatulle nahm er einen schmalen Goldring, der auch mit einem Brillanten besetzt war. Der Ring war nicht groß und ließ sich nur halb über seinen Mittelfinger streifen. Der goldene Siegelring, der ebenfalls in der Schatulle gelegen hatte, passte ihm besser. Fritz drehte die Hand mit den Ringen im Kerzenschein hin und her, dass der Stein auf dem schmalen Reif aufblitzte.

Aber das war noch längst nicht alles. Vor ihm auf der groben Wolldecke lag der Inhalt des Säckchens, fast eine ganze Hand voll Brillanten. Er zählte: fünfzehn Stück. Vorsichtig fuhr er mit dem Finger über die geschliffenen Edelsteine. Was mochte er da für einen Wert in Händen halten? Und wie kam Hans' Familie zu so einem Schatz?

Klar war, dass er die Schachtel unmöglich einfach nur in seinem Schrank verstecken konnte. Nicht auszumalen, was passieren würde, wenn seine Mutter zufällig darauf stieß. Behutsam streifte er die Ringe ab und legte sie zurück. Auch Kette und Ohrklips verstaute er wieder in ihren Schatullen. Zum Schluss ließ er die Brillanten in den Beutel gleiten und verschloss diesen mit einem festen Knoten. Die Fotografien legte er unten in die Schachtel, darüber die Schatullen und das Säckchen. Dann schloss er den Karton und wickelte das Band wieder fest darum.

Nur von der Helligkeit der Kerze geleitet, robbte Fritz über den Boden in eine Ecke der kleinen Kammer und löste die Holzleiste von der Wand. Mit dem Taschenmesser bog er das Dielenbrett nach oben und schob Hans' Schachtel vorsichtig in den kleinen Hohlraum darunter. Dann rückte er die Holzplanke wieder zurecht und drückte sie mit der flachen Hand nach unten, so dass die Nägel zurück in ihre Löcher rutschten. Abschließend befestigte er auch die Leiste wieder an der Wand.

Fritz lächelte stolz. Was für ein Abenteuer, und er steckte mittendrin! Noch in Hemd und Hose legte er sich auf sein Bett und dachte an den Schatz, der nur wenige Meter von ihm entfernt unter den Dielen ruhte. Natürlich würde er dicht halten, das war doch klar. Aber für einen kurzen Moment malte er sich aus, was er alles machen könnte, wenn die Kiste ihm gehören würde.

Eins

Es war ideal! Schon bevor er hierher gekommen war, hatte er es gewusst. Da war dieses Kribbeln auf der Haut gewesen, als der alte Mann von diesem Ort gesprochen hatte. Unbeabsichtigt, natürlich, wie hätte er auch nur eine Ahnung haben können. Aber er selbst hatte sofort gespürt, dass sich hier das Schicksal zu fügen schien – in seinem Sinne. Zufrieden umschritt er das verlassene Gebäude, es war in der Tat perfekt. Er lächelte noch einmal. Dann wandte er sich ab und lief die Straße hinunter.

Das Haus mit der Nummer fünf, ein paar hundert Meter weiter entfernt, bildete sein nächstes Ziel. Die massiv wirkende Kassettentür aus dunklem Holz war von mehreren Glasscheiben durchbrochen, jede etwa zehn mal zehn Zentimeter groß. Eines der gläsernen Quadrate schräg unterhalb der Klinke fehlte. Er schaute kurz nach rechts und links, beugte sich nach vorn, griff mit der Hand durch das Loch und zog die Klinke von innen nach unten. Während er sich wieder aufrichtete, schob er die Haustür weiter auf und betrat das Treppenhaus. Die Stufen, die nach unten ins Untergeschoss führten, waren ausgetreten und endeten vor einer robusten Kellertür, die sich zum Glück mühelos öffnen ließ. Er tastete an der Wand nach dem Lichtschalter. Eine 25-Watt-Birne tauchte die ersten Meter des langen Ganges, der sich zu beiden Seiten erstreckte, in gelbliches Licht. Er passierte mehrere Türen zu seiner Rechten, fand aber nicht, wonach er suchte. In der entgegengesetzten Richtung lief er ebenfalls an etlichen Türen vor-

bei, die wahrscheinlich zu den Kellerräumen der Mieter führten. Dann hatte er sie endlich gefunden: eine grün lackierte Metalltür mit einem sperrigen Drehrad darauf.

Bis hierhin stimmte die Geschichte des alten Mannes, allerdings musste er jetzt in den Raum hinter dieser Tür, um zu prüfen, ob dort noch alles so war, wie beschrieben.

Kurz darauf stand er erneut vor der grün lackierten Tür. Wie erwartet war es nur allzu leicht gewesen, den Hausmeister zu bestechen. Er steckte den schweren Schlüssel in das Schlüsselloch, drehte – und saß fest. Gut, dachte er, ein paar Jahrzehnte Staub und Rost, da brauchte es gewisser Anstrengungen. Er stocherte mehrmals im Schloss herum und spürte schließlich, wie der Schlüssel in die richtige Position rutschte. Endlich ließ sich das Drehrad bewegen. Gespannt zog er die schwere Metalltür auf, die frische Kratzspuren auf dem Betonboden hinterließ.

*

Noch vor Sonnenaufgang brach Franziska am Samstag zu ihrer Joggingrunde durch den Stadtwald auf. Sie folgte der kurzen Straße, die zum Waldrand führte, am Parkplatz des Limelights vorbei - einem ehemaligen Kino aus den 1960er Jahren, das heute noch für Sonderveranstaltungen gebucht werden konnte. Aus dem Halbdunkel ragten die Schemen der alten Holzkapelle des belgischen Militärs empor. Das Gebäude war ihr direkt aufgefallen und hatte ihr Interesse geweckt. Zu gerne würde sie einen Blick in das Innere werfen, aber die Türen waren fest verschlossen und mit Vorhängeschlössern gesichert.

Die Kaserne und das angeschlossene Gelände waren nach dem Krieg von den Alliierten übernommen worden. Bis zu seinem Abzug Ende der 1990er Jahre war hier das belgische Militär stationiert. Mittlerweile wurde das gesamte Areal um die Kaserne und die ehemaligen Offiziershäuschen in ein neues Wohngebiet unter dem Namen ‚Stadtwaldviertel' umgebaut. Überall standen Bagger und Baukräne, und man konnte zusehen, wie sich Häuser und Umgebung von Woche zu Woche veränderten.

Franziska joggte auf die rostrot gestrichene Holzkapelle zu, deren Farbe an vielen Stellen bereits abblätterte. Schon nach wenigen Minuten in Bewegung waren ihre Hände warm geworden. Sie streifte die Handschuhe ab und steckte sie in die Seitentaschen ihrer taillierten Laufjacke. Wie würde es wohl sein, im Inneren der Kirche? Ihre Stimmung einzufangen und der Vergangenheit nachzuspüren? Mit jedem Schritt kam sie der Kapelle näher, eine einzelne Straßenlampe schnitt mit ihrem fahlen Lichtkegel ein Loch in die Dämmerung. Die Luft war feucht und kalt, richtiges Novemberwetter. Dennoch klebten ihr die Ponyfransen an Stirn und Schläfen. Die Grashalme im verwahrlosten Kirchgarten bogen sich schwer unter der Last des Raureifs. Franziska umrundete den ehemaligen Vorgarten und sah hinauf zum Kirchturm, der nur aus einem Holzgestell samt kleinem Spitzdach bestand. Durch die Seitenöffnungen waren die Umrisse der Glocke zu erahnen.

Kurz bevor Franziska die Kapelle hinter sich lassen und in Richtung Waldrand schwenken wollte, fiel ihr im Seitenschiff ein helles Flackern auf. Sie verlangsamte ihre Schritte – was war das?

Sie kniff die Augen zusammen, um besser sehen zu können. Die Kapelle hatte einen kreuzähnlichen Grundriss. Vorne zur Straße hin mündete das Hauptschiff in einen rechteckigen Vorbau, dessen flaches Vordach von vier Holzbalken gestützt wurde. An den Außenwänden der Seitenschiffe reichten hohe Sprossenfenster bis knapp einen Meter an den Boden herunter. Wieder blinkte ein Licht auf. Als ob jemand mit einer Taschenlampe im Raum umher lief. Franziska wunderte sich, hatte sie doch gerade eben noch die mit Ketten verrammelten Türen gesehen. Wenn sich in diesem Moment jemand in der Kapelle aufhielt, konnte er sie nicht durch einen der Eingänge betreten haben. Aber wie konnte er sonst hinein gelangt sein? Mit einigem Abstand zu den Fenstern schlich sie um das Gebäude herum, fand aber keine Öffnung. Unschlüssig verharrte sie einen Augenblick am Straßenrand, wandte sich dann ab und lief auf den Wald zu.

*

Die Aussicht aus dem Fenster seiner Unterkunft war trostlos. Trotz des verheißungsvollen Hotelnamens war vom Dom weit und breit nichts zu sehen. Stattdessen stapelten sich Müllsäcke neben dem übervollen Container, und aus einem umgekippten Eimer zog sich eine ölige Spur zum Gully in der Mitte des Hofes. Er suchte nach einem Feuerzeug in seiner Tasche. Die Stadt blieb ihm fremd, und er sehnte den Tag herbei, an dem er sie wieder verlassen konnte. Aber bis es soweit war, hatte er noch etwas zu erledigen. Er zündete sich eine Zigarette an und sog den Rauch tief in sich hinein. Innerlich war er ruhig, als spürte sein Geist, dass er endlich herausgefunden hatte, worin seine Aufgabe lag. Die heiße Wut war längst kalten Racheplänen gewichen.

Der Weg, den er jetzt ging, schien ihm vorgeschrieben, Vorsehung fast. Er weigerte sich, zu verstehen, wie sein Vater das, was ihm angetan worden war, vergessen wollte und sogar von Verzeihung sprach. Für Verrat gab es keine Nachsicht. Sein Vater war alt und müde – deshalb hatte er es übernommen, Sühne zu fordern. Es war an der Zeit, dass die alte Schuld beglichen wurde.

Er wandte sich ab, blies den Rauch in das Zimmer hinein. Ja, es war gut, dass seine Aufgabe endlich offen vor ihm lag. Sie gab ihm eine Ruhe, die er zuvor nicht gekannt hatte. Gleichzeitig schärfte sie seine Sinne und ließ ihn alles in seinem Umfeld ungleich klarer wahrnehmen. Wie ein Pfeil in einen Bogen eingespannt, so fühlte er sich. Die Sehne war weit durchgezogen, bereit zum Abschuss.

Zwei

Marie Thalbach zog so heftig am Rollladengurt ihres Schlafzimmerfensters, dass der Metallwinkel geräuschvoll gegen die Mauer knallte. Sie war genervt. Wieder eine Nacht ohne Schlaf. Wäre sie bloß nie nach Köln gekommen. Andererseits hätte sie auch in Augsburg nicht besser geschlafen, da brauchte sie sich nichts vorzumachen.

»Mistkerl!«

Wütend ließ sie ihren Blick über die Dächer der Häuser wandern. Von ihrer Wohnung im dritten Stock aus konnte sie bis hinüber zum Stadion sehen, dessen vier helle Säulen weithin zu erkennen waren. Über die Adventszeit wurden sie nacheinander beleuchtet, so dass sie wie ein übergroßer Adventskranz von Sonntag zu Sonntag den sich nähernden Heiligen Abend ankündigten. Das hatte ihr die Nachbarin von gegenüber am Tage ihres Einzuges erzählt.

Trotz der allgegenwärtigen Adventsdekorationen fühlte sich Marie weder weihnachtlich gestimmt noch besonders besinnlich – sie war einfach nur übermüdet und gerädert von einer weiteren Nacht, in der sie sich nur hin- und hergewälzt hatte. Im Grunde war sie sicher, dass es die richtige Entscheidung gewesen war, sich in eine möglichst weit entfernte Stadt versetzen zu lassen. Einfach alles hinter sich lassen und an einem anderen Ort neu anfangen. Über die interne ‚Tauschbörse' der Polizeidienststellen hatte ein Kriminaloberkommissar aus Nordrhein-Westfalen schon seit längerem nach einer freien Stelle in Bayern gesucht. Bereits nach einem Vierteljahr war zu ihrer großen Freude alles geregelt.

Nur warum, verdammt noch mal, fühlte es sich nicht richtig an? Seit knapp drei Wochen haderte sie mit dieser Frage, wohl wissend, dass sich so etwas wie ein ‚Heimatgefühl' gar nicht so schnell einstellen konnte. Insgeheim hatte sie darauf gehofft, dass er sie aufhalten würde, dass er am Bahnhof auftauchen, die Gleise entlang rennen würde, um sie in letzter Minute anzuflehen, zu bleiben. Diese naive Vorstellung kam von den blöden Filmen, die sie in der letzten Zeit zu oft gesehen hatte. Darin mündete immer alles in ein grandioses Happy End, bei dem sich alle in die Arme fielen und zeitlebens glücklich und zufrieden sein würden. Missmutig ordnete sie den langen Vorhangschal und zog den Gürtel ihres Morgenmantels enger. Martin hätte natürlich wissen müssen, dass sie vorhatte, Augsburg zu verlassen, um sie davon abhalten zu können. Aber eigentlich wollte sie ihn überhaupt nicht mehr sehen ... eigentlich ...

»Schluss damit! Vorbei ist vorbei!«

Es half tatsächlich, sich selbst in den Senkel zu stellen. Fast konnte sie die Stimme ihrer besten Freundin aus ihren Worten hören. Aber Bettina war vor drei Wochen nach Australien geflogen, »um mal eine Auszeit zu nehmen«. Warum brauchte zurzeit jeder eine Pause? Wovon – vom Job, vom Alltag, oder am Ende von sich selbst? Aber wenn sie ehrlich war, beneidete sie die Freundin um ihren Mut, genau das zu tun. Immerhin hatte es Marie geschafft, Augsburg den Rücken zu kehren. Sie schob eine widerspenstige Strähne ihrer schulterlangen Locken hinters Ohr und lief auf dicken Wollsocken hinüber in die Küche.

Die Kaffeemaschine blubberte vor sich hin und stieß einen Seufzer aus, der Maries momentaner Stimmung sehr nahe kam. Na, wird schon, dachte sie, wenigstens gibt es hier Dinge, die ich tun kann. Die ewige Warterei auf Martin, dass er sich endlich für sie und gegen seine Frau entscheiden würde, hatte am Ende alles Schöne, das einmal zwischen ihnen gewesen war, zerstört. Für sie zumindest. Aber daran wollte sie jetzt nicht denken. In der Zimmerecke standen immer noch ein paar Kartons, die sie nicht ausgepackt hatte. Dafür blieb noch genug Zeit, erst einmal musste sie an ihrem neuen Arbeitsplatz heimisch werden. Das neue Umfeld lenkte sie wie erhofft ab und verdrängte zumindest tagsüber die Gedanken, die sie nachts am Schlafen hinderten.

Frisch geduscht saß Marie eine Stunde später in der Straßenbahn Richtung Kalk. Während sie von der Haltestelle ins Präsidium marschierte, zerrte eisiger Wind an ihrer dünnen Stoffhose. Auch der leichte Strickpullover war nicht unbedingt dazu geeignet, winterliche Temperaturen abzuhalten. Aber da sie vorhin zu Hause zu lange nach einem bestimmten Bild gesucht hatte, das sie am Abend aufhängen wollte, hatte sie sich schließlich sputen müssen und wahllos etwas aus dem Schrank gezogen.

Als sie das Büro betrat, hörte sie schon jemanden reden. Es war Susanne, die mit dem Rücken zur Tür am Telefon diskutierte. Immer wieder schüttelte sie heftig ihren Kopf mit dem rotblonden Igelschnitt und notierte etwas auf einen Zettel. Marie hängte ihren Mantel an den wackeligen Garderobenständer und klemmte sich hinter ihren eigenen Schreibtisch im rückwärtigen Teil des Raumes. Das neu gestaltete Großraumbüro mit vier Schreibtischen und einem abgeteilten Bereich für Besprechungen war ein Test, wie ihr erzählt worden war. In Augsburg hatte sie in einem engen Kabuff für sich allein gesessen. Verglichen mit dem offenen und hellen Arbeitsplatz hier, erschien ihr ihr altes Büro wie ein Hamsterkäfig.

Susanne war die zweite Kriminaloberkommissarin im KK 11 und etwa im selben Alter wie sie, aber bisher hatten sie nicht mehr als ein paar Worte gewechselt.

Die andere hatte mittlerweile ihr Gespräch beendet. »Kaffee ist fertig!« Damit deutete sie hinüber zu dem halbhohen Aktenschrank, auf dem die Kaffeemaschine stand.

»Oh prima, das ist meine Rettung. Draußen ist es ganz schön kalt.« Sie lächelte Susanne freundlich zu, die sich aber bereits wieder abgewandt hatte. Marie schenkte sich eine Tasse ein und vergrub sich dann ebenfalls hinter ihrem Bildschirm.

In der darauf folgenden Teambesprechung, die jeden Morgen im Kollegenkreis statt fand, wurde Marie der Mordkommission – kurz MoKo – ‚Volksgarten' zugeteilt. In den letzten Monaten waren mehrere Obdachlose nachts an ihren Schlafplätzen auf nicht natürliche Weise zu Tode gekommen, und die Kollegen brauchten Unterstützung. Nach einer Weile konzentrierten Arbeitens in den Akten streckte sie sich und schaute aus dem Fenster. Von ihrem Platz aus konnte sie die Spitzen des Doms sehen.

»Das ist der beste Platz im ganzen Büro.« Kriminalkommissar Jürgen Thiele hatte sie beobachtet und war aufgestanden.

»Ah ja, die Kölner und ihr Dom.« Maries Mundwinkel zogen sich verschmitzt nach oben. Schnell fügte sie hinzu, dass die Aussicht allerdings wirklich fantastisch sei. »Am Wochenende werde ich den Turm hinaufsteigen, ich hab gehört, dass jeder Kölner das mal gemacht haben muss.«

Thiele lächelte. »Was die Bayern so alles hören! Geh' mal lieber ein paar Kölsch trinken, da lernst du Stadt und Leute besser kennen.«

Marie nuschelte etwas von »keine Zeit gehabt bisher«.

»Ich seh' schon, du brauchst dringend Unterstützung! Heute Abend – ein Kölsch zusammen um die Ecke? Die anderen kommen sicher auch mit, dann können wir auf deinen Start bei uns anstoßen.« Fragend blickte Jürgen Thiele der neuen Kollegin ins Gesicht, und Marie beeilte sich, die Einladung anzunehmen. Eigentlich hätte sie lieber zu Hause weiter aufgeräumt, andererseits wollte sie auch im Team gut aufgenommen werden. Und es konnte nicht schaden, bei einem gemeinsamen Umtrunk damit zu beginnen.

Die Tür zum Büro öffnete sich, und Frau Michaelis, die Sekretärin des Ersten Kriminalhauptkommissars und Chef des KK 11, Hans-Joachim Schlüter, teilte Marie Thalbach und Susanne Drewitz mit, dass er sie in seinem Büro sehen wollte.

Schlüter war in den frühen Fünfzigern und hatte mit seiner ruhigen Art schon an ihrem ersten Tag Eindruck auf Marie gemacht. Trotz seiner Größe von knapp zwei Metern hielt er sich sehr gerade und betonte dadurch noch sein Körpermaß. Er saß hinter seinem Schreibtisch, einem nicht mehr ganz modernen Ungetüm aus Holz, und blickte Marie und Susanne über den Rand seiner Brille hinweg an. »Wir haben soeben einen Anruf von der Leitstelle erhalten«, kam er direkt zum Punkt. »An den Poller Wiesen ist der leblose Körper eines Mannes angeschwemmt worden, Nähe Kilometer 685, ein Spaziergänger hat ihn gefunden. Der Notarzt ist bereits informiert. Sie beide fahren gleich mal raus und sehen sich das an.«

An Marie gerichtet fügte er hinzu, dass sie zwar bei den Ermittlungen zu den Volksgarten-Überfällen eingeteilt worden sei, sie aber nun den möglicherweise neuen Fall übernehmen solle. Damit war seine Ansprache beendet, und Marie und Susanne verließen das Büro des Chefs.

Kurz darauf rasten sie in ihrem Dienstwagen, einem silbergrauen Ford, die Siegburger Straße parallel zum Rhein entlang. Sie ließen die Severinsbrücke hinter sich, und Susanne fluchte, weil die Zufahrt über die Drehbrücke gesperrt war. Stattdessen nahm sie die nächste Abfahrt in Richtung Deutzer Hafen. Während der Fahrt sprach Susanne kein Wort, konzentrierte sich nur auf die Straße. Nach der Südbrücke passierten sie die Sportplätze und sahen schon von Weitem den Wagen des Notarztes und das Einsatzfahrzeug der Polizeibeamten, die zuerst gerufen worden waren.

Einige Spaziergänger waren neugierig stehen geblieben, nicht sicher, ob sie sich weiter wagen sollten, da sie die Polizeibeamten in ihren Uniformen entdeckt hatten.

»Gehen Sie bitte weiter«, rief ihnen Susanne Drewitz zu, »es gibt nichts zu sehen.«

Natürlich strafte allein schon ihre Anwesenheit diese Aussage Lügen. Marie Thalbach wunderte sich immer wieder über die nicht zu stillende Neugier. Aber wenn man die Menschen befragte, wollte am liebsten niemand etwas gesehen haben.

Susanne lief voraus, die Wiese hinab in Richtung des Flusses. Marie folgte schnellen Schrittes. Sie erreichten den betonierten Spazierweg, der die Rasenfläche von der Böschung zum Rheinufer hinunter trennte. Susanne folgte zielsicher einem schmalen Trampelpfad durch die kniehohen Brennnesseln, der auf das dahinter liegende Kiesbett führte. Marie eilte hinterher. Nach einigen Metern standen sie am Ufer, vor flatterndem Plastikband, mit dem die Beamten der Leitstelle den Fundort gesichert hatten. Kurz begrüßten sich alle. Einer der Polizisten deutete auf eine Art Wellenbrecher im Wasser. Der gemauerte Ausleger ragte knapp zehn Meter in den Fluss hinein. Massige, ungleichmäßige Steine waren rundherum aufgeschüttet worden, in denen sich schon allerlei Unrat verfangen hatte. Der Rhein führte nicht viel Wasser, da blieb so einiges hängen, was sonst durch die Strömung gar nicht bis ans Ufer getrieben wurde.

Susanne entdeckte die Finger, die aus dem Wasser ragten, zuerst. »Dann mal los zur Tatortaufnahme!« Sie kletterte über die dicken Steinbrocken. Marie folgte ihr vorsichtig, um auf den moosigen und teilweise kantigen Steinen nicht den Halt zu verlieren. Der Blick auf die menschliche Hand, die aus dem trüben Wasser ragte, war ernüchternd. Auch wenn sie schon etliche Jahre in Augsburg im Kommissariat für Tötungsdelikte gearbeitet hatte, gewöhnte sie sich nie an den Anblick eines Toten. Kleine Wellen umspielten das Handgelenk der Leiche, und Marie musste sich zwingen, den Blick über den Körper zu lenken. Wie ein heller Fleck leuchtete das aufgedunsene Gesicht aus dem schmutziggrünen Wasser. Der Leichnam war von der leichten Strömung in die Nähe des Ufers getrieben worden. Von dort hätte er sich sicher auch wieder gelöst, um inmitten der Fahrrinne weiter Richtung Düsseldorf gespült zu werden. Aber der Körper war an den gebogenen Eisenbändern, die an dieser Stelle zwischen den Steinen hervor lugten, hängen geblieben. Vielleicht dienten die Streben zur Fixierung des Steinwalls. Für den Leichnam hatten sie das Ende seiner unglückseligen Reise bedeutet. Marie wandte sich ab, um die fahlen Augen unter der Wasseroberfläche nicht mehr ansehen zu müssen.

Der Spaziergänger, Herr Seegers, der den Toten entdeckt hatte, stand etwas abseits und beobachtete die Kommissarinnen. Abwesend streichelte er seinem Hund über den Kopf, vielleicht, weil er nach dem grausigen Anblick selbst jemanden hätte brauchen können, der ihm über den Kopf strich. Der Notarzt, der kurz vorher eingetroffen war, harrte in Wartestellung, er würde offiziell den Tod feststellen. Angaben zur Todesursache selbst würde, wenn es sich nicht um einen Unfall handelte, der Rechtsmediziner machen müssen.

Susanne hatte in der Zwischenzeit ihren Fotoapparat hervor gezogen und hielt die genaue Lage der Leiche im Wasser und das Umfeld fest. »Spuren wird es hier eher nicht geben, da der Fundort wohl nicht der Tatort ist, trotzdem mache ich mal ein paar Bilder.«

»Und ich rufe die Kollegen an.« Marie war klar, dass sie den Toten nicht allein aus dem Wasser ziehen konnten. Sie erklärte Kriminalhauptkommissar Schlüter am Telefon die Situation und bat um Verstärkung zur Bergung der Leiche.

Als Susanne mit dem Fotografieren fertig war, deutete Marie auf den Mann mit dem Hund, der zu ihnen herüber schaute. »Bis die Kollegen von der Kriminaltechnik kommen, könnten wir schon mal mit Herrn Seegers reden«, schlug sie vor.

»Sie haben den Toten gefunden?«

Herr Seegers nickte und schüttelte beiden Kommissarinnen die Hand. »Ich gehe immer am Nachmittag hier spazieren, jeden Tag, ich bin Frührentner, wissen Sie?! Und dort unten mache ich immer eine Pause, um auf den Fluss zu schauen.«

»Wann genau haben Sie den Körper im Wasser entdeckt?«, fragte Marie Thalbach.

»Das muss um Viertel nach zwei gewesen sein . . . ich war erst sehr erschrocken, als ich die Hand gesehen habe. Dann bin ich näher heran gegangen, um zu sehen, ob es nicht vielleicht nur eine kaputte Schaufensterpuppe sein könnte. Danach bin ich so schnell ich konnte nach oben an die Straße gelaufen und habe bei dem Haus dort geklingelt, um die Polizei zu rufen.« Er deutete hinauf zu dem zweigeschossigen Gebäude, vor dem sie ihr Auto geparkt hatten. »Ich besitze nämlich kein Handy, wissen Sie? Und als der Polizist am Telefon nach der genauen Zeit des Fundes gefragt hat, bin ich überhaupt erst auf die Idee gekommen, auf meine Uhr zu sehen – und da war es halb drei.«

Marie hatte sich Notizen gemacht. Jetzt blickte sie auf und bat ihn, nach Möglichkeit später am Tag noch einmal ins Präsidium zu kommen, um seine Aussage schriftlich zu bestätigen.

Zügig untersuchte der Notarzt die Leiche, die die eingetroffenen Taucher mittlerweile aus dem Wasser gezogen hatten. Der Leichenwagen parkte bereits oben an der Straße. Nach Beendigung seiner Untersuchung stellte der Notarzt den Totenschein aus. Kurz angebunden teilte er mit, dass er keine Anzeichen von Verletzungen, die normalerweise bei Unfällen auf dem Wasser aufträten, gefunden habe. Allerdings sei dies nur eine oberflächliche Einschätzung, ein Unfall sei natürlich dennoch nicht auszuschließen.

Susanne verdrehte hinter seinem Rücken die Augen und tippte eine Nummer in ihr Handy. »Der Staatsanwalt kommt nicht extra raus, aber die Leiche soll in die Rechtsmedizin gebracht werden«, rief sie Marie zu und schob das Mobiltelefon wieder zurück in ihre Jackentasche.

Es war frostig an diesem Novembertag, ein unwirtlicher Wind blies über die ungeschützten Wiesen. Susanne streifte sich Gummihandschuhe über, um die Taschen des Toten zu durchsuchen. Im besten Fall fanden sie eine Brieftasche mit Ausweispapieren oder sonstigen Hinweisen darauf, wer der Tote war.

Herr Seegers stand immer noch in einiger Entfernung und beobachtete das Geschehen, obwohl er längst aus der Befragung entlassen worden war.

Nachdem Kriminaloberkommissarin Susanne Drewitz nichts hatte finden können, was auf die Identität des Mannes hindeutete, gab sie die Leiche zum Abtransport frei. Vielleicht ließ sich anhand der Fingerabdrücke etwas feststellen. Auch was die genaue Todesursache anging, mussten sie auf das Ergebnis der Leichenöffnung warten.

»Wir sind dann weg.« Susanne winkte den Kollegen zu und lief voraus zu ihrem Wagen oben am Straßenrand.

Marie rieb ihre Hände aneinander, um ein bisschen Wärme zu erzeugen, und beeilte sich, der Kollegin zu folgen.

Zurück in der Dienststelle setzte sie sich gleich daran, den Bericht zu schreiben, während Susanne sich einen Becher Kaffee einschenkte.

»Wir können jetzt erst einmal nichts machen, so lange wir die Todesursache nicht genau kennen. Immerhin kann es ja ein Unfall gewesen sein – auch wenn ich irgendwie das Gefühl habe, da steckt mehr dahinter.« Marie drehte nachdenklich an ihrem Kugelschreiber. Aber allein ein ‚merkwürdiges' Gefühl reichte nicht aus, Ermittlungen in Gang zu setzen, auch das war ihr bewusst.

Nachdem Herr Seegers seine Aussage schriftlich zu Protokoll gegeben hatte, betraten auch Jürgen Thiele und Kriminalkommissar Adrian Franzen das Dienstzimmer.

Thiele erinnerte Marie an seinen Vorschlag, das Ende des Arbeitstages gemeinsam bei einem Kölsch ausklingen zu lassen. »Bleibt es dabei? Katja kommt auch gleich, dann können wir los.«

Kriminalkommissarin Katja Fehrenbach war mit ihren neunundzwanzig Jahren die Jüngste im KK 11 und war gerade dabei, sich über ein Zusatz-Studium intensiver für den gehobenen Dienst zu qualifizieren. Marie hatte schon bemerkt, dass Jürgen Thiele der jungen Kollegin immer besondere Aufmerksamkeit zukommen ließ. Sie nickte Thiele und Franzen zu und antwortete, dass sie sich schon auf das Kölsch freue. In diesem Moment polterte Katja zur Tür herein. Sie hatte versucht, trotz der fünf Aktenordner, die sie auf den Armen balancierte, die Klinke herunterzudrücken. Alle Ordner donnerten zu Boden, und Katja schaute mit verlegenem Blick in die Runde. Sofort eilte Thiele der zierlichen Kollegin zu Hilfe.

»Ich komme nicht mit. Passt mir heute nicht.« Susanne drehte sich nicht einmal um, während sie ihre Absage erteilte.

Marie hatte den Computer ausgeschaltet und ihren Mantel gegriffen. Unschlüssig stand sie zwischen dem hoch gewachsenen Adrian Franzen und dem nur wenig kleineren Jürgen Thiele, der die Ordner zwischenzeitlich auf dem Tisch abgelegt hatte.

»Tja«, meinte Franzen, »wir schaffen den Kranz auch zu viert.«

Das Café Marie war ein bekannter Treffpunkt in Deutz. Im Sommer konnte man in einer schmalen Tischreihe auch draußen sitzen, jetzt im Winter waren sie natürlich froh, einen Tisch im hinteren Teil des gut besuchten Lokals zu ergattern. Thiele bestellte eine Runde Kölsch für alle und prostete Marie zu.

»Gefällt's dir denn sonst hier in Köln?«

»Es dauert halt, bis man sich richtig zu Hause fühlt«, kam Maries Antwort zögernd.

»Ich weiß, was du meinst«, stimmte Adrian Franzen zu. »Mittlerweile lebe ich zwar sehr gerne hier und will auch um nichts in der Welt wieder weg, aber am Anfang war alles nicht so einfach. Und das, obwohl ich damals zusammen mit meiner Frau von Kiel hierher gekommen bin.«

»So, da sind wir also zwei Zugereiste.« Marie grinste schief und nippte an ihrem Kölsch.

»Hier sagt man ‚Imi' – aber das ist nicht unbedingt schmeichelhaft gemeint.«

Jürgen Thiele erklärte, er sei ‚ne echte Kölsche', und Katja war vor zwei Jahren aus der Eifel, genauer aus Nideggen, nach Köln gekommen.

»Schade, dass Susanne nicht mitkommen konnte.« Marie versuchte das ungute Gefühl wegen der Absage ihrer Kollegin zu verdrängen.

»Da musst du dir nichts dabei denken. Susanne ist ein herzensguter Kerl, aber eben von der herben Sorte. Die schließt nicht schnell Freundschaften. Wenn sie aber auf deiner Seite ist, kannst du ihr dein Leben anvertrauen.« Jürgen hob sein Glas und leerte es in einem Zug.

»Du bist also verheiratet...«, wandte sich Marie an Adrian.

Der schüttelte den Kopf und erzählte, dass er schon seit knapp fünf Jahren geschieden war. »Wegen meiner Frau bin ich überhaupt nach Köln gekommen, weil sie einen Job bei RTL als Moderatorin angenommen hatte. Wir hatten uns kaum richtig eingelebt, da fand sie, ich sei nicht mehr gut genug für sie.« Franzen erzählte ohne Bitterkeit von seiner Trennung. »Wenigstens hat sie der andere Typ kurz danach ebenfalls abserviert.«

Die Bedienung kam mit einer neuen Runde, und Jürgen Thiele fragte unverblümt, wie es bei Marie aussähe.

»Ich bin neununddreißig Jahre alt, nicht verlobt und nicht verheiratet.« Sie hob ihr Glas und nahm einen großen Schluck.

»Und hast sicher mindestens fünf Kinder.« Thiele ließ nicht locker.

Marie schüttelte den Kopf. Schnell lenkte sie die Aufmerksamkeit auf Katja, die bisher recht still vor ihrem Kölsch gesessen hatte. »Ich find's toll, dass du dein Studium nebenbei noch bewältigst. Es ist bestimmt nicht immer leicht, das durchzuhalten.«

Katja nickte und strich sich schüchtern die kurzen, weizenblonden Haare hinter die Ohren. Es mache ihr großen Spaß, erzählte sie, und im Team würde sie viel lernen.

Jürgen Thiele schob seinen Stuhl zurück und marschierte in Richtung der Toiletten. Marie sah ihm unauffällig nach. Dass er gut in Form war, konnte man ihm auch in Hemd und Jeans ansehen. Sie schätzte ihn auf Mitte dreißig. Das Sympathischste an ihm waren seine Augen, dachte sie, es schien immer ein schelmisches Lächeln darin zu liegen. Als sie sich wieder ihrem Glas zuwandte, bemerkte sie, dass auch Katja dem Kollegen hinterher gesehen hatte.

Am nächsten Tag stand die Identifizierung des Toten an oberster Stelle.

»Erst mal Faktensammlung.« Marie lief zu einer Magnetwand hinter ihrem Schreibtisch. Auf einen Zettel schrieb sie ‚Leiche, männlich, Alter circa siebzig Jahre' und befestigte ihn an der Wand.

Susanne, immer sehr lässig gekleidet, trug heute ein schwarzes Kapuzen-Sweatshirt mit dem Schriftzug ‚Oasis'. Sie hängte einige der Fotos dazu, die sie am Fundort gemacht hatten. Leider hatten die Fingerabdrücke der Leiche zu keiner Übereinstimmung mit vorhandenen Daten aus ihrer Datenbank geführt. »Vielleicht hat ihn inzwischen jemand als vermisst gemeldet – das sollten wir zuerst überprüfen.«

Susanne nickte zustimmend und warf einen kurzen Blick auf ihre Uhr. »Ich gehe essen. Bei den Leuten von der Vermisstenstelle erreichen wir jetzt sowieso niemanden.«

Susanne ging mittags immer in die Kantine, sofern sie Zeit dazu hatte. Marie war kein besonderer Fan von Kantinenessen, aber da ihr Kühlschrank am Morgen nichts als eine Tube Senf und zwei Flaschen Weißwein vorzuweisen hatte, entschloss sie sich, die Kollegin zu begleiten.

». . . vielleicht wollte der alte Knabe einfach mal Ruhe vor der nervigen Nachbarin haben. Die alte Vettel sah ja aus wie die aus der Lindenstraße . . .«

Die beiden Polizisten am Nebentisch grunzten vor Lachen über ihren eigenen Scherz. »Dä hätt sich op französisch verdröck'!«

Marie machte Susanne auf die Unterhaltung aufmerksam. »Du, die reden über einen Alten, der verschwunden ist . . . ich hab zwar nicht alles verstanden, aber vielleicht könnte das ja etwas mit unserer Wasserleiche zu tun haben?«

Susanne nickte, schluckte einmal heftig an dem Stück

Schnitzel, das sie eben in den Mund geschoben hatte und drehte sich um. »Guten Hunger, Kollegen ... habt ihr grad von einem verschwundenen alten Mann gesprochen?«

Zum Glück für Marie antwortete der, der vorhin auch in einer für sie verständlichen Sprache gesprochen hatte. Eine aufgeregte ältere Frau hätte am Morgen eine Vermisstenmeldung aufgegeben, weil ihr Nachbar, mit dem sie auch befreundet war, verschwunden zu sein schien. Und da die Zeitungen der letzten beiden Tage noch im Kasten steckten, vermutete sie, dass etwas passiert sein musste. Ganz still sei es auch seit zwei Tagen schon in der Wohnung.

Die Leitstelle hatte sofort zwei uniformierte Polizisten los geschickt, um vor Ort nach dem Rechten zu sehen. Selbst nach mehrmaligem Klopfen und Klingeln hatten sie weder Antwort von drinnen erhalten, noch habe ihnen jemand die Tür geöffnet, berichtete der Beamte weiter. Mitten in dem ganzen Trubel sei der Nachbarin eingefallen, dass sie ja für Notfälle den Schlüssel habe. In der Wohnung selbst hatten sie allerdings weder einen verunglückten Rentner oder gar einen Toten aufgefunden. Viel eher sah es danach aus, als ob Herr Reiter – so der Name des Mannes – verreist sei. Nichts war in Unordnung. Der Nachbarin war aufgefallen, dass der Koffer fehlte, den Herr Reiter sonst immer auf seinem Kleiderschrank aufbewahrte. Der Mann hatte wohl vergessen, seine Nachbarin zu bitten, sich um seine Post und seine Pflanzen zu kümmern. Aber war es nicht sein gutes Recht, einfach wegzufahren, wenn ihm danach war, ohne sich bei neugierigen Weibsbildern abzumelden?

Selbstgefällig wechselten die beiden Polizisten einen Blick, während Susanne mit den Augen rollte. Alles in allem war den beiden Polizisten ihr Einsatz ziemlich sinnlos erschienen, aber es hätte ja auch tatsächlich sein können, dass dem alten Herrn etwas passiert sei.

»Wir haben da einen Toten aus dem Rhein, dessen Identität noch nicht geklärt ist. Der Mann war etwa siebzig Jahre alt – das könnte ja fast auf euren verreisten Herrn Reiter passen«, meldete sich Marie zu Wort.

Der Bericht sei noch in Arbeit, wurde ihr daraufhin erklärt, könnte aber schnellstmöglich übermittelt werden. Die Adresse würden die Kollegen ihnen sofort nach dem Essen zukommen lassen. Die Kommissarinnen bedankten sich und drehten sich wieder an ihren Tisch.

»Ist wohl besser, wenn wir den vermeintlich vermissten Rentner jetzt übernehmen«, raunte Susanne über den Teller gebeugt Marie zu.

Die Recherchen in der Datenbank führten zu keinem weiteren Ergebnis. Marie wollte unbedingt selbst mit der Frau sprechen, die ihren Nachbarn am Vormittag als vermisst gemeldet hatte, und fuhr gemeinsam mit Susanne zu der Adresse, die ihnen die beiden Polizisten aus der Kantine genannt hatten. Vom Gürtel bogen sie in den Höninger Weg und suchten nach einer freien Parklücke.

Auf Maries Versuch, ein Gespräch zu beginnen, hatte Susanne nur einsilbig reagiert, so dass Marie es schließlich aufgegeben hatte.

Die immer noch aufgelöste Frau van den Bloom führte sie zur Wohnung des Nachbarn. Tatsächlich sah es dort nicht nach einem Tatort aus, alles schien an seinem Platz zu stehen. An den Wänden im Flur hingen mehrere Bilderrahmen gespickt mit militärischen Rangabzeichen aus verschiedenen Jahrzehnten und Ländern, wie Marie mit einem kurzen Blick feststellte. Sie folgte Susanne und der Nachbarin ins Wohnzimmer. Auch hier hatte die Leidenschaft des Bewohners ihren Platz gefunden: Über dem Sofa hing ein großer Schaukasten voller Medaillen und Plaketten. In einer breiten Schrankwand, die schon einen recht abgenutzten Eindruck machte, entdeckte Marie einen ausgestellten Porzellanteller mit der Inschrift ‚Ein Volk, ein Reich, ein Führer'.

»Gibt es vielleicht ein Foto von Herrn Reiter, das wir uns ansehen könnten?«, fragte Susanne.

Sie wollten der alten Dame nicht sofort die Aufnahme der Wasserleiche unter die Augen halten, um herauszufinden, ob Herr Reiter der Tote aus dem Rhein war.

»Ja, ja«, eilig lief die Nachbarin an den Schrank, öffnete ein Fach und entnahm ein gerahmtes Bild.

»Wieso ist es denn versteckt?«, wollte Susanne wissen, »und woher wissen Sie so genau, wo es liegt?«

»Wir haben öfter mal Kaffee zusammen getrunken, der Bernhard und ich – das wollten wir ja auch vor zwei Tagen, als er nicht erschienen ist. Und das Bild, das liegt deshalb im Schubfach, weil sich der Herr Reiter mit dem Herrn Schmitz verstritten hat.«

Die beiden seien Skatfreunde gewesen und hatten sich jeden Freitagabend im ‚Höninger' getroffen. Bis vor ein paar Wochen, da sei es zum Streit gekommen, worüber genau hatte Bernhard ihr nicht sagen wollen. Seitdem sei das Foto von der Wand abgenommen und in den Schrank gewandert.

Auf dem Foto waren die Gesichter zweier älterer Herren zu sehen, im Hintergrund See-Container und eine Schiffswand.

»Das war in Hamburg, im letzten Jahr sind sie da hin gefahren. Es war doch der große Traum vom Bernhard, einmal den Hamburger Hafen zu sehen . . .« Während die Nachbarin erzählte, deutete sie auf eines der beiden Gesichter. »Das ist der Bernhard.«

Eine gewisse Ähnlichkeit zwischen Herrn Reiter auf dem Foto und dem Toten aus dem Rhein war vorhanden.

»Gibt es Angehörige?«, schaltete sich Susanne ein, die zwischenzeitlich die anderen Räume einer näheren Inspektion unterzogen hatte.

»Nein, er war ganz allein – wie ich auch. Er war nie

verheiratet und hatte auch keine Kinder.«

»Geschwister?«

»Nein, er hat nie von jemandem gesprochen. Und«, fuhr sie ganz beflissen fort, »deshalb glaube ich auch nicht, dass das stimmt, was die beiden Polizisten heute morgen gesagt haben. Der Bernhard hatte niemanden außer seinen Skatfreunden und mich. Wo sollte er denn hin gefahren sein? Und außerdem hat er das vorher noch nie gemacht...«

Marie nickte zustimmend, auch wenn sich ihr der Gedanke aufdrängte, dass es manchmal im Leben Situationen und Momente gab, in denen man seine Gewohnheiten über den Haufen warf und unerwartete Dinge tat.

Susanne wandte sich an die Nachbarin. »Frau van den Bloom, wir versuchen natürlich, Herrn Reiter schnell zu finden, und dafür ist es nötig, allen möglichen Spuren nachzugehen. Wissen Sie vielleicht, bei welchem Zahnarzt Ihr Nachbar in Behandlung war?«

Frau van den Bloom erzählte, dass Bernhard Reiter leider gar kein Geld hatte, um zum Zahnarzt zu gehen. »Heute muss man doch alles selbst bezahlen, das konnte er sich nicht leisten.«

Die Kommissarinnen nahmen einige persönliche Gegenstände aus dem Badezimmer an sich, um sie auf DNA-Spuren untersuchen zu lassen. Als die Nachbarin beobachtete, wie Marie die Zahnbürste in einen Plastikbeutel schob, fing sie an zu weinen.

Marie zögerte, dann legte sie einen Arm um die ältere Dame. »Es tut mir leid«, sagte sie leise. Auch wenn sie wusste, dass keine Worte Schmerz und Verlust zu lindern vermochten.

Zurück in der Dienststelle brachte ein Bote die Gegenstände aus Reiters Wohnung ins Institut für Rechtsmedizin am Melatengürtel und kurz darauf wurde bestätigt, dass es sich bei der angeschwemmten Leiche um Bernhard Reiter handelte.

»Jetzt wissen wir also, dass der Tote aus dem Rhein Bernhard Reiter hieß, achtundsechzig Jahre alt war, in Köln geboren ist und seitdem hier gelebt hat. Scheint ein ruhiges Leben geführt zu haben, keine Familie, nur seine Arbeit und die Skatfreunde. Er war früher als Hauswart und eine Art ‚Mädchen für alles' in der belgischen Kaserne am Stadtwald angestellt.« Susanne stand vor der Magnetwand und verband die Fakten, die zusammen gehörten, mit Linien. »Damals hieß die Anlage ‚Kwartier Haelen'«, fuhr sie fort. »Als die Scheiß-Belgier Ende der Neunziger aus Köln abgezogen sind, ist der Reiter direkt in Rente. Das Gelände der ehemaligen Kaserne an der Dürener Straße wird mittlerweile zu einem Wohnviertel umgebaut. Die Bauarbeiten sind noch in vollem Gange.«

Marie hatte sich an Susannes Ausdrucksweise fast schon gewöhnt, und mit Belgien verband auch sie eine unangenehme Erinnerung. Martin hatte sie einmal in Antwerpen sitzen lassen, weil seine Frau plötzlich Verdacht geschöpft hatte. Seither war das kleine Land für sie negativ besetzt, auch wenn Belgien und die Belgier gar nichts dafür konnten. Die anderen Kollegen dachten sich wahrscheinlich sowieso schon lange nichts mehr bei Susannes saloppen Kommentaren.

»Irgendein Geheimnis muss es um Reiter aber geben, sonst hätte ihn wohl kaum jemand umgebracht«, stellte Marie fest.

»Schon möglich.« Susanne nickte nachdenklich und strich sich mit allen zehn Fingern durch die stoppelkurzen Haare.

Nachdem die Identität des Toten geklärt war, ordnete der Staatsanwalt die sofortige Leichenöffnung an. Es dauerte jedoch ganze zwei Tage, bis die Obduktion beendet war und der Befund vorlag. Der Kehlkopf des Mannes war zertrümmert, was auf heftiges Würgen hin deutete. Spezielle Würgemale oder Verfärbungen ließen sich aufgrund des Aufenthaltes im Wasser nicht mehr nachweisen, auch Hautreste unter den Fingernägeln, die von einem Kampf stammen konnten, waren längst vom Wasser weggespült worden. Der Tod sei jedoch erst durch einen heftigen Schlag auf den Kopf eingetreten. Der Schlag war von vorn und mit einem glatten, schweren Gegenstand ausgeführt worden. Außerdem, so teilte der Bericht mit, war der Mann an Land verstorben und erst später ins Wasser geworfen worden. Der Mörder hatte den Körper wahrscheinlich mit Steinen beschwert und im Rhein versenkt, wie Einkerbungen an Hand- und Fußgelenken bewiesen. Offenbar jedoch hatte die Strömung den Leichnam aus seinen Verankerungen gelöst und mit sich getragen.

»Dann haben wir es eindeutig mit Mord zu tun, wie wir vermutet hatten. Und es sieht eher so aus, als sei der Täter männlich – wegen des schweren Gegenstandes und der Schlagrichtung von vorne oben.« Susanne war auf dem Weg zu Kriminalhauptkommissar Schlüter.

»Oder die Täterin war mindestens ein Meter neunzig groß und kräftig«, fügte Marie an, obwohl sie diese Möglichkeit eher nicht in Betracht zog.

In der kurz darauf einberufenen Teambesprechung richtete Hauptkommissar Hans-Joachim Schlüter die MoKo ‚Reiter' ein und betraute Marie mit den Ermittlungen. Ihr sollten Kriminaloberkommissarin Susanne Drewitz, Kriminalkommissar Jürgen Thiele, Kriminalkommissar Adrian Franzen und Kriminalkommissarin Katja Fehrenbach im engeren Team zur Seite stehen.

Drei

Die Temperaturen waren in den letzten Tagen weiter gefallen, und die parkenden Autos an den Straßenrändern waren mit einer dicken Eisschicht überzogen. Die eisige Morgenluft stach durch die Wollmütze, die Franziska tief über die Ohren gezogen hatte, und ihre Fingerspitzen in den ungefütterten Handschuhen brannten kalt. Die ersten Meter waren unangenehm, die Beine noch nicht im richtigen Rhythmus, der Kopf lastete schwer zwischen den Schultern. Allein die Aussicht, wieder an der Kapelle vorbeizulaufen und vielleicht etwas Neues zu entdecken, trieb Franziska voran. Sie lief auf das Gebäude zu, das in einigen Metern Entfernung als dunkler Schatten aufragte. Auf den ersten Blick schien alles ruhig, der Vordereingang war verschlossen wie immer. Fast enttäuscht joggte sie an der Kapelle vorbei.

Auch in den nächsten Tagen gab es nichts Spannendes zu entdecken. Einmal glaubte sie ein Licht im rechten Seitenflügel aufflackern zu sehen. An diesem Morgen war sie etwas früher als üblich losgelaufen, sie wollte gerade zum Waldrand abbiegen, da sah sie hinter einem der Fenster etwas aufblitzen. Sie stockte fast erfreut und wandte sich zögernd dem Seitenschiff zu. Ihre Laufkleidung war dunkel, bis auf die reflektierenden Streifen an den Hosenbeinen und am Rücken ihrer Jacke. Wenn kein direktes Licht drauf fiele, würde sie in der Dunkelheit nicht zu erkennen sein. Darauf hoffte sie zumindest. Voll banger Neugier machte sie einen Schritt auf das Gebäude zu. Sie wollte schließlich nur sehen, woher das Licht kam. Unwahrscheinlich, dass sie einem Einbrecher begegnen würde. Vielleicht ein paar Obdachlose, die sich aufwärmen wollten. Als sie sich näher an die Kapelle heranpirschte, konnte sie erkennen, dass es zwei Lichtquellen gab. Eine, die sich bewegte, als ob jemand im Raum hin und her lief, und eine etwas gedämpftere, die stetig aus einer Ecke leuchtete. Franziska beobachtete die Bewegungen des Lichtkegels aus sicherer Entfernung.

Plötzlich konnte sie nur noch die feststehende Lichtquelle ausmachen. Würde gleich jemand aus dem Seiteneingang hervortreten? Ein Stapel alter Bretter lagerte am Straßenrand gegenüber – dorthin konnte sie versuchen zu flüchten, sollte es nötig sein. Sie wartete einen Moment, aber nichts geschah. Alles blieb ruhig.

Aufgeregt schlich Franziska weiter, die Tür war von außen mit einer Kette verschlossen. Um die Kapelle zu verlassen, konnte dieser Weg nicht genutzt werden. Gebückt näherte sie sich der Fensterreihe, immer auf der Hut, ob das zweite Licht wieder auftauchen würde. Das trockene Gestrüpp knackte unter ihren Schritten. Es musste einen Raum unter dem Seitenschiff geben, nahm sie an, anders konnte sie sich das plötzliche Verschwinden des Lichtkegels nicht erklären.

Die Fenster lagen jetzt direkt vor ihr, Franziska presste sich an die Holzwand. Das Herz schlug ihr bis zum Halse. Von den Fensterkreuzen aus spannten sich Spinnweben über die vielen kleinen Glasflächen dazwischen. Franziska hob den Kopf und versuchte, in den Raum hinein zu blicken. Sie musste beide Hände an die Scheibe legen, um etwas sehen zu können. Zum Glück war das Glas nicht bunt eingefärbt, wie es sonst bei Kirchen üblich war. Sie drückte ihre Stirn an die Fensterscheibe, die teilweise von innen angelaufen war. Der Raum schien leer. Es gab weder Bänke, noch Stühle oder irgendein Innenleben.

Sie erspähte eine dunkle Öffnung. Das musste der Zugang in den Vorraum zur Außentür sein. Rechts neben der

Öffnung lehnte etwas an der Wand ... Bretter. Mehrere kurze, ein paar längere. Direkt daneben ein aufgeklappter Werkzeugkasten. Offensichtlich war dort jemand bei der Arbeit. Jemand, der sicher jeden Moment zurückkommen konnte. Aus der Ecke drang mattes Licht in den Raum, und Franziska glaubte eine geöffnete Falltür zu erkennen. Auf einer der Stufen nach unten musste sich die Lampe befinden. Also gab es einen Keller!

Plötzlich machte sie eine Bewegung aus. Einen Schatten, der kurz den Lichtschein überlagerte. Dann eine Hand, die sich am Boden festhielt, wohl um sich dort beim Aufstieg aus dem Keller abzustützen.

Erschrocken fuhr Franziska zurück, wäre fast gestrauchelt. Mit den Händen stützte sie sich reflexartig auf dem von Gestrüpp überwucherten Boden ab, kroch ein paar Meter an der Wand entlang und stand dann schnell auf, um Richtung Straße zu verschwinden. Trotz der Kälte brannten ihre Wangen, und sie glaubte, das Herz müsse ihr aus der Brust springen.

Schnell weg, war ihr einziger Gedanke. Die Sohlen ihrer Laufschuhe verursachten keinerlei Geräusch auf dem anschließenden Rasenstück. Zügig überquerte sie die Straße, in der Hoffnung, mit den Schatten der gegenüberstehenden Bäume zu verschmelzen, sollte sie trotz ihres sofortigen Rückzuges bemerkt worden sein. Aber in der Kapelle blieb alles ruhig. Ein flackerndes Licht zu sehen war eine Sache, eine lebendige Hand eine ganze andere.

Vielleicht ging ja ihre Phantasie mit ihr durch, und es gab eine ganz einfache Erklärung. Sie zitterte vor Aufregung. Was hatte das zu bedeuten? Warum arbeitete jemand so früh am Tag in einer verlassenen Kapelle? Wie war der Mann dort hinein gekommen? Die Autos in der Nähe waren alle mit Frost überzogen. Offensichtlich war keines seit dem vorigen Abend bewegt worden. Entweder hatte sich der vermeintliche Einbrecher dort schon länger eingenistet, oder aber er hatte seinen Wagen im weiteren Umkreis geparkt. Für sie stand fest, dass es sich um einen Mann handelte, der kurze Blick auf die Hand hatte gereicht. Jetzt erst bemerkte Franziska, dass sie fror. Ihre Jacke hielt zwar beim Laufen die Kälte ab, aber sie hatte sich in den letzten Minuten unter dem Fenster nicht mehr bewegt. Sie schüttelte ihre steifen Beine und lief los. Sie musste hier weg. In Bewegung konnte sie besser denken, und sie musste die Erlebnisse dieses Morgens erst einmal sortieren.

Als sie nach zwei Runden um den Adenauer-Weiher wieder zu Hause ankam, war sie nicht sicher, was sie eigentlich beobachtet hatte. Sie hatte sich zwar erschreckt, weil sie beim heimlichen Beobachten nicht ertappt werden wollte. Außer einer Hand hatte sie schließlich nichts gesehen.

*

Auf dem Teller vor ihm lag ein Stück Fleisch, appetitlich angerichtet mit kleinen Kartoffeln in der Schale, jungem Gemüse und von sattem Rotweinjus eingerahmt. Die Kellnerin hatte ihm freundlich das Essen serviert, aber in seinem Mund schmeckte alles nach Pappe. Er musste etwas zu sich nehmen, und er tat es, als folge er einer Pflicht, nicht aber einem Bedürfnis. Heute Morgen hatte er sie gesehen, hatte das Bild, das er sich von ihnen gemacht hatte, komplettiert. Und sein Plan hatte Gestalt angenommen. Sie sollten spüren, was es bedeutete, einen Menschen zu verlieren, den man liebte. Sie sollten mit dem Wissen leben müssen, ohnmächtig von der Gnade anderer abhängig zu sein. Ob es Erbarmen für sie geben würde, wusste er noch nicht. Das Gefühl der Macht, das Bewusstsein derjenige zu sein, der die Fäden in der Hand hielt, gab ihm Kraft und Befriedigung. Jetzt war er am Zug, und er hatte lange auf diesen Moment gewartet.

Als die Kellnerin seinen Teller abräumte, bestellte er als Digestif ein Eau de Vie und freute sich insgeheim über das Wortspiel. Endlich hatte er das Ruder in der Hand und konnte die Richtung vorgeben.

Seine Mutter hatte versucht, ihn unabhängig von Vergangenem zu erziehen, ihm beizubringen, dass jeder seinen eigenen Weg zu gehen hat. Aber mit den Jahren hatte er begriffen, dass es kein Entkommen gab. Leid und Schmerz seines Vaters klebte wie Ruß in den Ecken der Wohnung, kroch mit jedem Atemzug in sie hinein und verseuchte jedes Gefühl von Glück oder Freiheit. Sie waren nicht frei, weder seine Mutter, noch er und schon gar nicht sein Vater. Der Körper seines Vaters war zurückgekehrt, aber seine Seele hatten sie behalten.

Als kleiner Junge hatte er das brennende Gefühl, das in seinen Eingeweiden loderte, nicht verstehen können. Nichts, was er getan hatte, war ausreichend gewesen, den Vater glücklich zu machen. »Es liegt nicht an dir, mein Schatz«, hatte die Mutter ihm gesagt, immer wieder. Aber er hatte ihr nicht glauben können, hatte das Gefühl: Es war seine Schuld. Alles, was er ersehnte, um Frieden zu finden, war ein Weg, den Vater zu rächen. Dann wäre seine Seele frei – und die des Vaters ebenfalls. Befreit von der schlimmsten Sünde, die ein Mensch an einem anderen begehen konnte.

Vier

Im Kegel der Straßenlaterne tanzten dünne Schneeflocken, die am Boden sofort in feuchte Tupfen zerfielen. Schade, dachte Marie, sie hätte gerne Schnee auf den Straßen gesehen. Sie mochte den Winter und seine Kälte. Wenn Nase und Finger so kalt wurden, dass sie rot anliefen. Sie mochte die Kälte auch deshalb, weil sie dann in ihrer Wohnung das Feuer im Kamin entfachen und sich wohlig von seiner Wärme umarmen lassen konnte. Leider hatte sie ihren Kamin nicht mit nach Köln nehmen können. Er strahlte seine Glut jetzt in die Herzen und Gesichter ihrer Nachmieter. Sie hatte soviel zurückgelassen, vieles, dessen Verlust ihr jetzt erst bewusst wurde. Getrieben von dem Wunsch, einfach nur weg zu sein, weit weg, von dem Ort, an dem er wohnte. Ihr Umzug war eine Art Flucht gewesen, und sie hatte sich vorgenommen, woanders ganz neu anzufangen.

Sie hatte nicht damit gerechnet, in Köln etwas unsanft zu landen. Wobei sie es mit Köln gut getroffen hatte – viel schlimmer wäre für sie eine Stelle auf dem Land gewesen. Mit ihrer Wohnung hatte sie ebenfalls Glück gehabt. Auf die Frage ihres neuen Vorgesetzten, in welchem Stadtteil sie denn wohnen wolle, hatte sie keine Antwort parat gehabt. Sie kannte sich in keinem der Veedel, wie man in Köln die Stadtteile nannte, aus. Sie war zum ersten Mal in Köln und würde für die nächste Zeit hier bleiben.

»Junkersdorf«, hatte er vorgeschlagen, »da wird die Zweizimmerwohnung meiner Nichte frei. Wenn Sie wollen, vermittle ich da für Sie.«

Schon bei der ersten Besichtigung hatte sie sich in ihre zukünftige Wohnung verliebt. Junkersdorf war wie ein abgeschlossener, kleiner Ort, der aber trotzdem Teil der Großstadt war. In zwölf Minuten sei sie mit der Eins am Neumarkt, hatte ihr die Nichte ihres Chefs erklärt. Und einen Park&Ride-Parkplatz gäbe es auch am Stadion.

Aber Marie hatte ihr Auto, das sie damals mit Martin zusammen ausgesucht hatte, wie ihre komplette Erinnerung in Augsburg zurückgelassen. Sie würde vorerst mit öffentlichen Verkehrsmitteln oder ihrem Fahrrad vorlieb nehmen müssen. Wenn schon ein Neuanfang, dann auch in allen Bereichen. Es war überhaupt an der Zeit, sämtliche Gewohnheiten zu durchleuchten und sich selbst neu zu sortieren. Oft brauchte man all die Dinge, die man mit den Jahren um sich herum angehäuft hatte, gar nicht.

Bettina hatte schon recht: Man musste ab und zu Ballast abstoßen. Als sie jetzt an dieses Gespräch mit der Freundin zurück dachte, kam ihr die Vermutung, dass Bettina damit auch Martin gemeint hatte. Sie hätte ihr das nicht in deutlicheren Worten gesagt, denn sie war der Meinung, dass jeder seine Fehler selbst begehen musste. Aber kleine Schubser in die richtige Richtung gehörten durchaus zu ihrer Art, sich doch nicht aus allem herauszuhalten. Marie seufzte, sie vermisste die Freundin. Aber freute sich zugleich für sie, dass Bettina das umsetzten konnte, was sie sich vorgenommen hatte. Sie machte die Reise, die sie sich schon lange gewünscht hatte. Sie lebte den Traum, von dem sie immer öfter gesprochen hatte.

Marie nahm gedankenverloren einen großen Schluck aus ihrem Kaffeebecher und verbrannte sich die Zunge. In wenigen Minuten würde Jürgen Thiele sie abholen. Sie hatte nicht gefragt, wieso ihre Wohnung an diesem Morgen auf seinem Weg lag. Er wohnte in Sülz, das von der Fahrtrichtung her näher am Präsidium lag als Junkersdorf. Aber sie hatte sich über sein spontanes Angebot am Vorabend gefreut und nicht näher nachgebohrt. Ihr Blick schweifte über die Dächer ihres Viertels. Draußen war es noch dunkel, aber die Säule für die erste Adventswoche leuchtete vom Stadion herüber. Sie würde sich hier schon bald zu Hause fühlen, da war sie sicher. Sie musste einfach nur die paar wehmütigen Gedanken an ihr altes Zuhause verdrängen. Aufheben für später, wenn der Nachhall nicht mehr so schmerzlich sein würde.

Marie beobachtete, wie Jürgens grasgrüner A3 in den Sterrenhofweg einbog und stellte ihre Tasse in der Spüle ab. Schnell schlüpfte sie in ihre Schuhe, schlang den dicken Wollschal um ihren Hals und griff nach dem Mantel.

»Morgen! Hast du schon gefrühstückt?«
Marie schüttelte den Kopf und schnallte sich an. Sie unterzog ihren Kollegen einer unauffälligen Musterung. Wie immer trug er Jeans, heute hatte er sie mit einem hellgrauen Pullover mit V-Ausschnitt kombiniert, aus dem ein karierter Hemdkragen hervor lugte. Sein beigefarbener Kurzmantel lag auf der Rückbank.
»Ja, die Konkurrenz schläft nicht!« Jürgen hatte Maries Blick bemerkt und grinste sie frech an. Marie musste lachen und blieb eine Antwort schuldig.
»Wir halten kurz beim Bäcker und holen uns ein paar belegte Brötchen.« Jürgen bog gut gelaunt ein paar Mal rechts und links ab und hielt kurz darauf vor der Bäckerei ‚Pulm'. Als sie beide ihre Bestellung aufgegeben hatten, zwinkerte die junge Verkäuferin Jürgen zu, und Marie verstand plötzlich, wieso ihre Wohnung an diesem Morgen auf seinem Arbeitsweg gelegen hatte. Sie schüttelte grinsend den Kopf, als sie ihr Frühstück im Auto verzehrte.

Nach und nach liefen auch die übrigen Kollegen in der Dienststelle ein, aber Marie Thalbach ließ sich von dem ansteigenden Geräuschpegel nicht stören. Sie war dabei, eine Liste von Leuten aufzustellen, die sie zum Tode von Herrn Reiter befragen wollten. Die Hausbewohner und seine Skatbrüder standen ganz oben.

In der Teambesprechung legte Hauptkommissar Schlüter fest, dass Adrian Franzen und Jürgen Thiele aus der neu gegründeten MoKo ‚Reiter' nach Zollstock fahren sollten, um Nachbarn und Hausbewohner zu befragen. Marie und Susanne sollten den drei Freunden aus der Skatrunde, deren Adressen sie in Reiters Adressbuch gefunden hatten, einen Besuch abstatten. Sie waren übereingekommen, es sei besser, persönlich dort aufzutauchen und den Überraschungsmoment zu nutzen, als die Herren vorzuladen und die Gespräche im Präsidium zu führen.

».. . Haben Sie eine Idee, worum es bei dem Streit zwischen Herrn Reiter und Herrn Schmitz gegangen sein könnte?«

Marek Popolski schüttelte den Kopf, und Susanne warf Marie einen verzweifelten Blick zu. Die Befragung der Skatfreunde verlief mehr als zäh und versprach keine neuen Erkenntnisse.

Weder Popolski noch Siegfried Sänger, genannt Sigges, hätten von einem der beiden Streithähne Einzelheiten erfahren. Die Skatrunde wurde nach dem Streit eingestellt, das hätte Schmitz ihnen mitgeteilt.

Mit keinerlei hilfreichen Informationen fuhren die beiden Kommissarinnen weiter zur vierten Person der Runde, Hermann Schmitz, der gemeinsam mit dem Toten auf dem Foto im Hamburger Hafen zu sehen war.

Fast zehn Minuten lang suchte Susanne nach einem Parkplatz in der Türnicher Straße, bis endlich ein anderes Auto wegfuhr und ihr Gelegenheit gab, ihren Wagen abzustellen. Herr Schmitz wohnte in Hausnummer fünf, einem Hochhaus mit etwa zwölf Stockwerken, wie Marie schätzte. Auffallend fand sie, dass alle vier ehemaligen Skatbrüder in Zollstock wohnten – aber Susanne erklärte ihr: Ein Kölner verlässt sein Veedel nicht. Auf ihr Klingeln wurde sofort geöffnet, ohne dass nachgefragt wurde, wer Einlass begehrte. Marie drückte erneut auf den Klingelknopf, um das Stockwerk zu erfragen, in das sie fahren mussten und, um sich vorzustellen.

»Entschuldigen Sie, ich dachte, es wäre der Postbote. Der klingelt immer überall, bis einer öffnet, damit er die Post in die Briefkästen verteilen kann.«

Nach kurzer Begrüßung lotste Hermann Schmitz sie in sein Wohnzimmer und bat sie, Platz zu nehmen. Marie wäre am liebsten zurück in den Flur gewichen. In dem kleinen Raum herrschte eine Hitze, dass sie sofort die obersten Knöpfe ihres Mantels öffnen musste. Zudem war Schmitz Zigarrenraucher, was das Atmen nicht gerade erleichterte. Sie setzte sich auf die Kante des plüschigen Sofas, während Schmitz den Sessel wählte und den Fernseher lautlos stellte.

Susanne platzierte sich neben Marie und kam gleich zum Punkt. »Herr Schmitz, worum ging es bei dem Streit zwischen Ihnen und Herrn Reiter?«

»Naja, der Bernie war immer sehr rechthaberisch – isser schon immer jewese, ooch damals in der Schul'.«

»Sie kennen sich also noch aus der Schulzeit?«

Hermann Schmitz nickte und rutschte auf dem lindgrünen Velours-Sessel hin und her.

»Dann muss es doch ein stichhaltiger Grund gewesen sein, der eine so lange Freundschaft zerstört!«

»Über Tote soll man nix Schlechtes nit rede!«

Susanne wurde ungeduldig, kämpfte aber tapfer dagegen an, sich von seiner stoischen Gelassenheit nicht provozieren zu lassen.

»Herr Schmitz, wir wollen das Andenken an Bernhard Reiter nicht beschmutzen. Aber er wurde ermordet, erwürgt, um genauer zu sein, und dann in den Rhein geworfen. Und wir wollen aufklären, wer das getan hat und warum. Sie können am besten helfen, wenn Sie uns den

Grund Ihres Streites nennen, ohne groß drumherum zu reden!«

Mit zusammen gekniffenen Augen sah er die Beamtin an. Der harmlose Rentner von eben war zu einem wachsamen Spitz geworden. »Es ging ums Geld«, antwortete er vorsichtig.

»Und weiter?«, bohrte Susanne.

»Der Bernie war schon immer ein Sparbrötchen, hat immer so geizig gelebt. Der muss mittlerweile so einiges auf der hohen Kante haben.«

»Und das hat Sie geärgert?« Susanne ließ nicht locker.

»Beim Skat hat er sich immer von uns einladen lassen, aber selbst nie mal 'ne Runde gegeben.«

Susanne wartete ab, damit würde sie den Alten nicht von der Leine lassen.

»Naja, ich habe ein bisschen was geerbt und mit dem Geld eine Wohnung gekauft. Und weil ich das nicht an die große Glocke gehängt habe, war er mir sauer.«

»Sie wollen mir doch nicht erzählen, dass Herr Reiter Ihnen deshalb die Freundschaft gekündigt hat. Es tut mir leid, Herr Schmitz, aber das ist mir zu dünn, da muss noch mehr dahinter stecken ... denken Sie noch einmal in Ruhe nach ...«

»Also gut, die Wohnung, die ich gekauft habe, war die, in der er schon mehr als dreißig Jahre lang wohnte. Und er hat von mir verlangt, die Miete runterzusetzen, weil wir ja schließlich Freunde seien. Aber das konnte ich natürlich nicht machen, immerhin steckt in der Wohnung mein ganzes Geld – und sie ist alles, was ich meiner Tochter später hinterlasse.«

Das klang schon plausibler. Dass Reiter »ne ahle Kniesbüggel« gewesen sei, hatten auch Sigges und Popolski ausgesagt.

Susanne ließ sich die Adresse der Tochter geben, und sie verabschiedeten sich vorerst von Hermann Schmitz. Marie hatte sich nicht am Gespräch beteiligt, sich aber zwischenzeitlich möglichst unauffällig im Zimmer umgesehen. Es war immer gut, sich auch ein Bild von den Menschen machen zu können, die im Umfeld eines Toten standen. Der Fernseher, ein modernes Flachbildschirmgerät, nahm einen zentralen Platz im Raum ein. Eine Gerichts-Doku flimmerte über den Monitor. Auf dem Couchtisch mit dunkler Marmorplatte stand eine angebrochene Flasche Kölsch – ohne Glas. Die wenigen Flächen an der Wand, die nicht von Möbelstücken verdeckt waren, schmückten ein altmodischer Kupferstich des Doms und eine stattliche Anzahl Urkunden für gewonnene Skatturniere. Man konnte schnell erkennen, wo die Interessen des Besitzers lagen.

Bevor sie sich auf den Weg nach Königsdorf zur Wohnung der Tochter machen wollten, fuhren Marie und Susanne erneut bei Sigges aus der Skatrunde vorbei.

»Herr Sänger, es geht noch einmal um den Streit zwischen Hermann Schmitz und Bernhard Reiter. Sie haben ausgesagt, den Grund nicht zu kennen, aber das glaube ich nicht.« Marie hatte nicht auf dem angebotenen Küchenstuhl Platz genommen, sondern blieb vor dem Rentner stehen, der sich schon wieder an den Tisch gesetzt hatte.

Sänger musste nun zu beiden Kommissarinnen aufsehen, was ihm sichtliches Unbehagen bereitete. Er rückte den Stuhl ein Stück vom Tisch ab, um etwas Abstand zu gewinnen.

»Sie saßen doch jeden Freitag zusammen, da müssen Sie etwas gewusst haben«, nahm Marie den Faden wieder auf.

Nach einigem Zögern antwortete Siegfried Sänger auf die Fragen der Kommissarin. Schließlich seien sie kein Damenkränzchen, sondern eine Skatrunde, da gehe es auch mal lauter zu, ohne dass gleich etwas in der Luft läge.

»An welchem Punkt wurde es denn lauter?«, drängte Marie. »Ging es vielleicht um eine Erbschaft?«

Erst zog Sänger die Augenbrauen fragend zusammen, dann schien ihm etwas dazu einzufallen. »Ach, die Wohnung meinen Sie?« Reiter habe nur gesagt, dass sie jetzt mit einem reichen Schnösel am Tisch säßen und die Rechnung an diesem Abend auf Schmitz ginge. Der sei jedoch nicht darauf eingegangen, und das Thema sei dann unter den Tisch gefallen.

Zurück im Auto wählte Susanne die Nummer von Marek Popolski und fragte ihn direkt nach dieser Bemerkung Bernhard Reiters am letzten gemeinsamen Skatabend. Popolski bestätigte Sängers Aussage, zweifelte aber daran, dass dies der Auslöser für den Freundschaftsbruch gewesen sei. Der Bernie hätte ihm ein paar Tage nach diesem Abend am Telefon mitgeteilt, dass er mit einem Judas wie dem Hermann nichts mehr am Hut hätte und sie sich überlegen sollten, mit wem sie die Skatrunde fortsetzen wollten. Aber ein neuer vierter Mann habe sich so schnell nicht finden lassen.

Als sie das Gespräch gerade beendet hatte, klingelte Susannes Handy. Es war Adrian Franzen, der gemeinsam mit Jürgen Thiele im Höninger Weg zur Befragung der Nachbarn unterwegs gewesen war. Niemand aus dem Haus habe etwas Interessantes gewusst. Alle hätten Bernhard Reiter schon seit Tagen nicht mehr gesehen, was aber nach einhelligen Aussagen keine Besonderheit darstellte. Man traf sich zufällig im Hausflur, aber ansonsten hätte er mit keinem der Nachbarn weitere Berührungspunkte gehabt. Nur mit Frau van den Bloom habe er sich wohl ganz gut verstanden, denn mit ihr habe er sich öfter unterhalten. Das allerdings war Marie und Susanne bereits bekannt.

»Um die Ecke ist eine Bäckerei, und ich brauche dringend einen Kaffee.« Susanne setzte schon den Blinker und lenkte den Wagen in eine freie Parkbucht.

Marie war froh über den kurzen Stopp, so konnte sie

wenigstens etwas zu essen für die Mittagspause erstehen. Zu Susannes großem schwarzem Kaffee bestellte sie für sich einen Cappuccino und wollte schon beide Getränke bezahlen, als sie von Susanne zurückgehalten wurde. »Nett von dir, aber ich zahle selbst.«

Marie erwiderte nichts. Stattdessen bestellte sie noch eine Laugenstange mit Käse und Schinken für sich dazu. Sie spürte, wie ihre Wangen brannten und brauchte noch einen Moment, bevor sie sich zu Susanne an den Tisch setzen konnte.

»Die Hausbewohner wissen nichts«, kam Susanne wieder auf den Fall zu sprechen. »Die meisten haben gar nicht bemerkt, dass Reiter seit mittlerweile vier Tagen nicht mehr zu Hause war.« Sie löffelte zwei Stück Zucker in ihren Kaffee.

»Dann warten wir mal, was Schmitz' Tochter gleich zu der Geschichte mit dem Wohnungskauf sagt.« Marie biss in das Laugengebäck. »Irgendwie hört sich das alles nicht stimmig an, aber man steckt in den Menschen ja nicht drin. Wegen einer verweigerten Mietsenkung eine jahrelange Freundschaft aufzukündigen, passt für mich nicht zusammen.«

Susanne nickte abwesend und rührte in ihrer Tasse.

Beate Schmitz war allein erziehende Mutter von zwei laut tobenden Jungs im Kindergartenalter, die sie schließlich nur mit der Herausgabe einer Tüte Gummibärchen zur Ruhe bringen konnte. Natürlich wisse sie von der Wohnung, die ihr Vater in Zollstock besäße, aber dass sie an seinen besten Freund, den Bernie, vermietet sei, das sei ihr neu. Sie könne sich aber vorstellen, dass so etwas einer Freundschaft unter Männern nicht zuträglich sei.

»Sie wissen ja, wie die sind, da zählt immer, was man hat, wie groß, wie schwer, wie teuer«, fast verschwörerisch zwinkerte sie den beiden Kommissarinnen zu.

Marie und Susanne wollten sich schon verabschieden, als Beate Schmitz eine Frage stellte. »Wieso spielt das mit der Wohnung denn jetzt plötzlich eine Rolle? Ich mein', der Vater hat die in den siebziger Jahren gekauft, soweit ich weiß.«

»Ach!«, Susannes Neugier war geweckt, »ich dachte, er hätte das Geld dafür erst kürzlich geerbt?«

»Geerbt hat er, aber nicht kürzlich, sondern vor vielen Jahren. Seine einzige Schwester ist reich verheiratet gewesen, früh Witwe geworden und dann kurz darauf an einem Herzfehler verstorben. Sie hatte keine Kinder und hat alles meinem Vater vererbt. Und davon hat er sich die Wohnung in Zollstock gekauft. Die sei später mal für mich, sagt er immer. Ich war ja damals noch ein Kind.«

»Das hieße also, Hermann Schmitz ist seit mehr als dreißig Jahren Eigentümer der Wohnung, in der Bernhard Reiter zur Miete wohnte. Und der Reiter soll das erst am letzten gemeinsamen Skatabend herausgefunden haben?« Susanne zog die Stirn kraus, während sie die gesammelten Informationen für ihren Bericht zusammenfasste.

»Kann ja sein, dass die Wohnung durch eine Verwaltungsgesellschaft vermittelt wurde«, vermutete Marie. »Lass uns nochmal hinfahren und seine Unterlagen durchgehen. Sicher hat er irgendwo seinen Mietvertrag, da müsste ja Näheres drinstehen.«

Kurz darauf befanden sie sich wieder in der Wohnung des Mordopfers. Anders als bei seinem Skatfreund Hermann Schmitz waren die Räume eher spartanisch möbliert, wie Marie schon bei ihrem ersten Besuch aufgefallen war. Der Teppich im Flur war abgewetzt, und an der Eichenholz-Garderobe hing außer einer beigefarbenen Windjacke nur noch eine graue Schildmütze. Überall herrschte peinliche Ordnung, selbst die Küche war aufgeräumt und alles Geschirr stand sauber in den Schränken. Schnell hatten sie im Wohnzimmerschrank den Ordner gefunden, in dem Reiter alle Unterlagen zur Wohnung abgelegt hatte. Aus dem Mietvertrag ging klar hervor, wie der Name des Vermieters lautete: Hermann Schmitz. Und da der Vertrag von Reiter unterschrieben worden war, stand fest, dass er das gewusst hatte. Es musste einen anderen Grund für den Streit gegeben haben. Schweigend durchsuchten die beiden Kommissarinnen die Schubladen nach weiteren Papieren des Toten.

»Du, ich hab was gefunden!« Aufgeregt winkte Marie Susanne zu sich herüber. Lose zwischen anderen Ordnern steckte eine Mappe, in der sich mehrere Schriftstücke befanden.

»Bei diesem Briefwechsel geht es im Wesentlichen um die exakte Größe der Wohnung. Reiter hat anscheinend einen Fernsehbericht gesehen, in dem behauptet wurde, dass die meisten Quadratmeter-Angaben in Mietwohnungen nicht korrekt angegeben seien. Er hat die Hausverwaltung angeschrieben und Daten über seine Wohnung verlangt, Grundriss, genaue Größe und so weiter.«

»Aha«, Susanne setzte sich an den Wohnzimmertisch, stützte die Ellbogen auf die Platte und hörte aufmerksam zu.

»Das letzte Schreiben ist interessant! Die Hausverwaltung schreibt in etwa, dass sie sich die Differenz von zehn Quadratmetern, die Reiters Wohnung laut Mietvertrag größer sein müsste, nicht erklären könne. Von den zehn Wohnungen in diesem Haus wären 1976 acht an die Gesellschaft für soziales Wohnen, die GESO, verkauft worden. Im Zuge dessen wurden alle Wohnungen, auch die beiden, die nicht an die GESO gegangen sind, neu vermessen. Diese Daten lägen der Hausverwaltung vor und wären auch an die Eigentümer weitergeleitet worden.«

»Ach, dann hat Reiter also eine kleinere Wohnung, als in seinem Mietvertrag steht«, fasste Susanne zusammen.

»Genau so ist es ... und zwar genau um zehn Quadratmeter kleiner.«

Susanne griff nach ihrem Kugelschreiber, einem Blatt Papier und begann ein paar Zahlen zu notieren. »Bei einer Kaltmiete in Höhe von vierhundertachtzig Euro und den vertraglichen sechzig Quadratmetern Grundfläche hätte er monatlich circa achtzig Euro zuviel gezahlt, die Nebenkosten mal nicht miteingerechnet. Das dann auf die vergangenen zweiunddreißig Jahre seit der Vermessung hochgerechnet – ich bleib jetzt der Einfachheit halber beim Euro – ergibt das mindestens dreißigtausend Euro, die er zuviel gezahlt hat.«

»Es sind schon Leute für weniger umgebracht worden«, sagte Marie trocken.

Sie klingelten erneut bei Frau van den Bloom, die ihnen mit verweinten Augen die Tür öffnete. Die Haare, die ihr schmales Gesicht beim letzten Besuch in gleichmäßigen Wasserwellen umrahmt hatten, klebten heute platt und unfrisiert am Kopf. Sie trug einen geblümten Morgenmantel, den sie mit einer Hand fest vor der Brust verschlossen hielt, als sie die Tür öffnete. Marie entschuldigte sich, dass sie offensichtlich ungelegen kämen, dennoch beantwortete die Nachbarin bereitwillig alle Fragen. Von der zu Unrecht geforderten Miete wusste sie nichts, aber sie erzählte den beiden Kommissarinnen, dass Reiter sehr sparsam leben musste. Der arme Mann habe sogar noch Zeitungen ausgetragen, um über die Runden zu kommen. Eine Schande sei es gewesen, wie der sich habe abrackern müssen, um die Kosten für das Pflegeheim seiner Mutter zahlen zu können. Die alte Dame sei erst vor knapp einem Jahr verstorben.

»So langsam wird mir klar, warum er den Schmitz einen ‚Judas' genannt hat«, bemerkte Marie auf dem Weg zum Wagen. »Der Reiter schuftet sich krumm und kommt trotzdem auf keinen grünen Zweig, während sein angeblicher Freund dabei zuschaut und ihn quasi jeden Monat über den Tisch zieht.« Sie schüttelte den Kopf. Wenn's um

Geld geht, endet die Freundschaft – wie oft hatte sich dieser Spruch schon bewahrheitet? Zurück im Präsidium besorgte Susanne eine Vorladung. Sie wollten Schmitz so schnell wie möglich mit ihren Erkenntnissen konfrontieren.

»Herr Schmitz, wir haben Grund zu der Annahme, dass Sie ihren Freund Bernhard Reiter im Streit getötet haben. Es steht Ihnen frei, sich zur Sache zu äußern. Wir weisen Sie darauf hin, dass alles, was Sie sagen, gegen Sie verwendet werden kann.«

Hermann Schmitz schwieg.

»Bei Ihrem Streit mit Bernhard Reiter ging es nicht um die Tatsache, dass Sie der Eigentümer seiner Wohnung waren. Möchten Sie uns dazu etwas erzählen?« Marie versuchte, eine vermeintlich freundliche Atmosphäre aufzubauen, um den sichtlich nervösen Herrn Schmitz zum Reden zu bringen. Wahrscheinlich hatte er längst mit seiner Tochter telefoniert und wusste, dass ein Festhalten an seiner alten Version des Streites keinen Sinn machte. Er druckste einen Moment herum, bis Susanne ihn harsch anging, dass es an der Zeit wäre, mit der Wahrheit rauszurücken.

»Herr Schmitz«, sagte Marie ruhig, »Ihr Freund hat herausgefunden, dass Sie ihn über den Tisch gezogen haben und hat Sie damit konfrontiert. Er hat Sie vor Zeugen einen ‚Judas' genannt. Bernhard Reiter hatte keinen Cent auf dem Konto. Nur durch seinen Job als Zeitungsausträger ist er einigermaßen über die Runden gekommen. Jeden Tag ist er bei Wind und Wetter in aller Herrgottsfrühe unterwegs gewesen, statt seinen wohlverdienten Ruhestand zu genießen. Und trotzdem musste er jeden Cent zweimal umdrehen. Dann entdeckt er, dass sein bester Freund ihn seit Jahren betrügt, sich auf seine Kosten bereichert. Für Herrn Reiter wären die monatlich achtzig Euro mehr eine echte Hilfe gewesen.«

Schmitz sank förmlich auf seinem Stuhl zusammen. Auf Marie machte er nicht den Eindruck eines kaltblütigen Mörders, sondern eher den eines alten Mannes, der gerade an seiner Habgier verzweifelte.

»Der Bernhard war doch minge Fründ – nie hätt isch den umjebracht!«

Susanne schüttelte den Kopf. »Freitagabend wollte Ihr Freund Sie zur Rede stellen, es kam erneut zum Streit, der schließlich eskalierte. Sie verloren die Kontrolle und töteten ihn. Herr Schmitz, so war es doch!«

Hermann Schmitz wimmerte und schüttelte immer wieder den Kopf. »Nein, isch bin dat nit jewese, isch han nix jemaat...«

Unerbittlich fuhr Susanne fort: »Bernhard Reiter hat Sie angeschrien, er war wütend, ist ausfallend geworden. Und Sie wollen, dass er endlich Ruhe gibt. Sie sind aufgebracht, es kommt zu Handgreiflichkeiten. Als Sie feststellen, dass Ihr Freund tot ist, geraten Sie in Panik. Sie wollen Ihre Tat vertuschen. Sie beschließen, die Leiche im Rhein zu versenken. Ihr Pech, dass die Leiche so schnell wieder aufgetaucht ist.«

Im Bericht des Rechtsmediziners hatte es geheißen, dass die Blutspuren, die an der Kleidung des Toten gefunden wurden, nicht von Bernhard Reiter stammten. Jetzt spielte Susanne ihren Trumpf aus.

»Herr Schmitz, das Blut, das wir an Bernhard Reiters Kleidung gefunden haben, stammt nicht von ihm. Wir können jetzt eine Probe nehmen, um einen DNA-Vergleich zu machen – oder aber Sie erzählen uns von sich aus, was passiert ist.«

»Nein, nein, isch war's nit!«, wiederholte der Mann weinerlich.

Susanne knallte mit der flachen Hand auf den Tisch und beugte sich zu Hermann Schmitz hinüber. Ihr Gesicht war seinem so nah, dass sie seine säuerlichen Ausdünstungen roch. Schmitz wich ängstlich zurück.

»Es ist Ihr Blut, geben Sie es zu. Und ich will wissen, wie es dorthin gekommen ist!«

Dieses Mal nickte der Mann und stotterte zögernd eine Antwort heraus. »Bernhard ist tatsächlich bei mir aufgetaucht und hat mich beschimpft.« Sie seien in Streit geraten, ein Wort habe das andere gegeben und schließlich habe Bernhard ihm einen Kinnhaken verpasst. Natürlich habe er zurück geschlagen. Plötzlich sei ihm etwas Warmes über das Gesicht gelaufen, und er habe bemerkt, dass seine Nase blutete. Dabei müsse das Blut an Bernhards Kleidung gekommen sein.

»Isch schwöre, dat der quicklebendig bei mir us der Wunnung rus is!«

Susanne streckte hinter ihrem Rücken Zeige- und Mittelfinger in die Höhe. Marie allerdings teilte die Meinung der Kollegin nicht, sie blieb skeptisch. Die Blutflecken bewiesen die Handgreiflichkeiten zwischen den beiden Männern, aber dass Schmitz seinen Freund tatsächlich umgebracht haben sollte, wollte sie noch nicht glauben.

Dennoch verließen die beiden Kommissarinnen den Vernehmungsraum. Susanne telefonierte mit dem Staatsanwalt und berichtete vom Ergebnis der Befragung. Sie teilte ihm aber auch mit, dass Hermann Schmitz den Toten vermutlich nicht allein ohne fremde Hilfe hätte tragen können, nur hatten sie bisher keine Hinweise auf einen Helfer gefunden.

Hermann Schmitz wurde noch am selben Abend dem Haftrichter vorgeführt und in Untersuchungshaft gebracht.

Am Donnerstag zur Mittagszeit lief Isabelle Meinert über den menschenleeren Eifelplatz. Sie hatte sich verspätet und hoffte, ihre Kleine würde im Schulgebäude auf sie warten und stand jetzt nicht mutterseelenallein auf dem Hof. Sie bog in die Pfälzer Straße ein und erreichte kurze Zeit später die Gemeinschaftsgrundschule, die ihre Tochter Jasmin seit einigen Wochen besuchte. Aber weder auf dem Schulhof noch auf dem Flur des Eingangsbereiches war Jasmin zu sehen. Isabelle Meinert lief die Treppen hinauf ins Lehrerzimmer und fragte nach der Klassenlehrerin.

Frau Schlomann war eine attraktive Blondine Anfang Dreißig mit kunstvoll gestaltetem Fingernageldesign, die besser in einen Kosmetiksalon gepasst hätte, als in eine Klasse mit schwer zu bändigenden Erstklässlern. »Jasmin ist wie immer mit den anderen Kindern nach dem Klingeln in den Schulhof gelaufen und auch nicht wieder zurückgekommen. Vielleicht ist sie auf dem Spielplatz im Volksgarten oder mit einer Freundin nach Hause gegangen?«

Isabelle Meinert erwiderte, ihre Tochter wisse, dass sie noch nicht allein von der Schule weggehen dürfe und warten müsse, bis die Mutter sie abholen käme. Mit leichter Panik zückte Isabelle Meinert ihr Handy. Sie fragte bei den Müttern von Jasmins besten Freundinnen nach, ob sie mit einer von ihnen nach Hause gegangen sei. Aber die Telefonate ergaben nichts.

»Regen Sie sich nicht auf. Jasmin ist bestimmt hier irgendwo und wartet auf Sie«, versuchte die Lehrerin Isabelle Meinert zu beruhigen.

Sie liefen gemeinsam zum Klassenraum, aber er war leer. Ebenso wie die anderen Klassenzimmer, die sich auf dem gleichen Gang befanden. Die beiden Frauen eilten den kurzen Weg hinüber in die Turnhalle, aber auch dort war keine Spur von Jasmin. Isabelle Meinert stand die Verzweiflung ins Gesicht geschrieben. Sie machte sich wiederholt Vorwürfe, zu spät gekommen zu sein.

Die Lehrerin schüttelte mitfühlend den Kopf. »Es tut mir leid, sie scheint wirklich nicht mehr hier zu sein. Aber bleiben Sie ruhig. Gehen Sie einfach den Weg ab, den Jasmin nach Hause nimmt. Bestimmt wartet sie schon bei Ihnen vor der Tür.«

Isabelle Meinert wollte erwidern, dass sie genau diesen

Weg hierher gekommen war, und dass sie Jasmin hätte begegnen müssen, aber sie unterließ es und verabschiedete sich stattdessen schnell.

Ihre letzte Hoffnung war, dass Jasmin die Straße hinunter in Richtung Volksgarten gelaufen sein könnte und auf dem Spielplatz war. Aber weder dort noch sonstwo war Jasmin zu finden. Der Verzweiflung nahe begab sich Isabelle Meinert auf den Nachhauseweg. Ihre Tochter wartete nicht vor der Haustür und auch nicht in der Wohnung. Sie wählte die 110 und meldete unter Tränen das Verschwinden ihrer Tochter. Ein Polizeibeamter versprach mit beruhigender Stimme, sofort zwei Kollegen zu ihr zu schicken.

Ruhelos wanderte Isabelle Meinert von einem Raum in den nächsten, um doch immer wieder im Türrahmen zu Jasmins Kinderzimmer stehen zu bleiben. Schließlich setzte sie sich auf das Bett mit der rosafarbenen Lillifee-Bettwäsche, drückte den Lieblingsstoffhasen ihrer Tochter ans Gesicht, und dann stürzten ihr nur so die Tränen aus den Augen. Ein Gefühl umfassender Ohnmacht ergriff sie.

Plötzlich klingelte das Telefon. Erschrocken ließ sie den Hasen sinken. Dann sprang sie auf und rannte in den Flur zum Telefon. Mit erstickter Stimme nannte sie ihren Namen.

»Hören Sie zu!«

Isabelle Meinert nickte, stammelte dann ein »Ja« hinterher.

»Ihre Tochter ist bei mir.«

»Wer sind Sie? Was haben Sie mit Jasmin gemacht?«, schluchzte sie.

»Es geht ihr gut. Sie können sie jetzt aber nicht sprechen. Hören Sie einfach nur zu!«

Isabelle Meinert schluckte und schwieg, um den Anrufer nicht zu verärgern. Zu groß war ihre Angst, etwas falsch zu machen und die Verbindung zu ihm zu verlieren.

»Ich verlange von Ihnen nur eine Sache, dann bekommen Sie Ihre Tochter wohlbehalten zurück. Es wird ihr nichts geschehen – wenn Sie mir entgegen kommen. Und keine Polizei! Bringen Sie mir den Inhalt des Bankschließfaches in der Schweiz. Die Übergabe erfolgt in fünf Tagen, das sollte für die Organisation ausreichen. Ich melde mich wieder.«

»Nein!«, es war mehr ein Schrei, »das dürfen Sie nicht tun, ich muss wissen, dass es meinem Kind gut geht. Ich will mit ihr sprechen!« Hektisch wischte sich Isabelle die Tränen aus dem Gesicht, bevor sie weitersprach. »Welches Bankschließfach? Wir haben kein Schweizer Bankfach. Sie müssen sich irren! Sie haben das falsche Kind! Ich habe überhaupt kein Geld – aber ich gebe Ihnen trotzdem alles, was ich habe, mein Sparbuch, das Auto . . .«

Kalt drang die Stimme des Anrufers an Isabelle Meinerts Ohr: »Den Inhalt des Schweizer Bankschließfaches. Fragen Sie den Vater!«

Damit wurde die Verbindung unterbrochen. Isabelle Meinert glaubte zu ersticken, so heftig brach ein trockenes Schluchzen aus ihr hervor. Der Mann musste sich geirrt haben. Außer ihrem alten Golf und dem Sparbuch mit vielleicht zweitausend Euro besaß sie nichts. Verzweifelt hämmerte sie mit der Faust auf die Wand ein. Wo war ihre Kleine? Was hatte der Mann mit Jasmin gemacht? Warum wollte er die Übergabe erst in fünf Tagen? Das wäre nächsten Dienstag . . . es fühlte sich so an, als wühle jemand mit einem heißen Eisen in ihren Eingeweiden. Ihr wurde übel, und sie rannte auf die Toilette, wo sie brennende Magensäure erbrach. Wie sollte sie die Zeit bis Dienstag überstehen?

Die Türklingel unterbrach ihre Gedanken. Das musste die Polizei sein. Schnell spritzte sie sich kaltes Wasser ins Gesicht und spülte den Mund aus. Sie durfte sich auf keinen Fall verraten.

Als sich die beiden Beamten nach etwa einer halben Stunde wieder verabschieden wollten, war Isabelle Meinert mit ihren Kräften am Ende. Aber sie war auch sicher, dass die Polizisten nichts von der Kontaktaufnahme des Entführers ahnten. Noch gingen sie davon aus, dass Jasmin mit einer Schulkameradin nach Hause gegangen war und hatten sie gebeten, alle Eltern der Mitschüler ihrer Tochter anzurufen. Parallel dazu wollte die Polizei mit Hilfe der Rettungsdienste in den Krankenhäusern nachfragen, ob ein kleines Mädchen, auf das die Beschreibung Jasmins passte, eingeliefert worden sei. Weitere Kollegen würden sich damit befassen, Nachbarn und Lehrer nach Hinweisen zu befragen. Parallel dazu könnten sie am Abend eine Suchmeldung über das lokale Radio senden.

Verschreckt schüttelte Isabelle Meinert den Kopf, das wolle sie nicht, würgte sie hervor. Ein möglicher Entführer würde dann erst recht unsicher und täte ihrer Tochter vielleicht etwas an.

»Hat jemand mit Ihnen Kontakt aufgenommen?«, fragte einer der beiden Beamten misstrauisch.

Isabelle beeilte sich, den Kopf zu schütteln. »Nein, nein, ich meine bloß. Wo soll sie denn sein, ich habe ja schon überall gesucht?«

»Jetzt warten Sie erst einmal ab, sicher ist sie mit einer Freundin mitgegangen und sitzt jetzt fröhlich im Kinderzimmer und spielt. Wir tun zwischenzeitlich alles, um sie zu finden und um einen Unfall auszuschließen. Und letztlich ist es ein gutes Zeichen, dass sich noch niemand bei Ihnen gemeldet hat.«

Bedrückt nahm Isabelle Meinert diesen letzten Satz in sich auf. Die Polizisten gingen, und sie war wieder allein in ihrer Wohnung.

Sie musste etwas essen, aber ihr Magen schien wie zugekleistert. Der Mann am Telefon hatte davon gesprochen, dass sie ihren Vater fragen solle, das war ihr in den ersten

Sekunden fast schon wieder entfallen. Vielleicht wusste ihr Vater etwas über ein Schweizer Bankfach? Mit fliegenden Fingern tippte sie seine Nummer in Euskirchen ein und war erleichtert, als er abnahm.

»Papa, es ist etwas Furchtbares passiert. Jasmin ist weg – ich komme sofort zu dir!«

Sie nahm ihm das Versprechen ab, dass er das Haus nicht verlassen würde, bis sie bei ihm sei, knallte das Mobilteil ihres Telefons auf das Tischchen und verließ mit der Jacke in der Hand die Wohnung.

Kaum eine dreiviertel Stunde später saß sie bei ihrem Vater auf der Couch und berichtete von Jasmins Entführung. »Papa, du musst mir sagen, was es mit diesem Schweizer Bankfach auf sich hat . . . nur so können wir Jasmin freikaufen.«

»Isa, ich habe keine Ahnung! Der Mann muss sich irren, wir haben noch nie ein Bankfach besessen, geschweige denn in der Schweiz. Wir müssen die Polizei informieren.«

Entsetzt schaute Isabelle Meinert ihren Vater an. Die holzgetäfelten Wände des Wohnzimmers schienen immer näher zu rücken, während ihr Vater, der ihr in seiner gemütlich ausgeleierten Cordhose und einer grünen Strickjacke gegenüber saß, sich von ihr entfernte. Der alte Ofen in der Ecke strahlte eine angenehme Wärme ab. Dennoch waren Isabelles Finger kalt, während ihre Bluse am Rükken klebte. Die Hoffnung, dass ihr Vater dieses Rätsel lösen könnte, zerschellte an seinen Worten.

»Nein, keine Polizei! Ich muss zurück, der Mann hat über das Festnetz angerufen. Er wird es vielleicht wieder versuchen. Und wenn ich nicht da bin . . .« Sie beendete ihren Satz nicht, sondern griff nach Tasche und Jacke.

Aber ihr Vater drückte sie wieder zurück auf die Couch. »Ich komme mit, Kind, lass mich nur rasch ein paar Dinge einpacken.«

Insgeheim war Isabelle froh, dass er ihr beistehen würde. Sie könnte das nicht allein durchstehen, Jasmins leeres Zimmer zu sehen, nicht zu wissen, wo sie war und wie es ihr ging.

Nachdem Isabelle mit ihrem Vater wieder in ihrer Wohnung angekommen war, schleppte sie seinen kleinen Koffer nach oben, während Bertram Meinert nach der Post sah. Wortlos legte er den Briefkastenschlüssel auf das Telefontischchen. Dann streckte er ihr schweigend ein Päckchen entgegen. Isabelle erstarrte. Ihre Knie wurden weich und sie fürchtete, in dem Päckchen etwas Entsetzliches zu finden. Ob der Entführer ihr einen Finger ihrer Tochter schickte? Oder etwa ein Ohr, um seine Entschlossenheit und seine Grausamkeit zu beweisen?

Mit zitternden Händen riss sie das Packpapier auseinander. In dem schmalen Karton lag eine Cassette. Jetzt erst merkte sie, dass sie den Atem angehalten hatte.

». . . schnell, den Recorder aus Jasmins Zimmer!«

Sie steckte die Cassette in das Gerät und drückte auf ‚Play'. Es knisterte und summte, dann war die Stimme des Anrufers zu hören, der dem Mädchen befahl, seiner Mutter mitzuteilen, dass es ihr gut ginge.

»Mami . . .«, dünn drang die Stimme aus den Lautsprechern. Isabelle schluchzte auf und griff nach der Hand ihres Vaters.

». . . ich hab auf der Straße gewartet . . . und ich weiß, dass du das verboten hast . . .« Leises Weinen begleitete die Worte, dann folgte nur noch ein Rauschen.

»Oh Gott, mein Baby . . .«, Isabelle kniete auf dem Boden vor dem Cassettenrecorder, als wollte sie durch ihn hindurch zu ihrer Tochter kriechen. ». . . mein Baby, du hast nichts falsch gemacht, es ist nicht deine Schuld . . . Mami holt dich ganz schnell wieder nach Hause!« Isabelle schluchzte auf.

Unbeholfen strich Bertram Meinert seiner Tochter über

den Kopf. Das war ganz sicher eine Nummer zu groß für sie beide. Und so sehr seine Tochter ihn auch darum gebeten hatte, es nicht zu tun – er stand auf, ging zum Telefon und wählte die Nummer der Polizei.

Fünf

Nachdem Isabelle Meinert den Beamten von der Kripo ihren Tagesablauf ausführlich geschildert hatte, fragte der ältere der beiden Polizisten, Kriminalkommissar Hess, nach Jasmins Vater.

»Den gibt es nicht, wir sind nur zu zweit.«

An Max hatte Isabelle überhaupt nicht gedacht. Aber er hatte auch in den vergangenen sieben Jahren keine Rolle in ihrem Leben gespielt. Als sie ihm damals gesagt hatte, dass sie ein Kind bekämen, glaubte sie für einen vergänglichen Moment, sie wären das glücklichste Paar der Welt. Schmerzhaft hatte sie kurz danach spüren müssen, wie er sich immer mehr zurückzog, um sich schließlich ganz von ihr zu lösen. Er hatte vorgeschoben, ihr die Belastung einer langwierigen Scheidung von seiner Frau nicht zumuten zu wollen – die Wahrheit lag wohl eher darin, dass er sich selbst nicht den damit verbundenen gesellschaftlichen Abstieg zumuten wollte. Nach einem heftigen Streit war er verschwunden, für immer. Und Isabelle hatte versucht, seinen Namen aus ihrer Erinnerung zu streichen. Auch für immer.

»Natürlich gibt es einen biologischen Vater, aber wir haben keinen Kontakt zueinander; Max spielt keine Rolle in unserem Leben.«

Der Beamte nickte, fragte aber dennoch, ob ‚Max' über ein Schließfach bei einer Schweizer Bank verfügen würde, ob es möglich sei, dass der Entführer ihn gemeint haben könne. Isabelle musste nicht lange überlegen, wenn jemand ein Schließfach nötig haben würde, dann sicher die Familie, in die Max eingeheiratet hatte.

»Es ist etwas heikel...«, aber warum in aller Welt sollte sie ihn noch schützen? Es ging um die Sicherheit ihres Kindes. Was zählte da seine frühere Angst, die Liaison könne auffliegen? Sie fasste Vertrauen in die Aussicht, die Quelle für das Lösegeld gefunden zu haben. »Max könnte ein Schließfach in der Schweiz besitzen«, antwortete sie langsam. »Sein vollständiger Name lautet Maximilian Feldmann.«

Sie heftete den Blick auf ihre Schuhe, nicht einmal ihrem eigenen Vater hatte sie bisher diesen Namen preisgegeben. Aber die Situation verlangte, dass sie alte Mauern niederriss. Für einen Moment war es still in dem kleinen Wohnzimmer.

»Der Feldmann?«, brach einer der Polizisten das Schweigen.

Isabelle nickte. Sie fühlte sich gezwungen, eine Erklärung nachzuschieben. »Max war meine erste Liebe. Meine große Liebe. Schon in der Schule waren wir ein Paar und wollten für immer zusammen bleiben. Aber nach dem Abitur ging er weg aus dem Dorf, in dem wir aufgewachsen waren. Ich wollte nicht mit, und wir verloren uns aus den Augen.«

»Und weiter?«

»Dass er auch nach Köln gegangen war, wusste ich nicht. Zufällig trafen wir uns dort Jahre später beim Karneval – und irgendwie schien es, als sei die Zeit stehen geblieben. Allerdings hatte er zwischenzeitlich geheiratet: Constanze Feldmann, Tochter und Erbin von Feldmann's Kölsch und etwa acht Jahre älter als er. Eigentlich wollte ich nichts mit einem verheirateten Mann anfangen. Aber irgendwie steckten wir auf einmal mittendrin. Wir wollten neu anfangen. Es schien ein Wink des Schicksals zu sein, dass wir uns wieder gefunden hatten. Dann wurde ich schwanger, und plötzlich war alles anders. Ich wusste natürlich, dass seine Scheidung nicht leicht für uns werden würde, aber wir hätten das schon geschafft! An unserem letzten gemeinsamen Abend sagte er mir, dass er Constanze nicht verlassen könne. Er hatte Angst, dass sie ihn fertig machen würde. Beruflich und gesellschaftlich würde er in Köln keinen Fuß mehr auf den Boden bekommen. Schon dass er bei der Heirat ihren Namen angenommen hatte, hätte mir klar machen müssen, wie wichtig ihm Statussymbole und Geld waren. Wichtiger als ich und unser Kind ihm jemals sein würden. Seine Frau konnte keine Kinder bekommen. Das machte alles nur noch schlimmer. Nach diesem letzten Treffen habe ich nie wieder etwas von ihm gehört.«

»Feiger Hund!« Es war Bertram Meinert, der diese Worte ausgesprochen hatte.

Isabelle widersprach, sie habe ihm verboten, sich jemals wieder bei ihr zu melden. Er sollte das Kind und sie nie wieder sehen.

»Damit haben wir allerdings die perfekte Kulisse für eine Erpressung«, stellte Kommissar Hess fest. »Geld ist ausreichend vorhanden, die Ehefrau darf nichts erfahren – der Mann ist das perfekte Opfer. Auch wenn er bisher keinen Kontakt zu seinem Kind hatte, so wird er doch um jeden Preis seine Ehe und seinen Status schützen wollen. Sie müssen ihn kontaktieren, Frau Meinert. Es scheint mir sehr wahrscheinlich, dass der Entführer aus dem näheren Umfeld von Ihnen beiden kommt. Da ganz speziell der Inhalt des Schweizer Bankfaches verlangt wird, scheint der Erpresser zu wissen, was dort aufbewahrt wird. Das könnte ein enger Freund oder zumindest sehr guter Bekannter des Hauses Feldmann sein.«

Kommissar Hess war klar, dass sie die Ermittlungen in diesen Kreisen äußerst vorsichtig angehen mussten, sonst hätten sie schnell den Polizeipräsidenten auf der Matte stehen, der vermutlich Mitglied im selben Karnevalsverein wie Constanzes Vater, Heinrich Feldmann, war.

»Wir sprechen zuerst mit Maximilian Feldmann. Vielleicht ist er hilfsbereiter, wenn wir ihn in dem Glauben lassen, dass er sein Geheimnis vor der Familie verbergen kann«, erklärte Kommissar Toller.

Die Polizisten hatten entschieden, Max direkt in seinem Büro aufzusuchen. Isabelle wollte sie begleiten, aber Hess erklärte ihr, dass das nicht möglich sei. Dennoch war sie den beiden Beamten gefolgt und wartete nun in ihrem schwarzen Zweier-Golf am Straßenrand vor dem Verwaltungsgebäude der Feldmann-Brauerei. Wie konnten sie von ihr verlangen, ruhig zu Hause zu sitzen und abzuwarten? Sie musste mit Max sprechen, dringend. Es hielt sie fast nicht im Auto. Nervös trommelte sie mit den Fingern auf das Lenkrad. Die Zeit schien still zu stehen, während in ihrem Kopf immer nur das Weinen ihrer Tochter kreiste. Max war ihre einzige Chance. Sie biss sich an diesem Gedanken fest und konzentrierte sich auf den Moment, wenn sie ihm gegenüberstehen würde.

Endlich fuhr das Auto mit den Kripo-Beamten vom Hof. Isabelle drückte sich in den Sitz, um nicht gesehen zu werden. Sie wartete, bis der Wagen einige Meter zurückgelegt hatte, dann stieg sie aus und lief auf den Eingang der Brauerei zu.

Sie nickte der Dame hinter dem Empfangstresen flüchtig zu und strebte auf die seitlich gelegene Treppe zu. Immer zwei Stufen auf einmal nehmend, ignorierte sie das Rufen der Frau. Damals hatte Max sein Büro in der ersten Etage gehabt, das hatte er ihr einmal erzählt. Schnell überflog sie die Namensschilder an den Türen und hastete den Flur entlang, bis sie vor dem Schild mit seinem Namen stand. Ohne zu zögern, riss sie die Tür auf.

Erschrocken setzte sich Maximilian Feldmann hinter seinem Schreibtisch auf. Isabelle! In Anbetracht dessen, was die Polizisten ihm soeben berichtet hatte, sollte es ihn nicht wundern, sie hier zu sehen. Dennoch spürte er Wut in sich aufwallen. Was dachte sie sich dabei, einfach hier aufzutauchen, in seinem Büro? Er erhob sich mit zusammengekniffenen Augen.

»Jasmin ist entführt worden! Und ich brauche deine Hilfe!« Isabelle drückte die Tür hinter sich ins Schloss und ging einige Schritte in den lang gezogenen Raum hinein. Sie blieb stehen, ihre Wangen waren gerötet, die Augen starr auf Max gerichtet. »Du musst mir helfen!«

Maximilian schluckte einmal kurz, dann zischte er sie nur mäßig beherrscht an, was ihr einfalle, hier aufzutauchen. »Bist du von allen guten Geistern verlassen, hierher zu kommen? Wenn Constanze . . .«

»Es interessiert mich einen Scheiß, was deine Frau denkt. Ich will mein Kind zurück!«

Besorgt trat Maximilian hinter seinem Schreibtisch hervor, so kam er nicht weiter. Er bat Isabelle, sich zu setzen. »Wir reden, jetzt gleich. Aber erst muss ich dafür sorgen, dass wir ungestört bleiben.«

Isabelle kam der Aufforderung, Platz zu nehmen, nicht nach, blieb aber für den Moment still. Maximilian führte ein kurzes Telefonat, in dem er anscheinend dem Empfang mitteilte, dass alles in Ordnung und der unangemeldete Besuch bei ihm sei.

Isabelle beobachtete ihn. Als er den Hörer aufgelegt hatte, fuhr sie etwas ruhiger fort. Sie erzählte von dem Anruf des Entführers und der Lösegeldforderung. Mit jedem Satz wurde ihre Stimme schriller, und Max befürchtete, dass sie gleich hysterisch weinen würde.

Er strich sich durch die gewellten Haare, zog seine Krawatte gerade und setzte sich auf die Rückenlehne des Besuchersessels. »Ich habe es der Polizei schon gesagt, Isabelle, ich habe keine Ahnung, worum es geht.«

Isabelles Augen füllten sich mit Tränen, er konnte nicht

sagen, ob vor Wut oder Verzweiflung. Schnell fuhr er fort, ihr zu erklären, dass er kein Schließfach in der Schweiz habe. »Wir haben eines bei unserer Hausbank in Köln, das habe ich auch den Beamten gesagt.«

»Aber es muss noch ein anderes Schließfach geben. Wieso hat der Mann denn sonst ausdrücklich von der Schweiz gesprochen?« Eindringlich sah Isabelle ihn an, verfolgte jede seiner Bewegungen mit den Augen. »Kannst du nicht herausfinden, ob es nicht doch ein Schließfach gibt und was drin ist?« Sie stockte kurz, um dann fortzufahren, »Max, Jasmin ist alles, was ich habe, sie ist mein Leben – und ich will mein Kind zurück! Bitte, du musst mir helfen!«

Aber Maximilian Feldmann war Jahre davon entfernt, so etwas wie Verantwortung zu spüren. Das Einzige, was er spürte, war ein schmerzhaftes Ziehen in der Magengegend, als ihm immer deutlicher bewusst wurde, dass es kaum realistisch war, das alles vor Constanze geheim zu halten. Er wäre ruiniert. Alles, was er sich in den letzten Jahren aufgebaut hatte, sah er vor seinem inneren Auge in sich zusammenfallen. Seine Ehe, die Villa in Hahnwald, seine Kontakte. Er machte sich keine Illusionen, dass keiner von denen ihn noch kennen würde, wenn Constanze ihn abserviert hatte. Das war sein Leben, das war alles, wofür er gearbeitet hatte. Er würde sich das nicht an einem einzigen Nachmittag kaputt machen lassen.

Er straffte die Schultern. »Es tut mir leid, Isabelle, aber ich kann dir nicht helfen. Wäre es mein Schließfach, sähe die Sache anders aus. Aber du kannst nicht erwarten, dass ich meine Frau ausspioniere und bestehle. Sag dem Entführer, dass du nicht an das Schließfach heran kommst, biete ihm einen Deal an . . .«

Isabelle traute ihren Ohren nicht. Sie konnte doch nicht mit dem Entführer um das Leben ihres Kindes feilschen, als wäre sie auf dem türkischen Wochenmarkt in Nippes. Sie schluchzte auf. Maximilian reichte ihr ein Taschentuch und legte ihr nahe, nach Hause zu fahren und der Polizei zu vertrauen. Die Energie, mit der sie noch vor wenigen Minuten die Treppe hinaufgestürmt war, war verpufft. Sie trocknete ihre Tränen und ging mit hängenden Schultern auf die Tür zu.

*

Er hätte nicht gedacht, dass Kinder einem dermaßen auf die Nerven gehen konnten. Schadenfroh äffte er ihr weinerliches »wann kommt denn meine Mami, wann kommt denn meine Mami?« nach, bis es sich schrill in seinen Ohren brach. Er hatte ihr verboten, in seiner Gegenwart zu weinen. Er konnte das Geschniefe nicht ausstehen. Jetzt sagte sie gar nichts mehr, und das erinnerte ihn fatalerweise an zu Hause. Er hasste es, wenn unausgesprochene Worte wie Mauern im Raum standen, wenn man sie nicht überwinden konnte. Er konnte spüren, dass das kleine Mädchen sich fürchtete. Wie eine Aura umhüllte sie eine kindliche Unschuld, die ihn wortlos ansprach. Er konnte es sich nicht leisten, schwach zu werden, und wenn sie nicht aufhörte, würde er an ihr ein Exempel statuieren müssen. Es wäre ihre eigene Schuld, nicht seine, denn sie provozierte ihn. Er gehörte zu den Guten, schließlich war er dabei, ein altes Unrecht wieder gut zu machen.

Die Luft im Keller roch modrig. Seit Jahren war niemand hier gewesen. Angewidert rümpfte er die Nase, dann öffnete er die schwere Holztür zu dem dahinter liegenden Raum. Sie kauerte auf dem Bett, die dünnen Ärmchen um ihre Knie geschlungen. So war es recht. Er sog die Unterwürfigkeit dieser Haltung wie Sauerstoff in sich hinein. Aber er musste sich beeilen, zu lange in diesem Zimmer mit ihr, und ihre vermeintliche Unschuld würde mit klam-

men Fingern nach ihm greifen. Er lachte kurz auf. Das Mädchen auf dem Bett zuckte zusammen. Dann stellte er eine Flasche Mineralwasser, einen Kanten Brot und einen Apfel in die Ecke neben der Tür. Mit einem metallischen Knirschen drehte sich sein Schlüssel kurz darauf wieder im Schloss, und er wandte sich ab, den Gang hinunter.

*

Obwohl Bertram Meinert alles versucht hatte, seine Tochter von ihrem Plan abzuhalten, stand Isabelle knapp eine Stunde später wieder mit ihrem Auto vor dem Brauerei-Verwaltungsgebäude. Sie musste nicht lange warten, bis Max die kleine Anhöhe zur Straße hinauf fuhr und in die Straße einbog, die durch den Büropark führte.

„Dachte ich's mir doch – das Auto ist neu, schwarz, groß und teuer und unverkennbar von Max.«

Das Kennzeichen lautete MF - 1. Isabelle klemmte sich hinter den dunklen Porsche Cayenne. Vorne an der Kreuzung würde sie ihn auf sich aufmerksam machen, oder notfalls würde sie ihm bis zu seiner Garageneinfahrt folgen. Aber sie war sicher, dass er nicht lange überlegen, sondern direkt an der Kreuzung abbiegen und sie auf einem Waldparkplatz kurz hinter dem Forstbotanischen Garten treffen würde. Früher hatten sie sich dort auch einige Male getroffen, in der Mittagspause, für einige verstohlene Küsse.

Der schwere Cayenne näherte sich der Kreuzung, an der die Ampel gerade auf Rot sprang. Mit aufgeblendetem Licht versuchte Isabelle, Max auf sich aufmerksam zu machen, schließlich drückte sie auf die Hupe. Sie hatte die Innenbeleuchtung ihres Autos eingeschaltet, so dass Max sie sehen konnte, wenn er in den Rückspiegel blickte.

Kurz darauf blinkte der Wagen vor ihr für Rechtsabbieger – er hatte sie also erkannt und das Signal verstanden. Isabelles Herz hämmerte, sie hatte keine Ahnung, was sie ihm sagen wollte. Sicher war nur, dass sie ihn überzeugen musste, ihr zu helfen.

Sie lenkte ihren Golf über den Kies des Parkplatzes. Weiter hinten parkte noch ein anderer Wagen, aber es war niemand zu sehen. Gleichzeitig mit Max öffnete sie die Autotür, Max lief ein Stück um seinen Wagen herum, blieb am Kofferraum stehen. Im Schutz ihrer Autos schauten sie sich an.

»Danke, dass du gekommen bist.«

»Hatte ich eine Wahl?« Er räusperte sich, senkte leicht den Kopf und entschuldigte sich für diesen Satz. »Natürlich verstehe ich, dass dir das alles sehr nah geht. Da greift man dann schon mal zu solchen Mitteln.«

Isabelle schluckte, »das alles« – damit meinte er ihren Schatz, ihre Tochter, die schließlich auch sein Kind war.

»Max, ich weiß, dass ich viel von dir verlange, aber was kann Jasmin dafür, dass wir uns damals für diesen Weg entschieden haben?« Sie hatte bewusst »wir« gesagt, um eine Art Gemeinsamkeit zu schaffen, die vielleicht doch ein Gefühl in ihm hervorrufen könnte. »Wer weiß, wo sie jetzt ist? Vielleicht ist sie verletzt – und ganz sicher hat sie Angst. Max, sie ist erst sieben Jahre alt!«

Und es waren genau diese sieben Jahre, die jetzt zwischen ihnen standen. Wie konnte er immer noch genauso aussehen wie damals, zum Greifen nahe vor ihr stehen und doch so weit entfernt sein?

»Max, bitte! Es ist doch nicht für mich, es ist für Jasmin, deine Tochter. Ich verspreche dir, du wirst nie wieder etwas von uns hören, aber bitte hilf ihr!«

»Es geht nicht, Isabelle. Ich weiß nichts über ein Schließfach – und selbst wenn es ein solches Fach in der Schweiz geben würde, wie sollte ich später erklären, was mit dem Inhalt geschehen ist? Wie stellst du dir das vor? Wenn du glaubst, Constanze würde Verständnis haben, dann irrst du dich. Sie darf unter keinen Umständen etwas von unserem Verhältnis damals erfahren. Ist das klar? Wenn sie erfährt, dass es ein Kind gibt...«

Tränen rannen über Isabelles Gesicht. Vorsichtig trat sie einige Schritte von ihrem schützenden Auto weg, ging auf Max zu und streckte ihm ein Kuvert entgegen. Max zögerte, dann nahm er den Umschlag und öffnete ihn. Er hielt ein Foto von Jasmin in den Händen. Es war am Tag ihrer Einschulung aufgenommen worden und zeigte ein kleines Mädchen mit langen, braunen Zöpfen. Jasmin lachte glücklich in die Kamera, ein Schneidezahn fehlte. In den Armen hielt sie eine große, lilafarbene Schultüte.

»Oh, mein Gott...« Es war mehr ein Flüstern, das Max hervorbrachte. Wie betäubt zog er weitere Aufnahmen heraus: Jasmin im Elefantenhaus im Kölner Zoo mit dem kleinen Elefantenmädchen Marla im Hintergrund. Jasmin auf der Schaukel, Jasmin im Kinderwagen, Jasmin als Baby. »Sie ist so süß, so klein, man hat das Gefühl, sie beschützen zu müssen, so zart wirkt sie auf den Fotos.«

Isabelle wartete still. Er würde von allein bemerken, was er soeben gesagt hatte. Max hielt die Fotos in den Händen, als könne er nicht glauben, was er da vor sich sah.

»Max, sie braucht dich jetzt.« Isabelles Stimme zitterte ganz leicht, aber sie hatte sich schnell wieder im Griff.

»Ich muss nachdenken, das ist alles ein bisschen viel für mich... du kannst nicht erwarten, dass ich mein ganzes Leben über den Haufen werfe und zu dir zurückkehre.«

»Du sollst nichts über den Haufen werfen. Es soll alles so bleiben wie es ist. Wir haben ein gutes Leben! Es wird sich gar nichts ändern für dich, Max. Ich will sie nur wiederhaben. Danach wirst du nichts mehr von uns hören. Du brauchst weder deiner Frau etwas zu beichten, noch muss über das alles überhaupt etwas bekannt werden. Ich verspreche dir, dass ich dir alles zurückzahle, was sich in dem Schließfach befindet. Ich suche mir noch einen Job, ich werde auch nachts arbeiten, was immer möglich ist, um dir das Geld zurückzugeben.«

»Isabelle, du weißt genau wie ich, dass das utopisch ist. Ich habe keine Ahnung, was sich in dem Schließfach befindet, sollte es überhaupt ein solches geben. Es könnten Papiere sein, Aktien. Oder Schmuck, vielleicht Erbstücke. Was mich wundert, ist die Tatsache, dass es jemanden gibt, der scheinbar ganz genau weiß, was er da fordert. Sicher, die Familie hat Geld, altes Geld, dennoch ist es mehr als merkwürdig, dass ganz speziell der Inhalt eines Schweizer Schließfaches als Lösegeld genannt wird. Was ist mit der Polizei? Das muss doch der erste Punkt gewesen sein, der denen aufgefallen ist?«

Isabelle nickte.

Max fuhr fort, über die Wahrscheinlichkeit zu philosophieren, dass die Täter - und mit ihnen natürlich auch die Beute - geschnappt werden könnten. »Ich muss darüber nachdenken. Das ist alles nicht so einfach für mich. Ich melde mich morgen bei dir.«

Isabelle wollte sich am liebsten auf ihn stürzen, auf ihn einhämmern, aber wenn sie etwas erreichen wollte, musste sie sich zurücknehmen und seine Entscheidung abwarten. Sie nahm Max den leeren Umschlag aus der Hand, schrieb ihre Handynummer darauf und gab ihn zurück. Sie bemerkte, dass er ihr nicht alle Fotos von Jasmin zurückgab. Das vom Tag ihrer Einschulung steckte er zusammen mit dem Umschlag in seine Manteltasche. »Dann bis morgen.«

Isabelle hob unsicher die Hand, wandte sich ab und ging zu ihrem Auto zurück. Als Max den Parkplatz schon lange verlassen hatte, saß sie noch in ihrem alten Golf, den Kopf auf das Lenkrad gelehnt und weinte.

Über dem Vringsveedel riss ein Streifen bläuliches Rot auf, kündigte den herannahenden Tag an. Isabelle saß mit angezogenen Beinen und eingewickelt in eine Wolldecke auf dem Sofa und schaute aus dem Fenster. In ihrem Arm hielt sie den Plüschhasen, den sie Jasmin zum ersten Geburtstag geschenkt hatte.

Bertram Meinert öffnete die Tür von Isabelles Schlafzimmer, in dem er übernachtet hatte. »Endlich ist es Morgen«, sagte er nur, bevor er im Bad verschwand.

Auch Isabelle war froh, dass die Sonne aufging. Max würde zur Arbeit fahren und sie schließlich von dort aus anrufen. Die langen Stunden des Wartens hatten sie fast zermürbt. Sie nahm die Geräusche wahr, die ihr Vater in der Küche verursachte, als er Kaffee aufsetzte.

Hoffentlich hatte Jasmin gut geschlafen, und hoffentlich sorgte der Entführer gut für sie!

Bertram Meinert drückte seiner Tochter die Hand, auch seine Gedanken schienen in dieselbe Richtung zu gehen. Mechanisch stand Isabelle vom Tisch auf, ging hinüber ins Bad und stellte sich unter die Dusche. Bald würde Max zur Arbeit fahren. Um zehn Uhr musste er im Präsidium zur Bestätigung seiner Aussage sein, wie er ihr gestern Abend erzählt hatte. Irgendwann dazwischen würde er sie anrufen.

Nach dem Duschen schlüpfte sie in Jeans und Pullover, setzte sich zu ihrem Vater an den Küchentisch und wartete. Das Handy lag vor ihr. Die ganze Nacht über hatte es in der Ladestation gesteckt. Über eine halbe Stunde saßen sich Vater und Tochter schweigend gegenüber, jeder in seinen eigenen Gedanken gefangen. Dann klingelte das Handy. Der aktivierte Vibrationsalarm ließ das Gerät über den Tisch wandern, bevor Isabelle es an sich riss und das Gespräch annahm.

»Hallo Max.«

»Ich habe die ganze Nacht kein Auge zugetan. Ich will nicht, dass mein Leben sich ändert. Ich will in nichts reingezogen werden.«

Isabelle fiel in sich zusammen.

»Aber mir ist klar, dass ich schon längst mit drin stecke. Versprich mir, dass alles unter uns bleibt!«

»Ja, ja natürlich! Wem sollte ich denn davon erzählen? Was hätte ich denn davon?« Sie schöpfte ein Stückchen Zuversicht.

»Also gut ... ich helfe dir. Jasmin soll wieder nach Hause kommen. Ich werde versuchen, etwas über dieses Schließfach in Erfahrung zu bringen. Inhalt, Name der Bank und so weiter. Sobald ich etwas weiß, überlege ich, wie ich an den Inhalt kommen kann. Aber das braucht Zeit. Zwei, drei Tage.«

»Die Übergabe soll erst in fünf – nein, jetzt in vier Tagen stattfinden. Heute ist Freitag, du hast also das Wochenende, um alle Informationen zu sammeln. Am Dienstag soll ich ihm das, was sich in dem Schließfach befindet, aushändigen, aber er wollte sich noch einmal mit mir in Verbindung setzen.«

»Mir ist nicht wohl dabei, das sage ich dir ganz ehrlich!«

»Ich danke dir, Max, ich danke dir von ganzem Herzen ...« Hart löste sich ein Schluchzen aus Isabelles Kehle. Sie legte den Kopf auf ihre Arme und heulte die Anspannung der letzten Stunden aus sich hinaus.

Bertram Meinert nahm das Handy, sprach ebenfalls ein tonloses »Danke« hinein und beendete die Verbindung.

Pünktlich um zehn Uhr saß Maximilian Feldmann den Kommissaren Hess und Toller gegenüber. Er hatte später kommen wollen, um deutlich zu machen, dass er sich nicht von zwei kleinen Beamten einschüchtern lassen würde. Aber dann hatte er beschlossen, sich lieber nicht quer zu stellen, da er auf das Entgegenkommen der Beamten hoffte. Er wollte unter allen Umständen vermeiden, dass sie plötzlich bei ihm zu Hause auftauchten, so dass Constanze unangenehme Fragen stellen würde.

Er hatte zwar Isabelle Meinert gesagt, dass er sie unterstützen wollte, aber über diesen Punkt würde er die Polizei im Unklaren lassen. Er war zu der Überzeugung gekommen, dass es am besten wäre, Jasmins Befreiung zweigleisig anzugehen. Über den offiziellen Weg mit Hilfe der Polizei, aber auch mit Hilfe des Lösegeldes. Er war nicht bereit, die Fäden vollständig aus der Hand zu geben und sich selbst in die Rolle des reagierenden Opfers zu zwängen.

»Herr Feldmann, schön, dass Sie es einrichten konnten«, die Stimme von Kommissar Toller troff vor Ironie.

Max hätte sich innerlich am liebsten auf die Schulter geklopft zu seiner richtigen Entscheidung, vordergründig hilfsbereit zu erscheinen. »Sie werden sicher verstehen, dass mich Ihr Besuch und die Mitteilung der Entführung des Kindes«, er unterbrach sich und fügte »meiner Tochter« hinzu, »sehr überrascht hat. Natürlich kann man in so einem Moment nicht unbedingt klare Entscheidungen treffen. Aber nachdem ich eine Nacht Zeit hatte, über alles nachzudenken, ist es natürlich selbstverständlich, dass ich helfe, so weit es in meinen Möglichkeiten liegt.«

Kommissar Hess nickte ihm freundlich zu, während sein Kollege Toller nur ein müdes Grinsen zeigte.

»Können Sie uns denn heute etwas zu diesem Schließfach sagen, Herr Feldmann?«

Max war froh, dass der Ältere der beiden das Gespräch übernommen hatte. Er schlug die Beine übereinander und schob seinen zusammengelegten Mantel über der Armlehne des Besucherstuhls zurecht. »Wie ich Ihnen schon sagte, haben meine Frau und ich ein Schließfach bei einem Bankhaus in Köln. Darüber hinaus ist mir kein weiteres bekannt. Momentan wüsste ich auch nicht, was sich darin befinden könnte oder wofür wir ein weiteres Schließfach in der Schweiz benötigen würden.«

Allen Beteiligten schien klar zu sein, dass es sich bei dem Inhalt möglicherweise entweder um Schwarzgeld oder um nicht ganz rechtmäßig erworbene Dokumente beziehungsweise Material handeln würde, mit dem die Familie erpressbar war. Oder aber um Gegenstände, mit denen sie selbst andere Leute in der Hand hatte.

»Da der Entführer ausdrücklich von einem Schließfach in der Schweiz gesprochen hat, wird es einen Grund dafür geben. Der Mann scheint ganz genau zu wissen, was er fordert. Kann es sein, dass Ihre Frau ein weiteres Schließfach besitzt, von dem Sie nichts wissen? Vielleicht eines, das schon seit Jahren oder Jahrzehnten ein Familienerbstück ist?«

Max erkannte, dass Hess ihm mit dieser Formulierung die Chance bot, sein Gesicht zu wahren und nicht als Hampelmann dazustehen, der von seiner Frau nicht ins Vertrauen gezogen wurde.

»Es kann natürlich sein, dass sich in diesem Fach Papiere über das Unternehmen befinden, eine Art Risikostreuung auf mehrere Bankhäuser. Meine Frau ist Mitglied im Aufsichtsrat. Es ist natürlich sinnvoll, diese Dokumente nicht mit den privaten zusammen aufzubewahren. Sonst könnte es zu einer Art Interessenskonflikt kommen . . .«

Sie einigten sich darauf, dass Max mit seiner Frau reden sollte, um in Erfahrung zu bringen, ob es dieses Schließfach in der Schweiz gäbe und was darin aufbewahrt wurde.

»Gibt es denn Leute, ehemalige Angestellte beispielsweise, die Ihnen schaden wollen?«

»Ich wüsste nicht . . . natürlich gibt es immer mal Mitarbeiter, die entlassen werden müssen, aber in letzter Zeit haben wir niemandem gekündigt, und schon gar nicht aus Gründen, die eine Art Rachefeldzug rechtfertigen würden.«

»Sie machen sich keine Vorstellung, aus welchen Lappalien heraus manche Straftat entsteht«, antwortete Kommissar Hess. »Aber ich gebe Ihnen Recht, dass wir in diesem Fall auch zuerst an eine private Verbindung gedacht haben. Natürlich müssen wir in alle Richtungen ermitteln.«

Maximilian Feldmann hatte keine Idee, wer mit ihm persönlich oder mit seiner Frau eine Rechnung offen haben könnte.

»Es scheint in diesem Fall eher um Sie zu gehen, als um Ihre Frau, da der Entführer nur Ihren Namen genannt hat«, stieg Kommissar Toller wieder in das Gespräch ein. »Bisher entsteht der Eindruck, dass das Kind entführt wurde, um an Sie, oder besser gesagt, an den Inhalt des Schließfaches heranzukommen. Ihre Verbindung zu Isabelle Meinert ist der schwarze Punkt, durch den Sie erpressbar sind. Wer wusste von Ihrer damaligen Affäre mit Frau Meinert?«

Maximilian Feldmann stutzte bei dem Wort ‚Affäre'. »Wir waren sehr vorsichtig damals, und ich habe mit niemandem je darüber gesprochen. Wir haben bewusst vermieden, zusammen gesehen zu werden.« Er nahm seine Brille ab und rieb sich über den Nasenrücken. »Ob Isabelle mit jemandem geredet hat, kann ich nicht sagen. Allerdings finde ich es sonderbar, dass der Erpresser sieben Jahre gewartet hat.«

Toller nickte, es musste in der näheren Vergangenheit etwas passiert sein, das den Entführer dazu bewogen hatte, jetzt aktiv zu werden.

»Herr Feldmann, Sie sollten mit Ihrer Frau sprechen. Vielleicht ergeben sich dadurch weitere Anhaltspunkte.« Kommissar Hess sah Maximilian durchdringend an und entließ ihn aus der Befragung.

Die Beamten wollten nochmals das Umfeld von Isabelle Meinert auf mögliche Mitwisser überprüfen. Toller schlug vor, die Unterlagen der Angestellten durchzusehen, die in den letzten Monaten entlassen worden waren oder mit denen es Schwierigkeiten gegeben hatte.

Nachdenklich ging Maximilian Feldmann zu seinem Wagen zurück. Es musste schnell etwas passieren, er musste es unbedingt umgehen, dass die Beamten seine Frau befragten. Ihm war durchaus bewusst, dass er nur einen kurzen Aufschub erhalten hatte, indem er erreicht hatte, zuerst selbst mit ihr sprechen zu dürfen. Lange würde die Zurückhaltung der Beamten nicht währen.

Sechs

Die letzten beiden Tage hatten Marie Thalbach und Susanne Drewitz keine nennenswerten Erkenntnisse gebracht. Trotz intensiver Suche schien es in Bernhard Reiters Leben niemanden zu geben, der ihn aus dem Weg hatte räumen wollen, dennoch lag er in einem Kühlfach in der Rechtsmedizin. Marie wollte nicht glauben, dass es Reiters Skatfreund Hermann Schmitz gewesen sein sollte, der ihn gewürgt, erschlagen und dann in den Rhein geworfen hatte. Dies passte nicht zu dem Bild, das sie sich von Schmitz gemacht hatten. Vielleicht wären die beiden Skatbrüder sich aus dem Weg gegangen oder hätten sich gegenseitig heruntergeputzt, und keiner wäre auch nur einen Deut von seiner Einstellung abgewichen. Vermutlich wäre keiner von beiden um der alten Freundschaft Willen einen Schritt auf den anderen zu gegangen. Aber Mord?

Susanne stöhnte leise. Sie legte den Kopf in den Nacken und rieb sich die Schläfen, um den aufsteigenden Kopfschmerz im Zaum zu halten. »Ich bin weg, der Tag war lang genug.« Sie wickelte sich ihren Schal um den Hals und schlüpfte in die grüne Lederjacke. Kurz darauf fiel die Tür hinter ihr ins Schloss. Marie war froh über das Zeichen zum Aufbruch, schob ihren Stuhl zurück und schaltete den Computer aus. Als Neue wollte sie nicht die Erste sein, die den Feierabend einläutete. Ihre leere Wohnung lockte sie zwar nicht gerade, aber vom Arbeiten hatte sie für heute genug. Sie verabschiedete sich von Katja Fehrenbach, die noch konzentriert vor ihrem Monitor saß, und verließ ebenfalls das Büro. Obwohl sie müde war, wollte sie nicht direkt mit der Straßenbahn nach Hause fahren, sondern am Neumarkt aussteigen, um über den Weihnachtsmarkt zu schlendern. Die frische Luft würde ihr zudem gut tun.

Die Temperaturen lagen weit unter Null, und Marie zog die grüngestreifte Wollmütze fest über die Ohren. Sie schob die Hände tief in die Taschen ihres Mantels und tauchte in die vorweihnachtliche Stimmung des Marktes ein. Zwar lag in Köln immer noch kein Schnee, wie es zu dieser Jahreszeit in Augsburg der Fall wäre, aber die Weihnachtslieder klangen genauso kitschig wie in Bayern. An einem gut besuchten Stand kaufte sie einen Glühwein und stellte sich mit der heißen Tasse an einen der Stehtische. Hatte sie Heimweh? Sie war nicht sicher, was dieses hohle Gefühl in ihrem Magen bedeutete. Aber wenn sie sich fragte, ob sie jetzt lieber in Augsburg wäre, lautete die Antwort eindeutig nein. Sie war nur nicht sicher, ob sie hier in Köln sein wollte. Es war alles so fremd. Sie kannte sich nicht aus und wusste nicht, wohin sie gehen sollte, wenn sie ein bisschen zu sich kommen wollte. Aber dies wäre ihr in jeder neuen Stadt so gegangen. Sie hatte weg gewollt aus Augsburg, und jetzt war sie eben in Köln.

»Wat is, Liebchen, krisste noch eens?"«

Erst als fünf Augenpaare auf ihr ruhten, wurde Marie bewusst, dass sie gemeint war. Einer aus der Gruppe an ihrem Tisch hielt die leere Glühweintasse hoch, grinste und wartete auf ihre Antwort. So lief das hier also. Marie nickte und lächelte scheu in die Runde.

»Do hässt so muuzich geschaut – un dat jeht doch nit an so enem schöne Daach!«

Unsicher blickte sie auf. Eine der Frauen übersetzte, dass sie an so einem schönen Tag nicht so traurig gucken dürfe. Da helfe am besten ein Glühwein in netter Runde. Die spontane Herzlichkeit tat Marie gut. Sie lächelte entspannt und fühlte sich für den Moment gut aufgenommen.

*

»Mami?«

Um sie herum war es dunkel, es roch muffig. Das Kind zog die kratzige Wolldecke bis ans Kinn und rief noch einmal nach seiner Mutter. Keine Antwort. Die Kleine kannte diesen Raum nicht, auch die Gerüche waren ihr fremd. Sie wusste, dass ihre Mami nicht hier war, trotzdem rief sie nach ihr. Ihre Mami hörte sie sonst immer, auch in der Nacht. Dann kam sie in ihr Zimmer und schaltete das Nachtlicht ein, damit sie beruhigt weiterschlafen konnte. Und sie gab ihr immer einen Kuss. Gestern hatte Jasmin keinen Kuss bekommen, sie hatte sich allein zudecken und auch allein einschlafen müssen. Auch ihr Hase war nicht bei ihr. Sie wollte nicht weinen, aber die Tränen kamen von ganz allein, liefen ihr Gesicht hinab und fingen sich in der groben Wolldecke. Es war so still in diesem Raum und so dunkel. Sie tastete ihren Körper ab und stellte fest, dass sie noch ihre Kleider trug, auch die Schuhe. Von draußen drückte sich ein dünner Sonnenstrahl durch das verbarrikadierte Fenster oben in der Wand. Jasmin setzte sich auf und versuchte in dem wenigen Licht etwas zu erkennen. Aber außer dem Bett und einem Eimer in der Ecke befand sich nichts in diesem Zimmer. Plötzlich hörte sie Schritte und den Schlüssels im Schloss. Die Tür schwang auf.

»Gut, du bist wach«, sagte der Mann, zu dem sie ins Auto gestiegen war.

»Wo ist meine Mami?«
»Sie ist nicht da, und du bist jetzt erst einmal hier.«
»Wo ist meine Mami, wieso kommt sie denn nicht?«
»Sei still!«

Er warf etwas auf ihr Bett, und sie zuckte zusammen. Es waren eine Flasche Wasser und ein Müsliriegel. Als sie wieder aufblickte, zog der Mann die Tür schon wieder hinter sich zu und schloss ab.

*

Während Marie Thalbach ihren Feierabend genoss, lenkte Maximilian Feldmann in knapp fünfzehn Kilometern Entfernung seinen Porsche Cayenne in die Auffahrt seiner Villa. An diesem Freitag würde seine Frau mit ihren Freundinnen in der Oper sein – ausreichend Zeit für ihn, nach Unterlagen und Hinweisen zu diesem ominösen Schweizer Bankschließfach zu suchen.

Bisher war es nicht seine Art gewesen, in den Sachen seiner Frau zu wühlen. Es hatte keinen Anlass gegeben, dies zu tun. Ihre Ehe war ein gutes Arrangement für beide Seiten. Einzig das unerwartete Wiedersehen mit Isabelle vor einigen Jahren hatte etwas in ihm berührt. Aber es ging im Leben nicht um romantische Gefühle oder Luftschlösser. Ihm war Erfolg wichtig, berufliches Ansehen und gesellschaftlicher Status. Allerdings durfte er sich jetzt diesen Gedanken nicht hingeben. Aus der Innentasche seines Sakkos zog er das Foto der kleinen Jasmin. Es erschien ihm unwirklich, dass dieses Mädchen seine Tochter war. Vielleicht bildete er sich die Ähnlichkeit ein, aber sie hatte diegleiche Nase wie er und seine Haarfarbe. Für einen Moment vermeinte er eine Verbindung zwischen ihm und diesem Kind zu spüren. Sicher war auch das nur Einbildung. Wie sollte ein Foto solch eine Wirkung haben? Trotzdem war da dieses merkwürdige Gefühl, wenn er das Bild betrachtete. Ihre klaren Augen und die kindliche Unschuld, mit der sie in die Kamera lachte. Er steckte das Bild in seinen Aktenkoffer, tauschte die Straßenschuhe gegen bequeme Leder-Slipper und nahm ein Ginger Ale aus dem Kühlschrank.

Wo könnte Constanze die Unterlagen aufbewahren? Er beschloss, mit dem Safe im Schlafzimmer anzufangen. Die Kombination war ihm bekannt, jeder von ihnen nutzte ein separates Fach für persönliche Unterlagen und Wertsachen. In Constanzes Bereich lagen mehrere Etuis, in denen sie ihren Schmuck aufbewahrte, ordentlich gestapelt. Er kannte deren Inhalt, hatte oft genug gesehen, wie sie ihr mit

Diamanten besetztes Armband mit der passenden Halskette oder die Perlenkette ihrer Großmutter anlegte. Jetzt interessierten ihn nur die Umschläge. Er nahm den ganzen Stapel aus dem Safe, legte ihn aufs Bett und ging in sein Arbeitszimmer, um Haftnotizzettel und einen Stift zu holen. Er wollte nicht riskieren, dass Constanze irgendwann bemerken würde, dass er sich an ihren Sachen zu schaffen gemacht hatte. Auch wenn er ihr – bis auf die Sache mit Isabelle – nie einen Grund zu Misstrauen oder Eifersucht gegeben hatte, schien Constanze stets auf der Hut zu sein. Bei jeder Verspätung oder Terminänderung stellte sie argwöhnische Fragen.

Constanze hatte immer den Verdacht gehegt, dass Verehrer nicht sie, sondern ihr Geld meinten. Anfangs hatte sie Max besonders mit ihrer Disziplin und Zielstrebigkeit beeindruckt. Sie waren sich ähnlich, und sie waren beide der Überzeugung, dass Liebe, mit Kribbeln im Bauch und flirrendem Übermut, nur etwas für Teenager war. Im Leben kam es letztlich auf andere Dinge an.

Max fand Versicherungspolicen, Unterlagen über das Haus und einen Stoß Wertpapiere, aber nichts, das auf die Existenz eines Schließfaches hindeutete. Er ordnete die Umschläge wieder in ihrer ursprünglichen Reihenfolge, entfernte die nummerierten Haftnotizzettel und verschloss den Safe wieder. Dann begab er sich in Constanzes Arbeitszimmer. Sie unterstützte ihren Vater bei verschiedenen gesellschaftlichen Anlässen, übte aber keine tragende Funktion im Unternehmen aus, obwohl sie Gesellschafterin war und im Aufsichtsrat saß. Max hatte kein gutes Gefühl dabei, ihr Arbeitszimmer zu betreten. Er vermeinte sogar, einen Hauch ihres Parfums wahrnehmen zu können. Widerstrebend zog er die oberste Schreibtischschublade auf. Darin befanden sich Schreibutensilien, Locher, Hefter, eine Schere und verschiedene Kugelschreiber. Die untere Schublade war abgeschlossen. Das deutete zumindest auf eine gewisse Heimlichtuerei hin. Mit neuer Energie hob er die Schreibtischauflage an, um nach dem Schlüssel zu suchen. Aber den fand er weder dort noch unter der Tischplatte. Er beschloss, in Constanzes Kleiderschrank zu suchen. Am Boden der Schublade, in der sie ihre Wäsche aufbewahrte, klebte etwas. Es war ein Schlüssel. Max triumphierte, als sich der Schlüssel im Schreibtischschloss drehen ließ. Er öffnete die Schublade und fand dort einen Hefter mit Kontoauszügen. Wenn es ein Schließfach in der Schweiz gäbe, wäre es möglich, dass dafür Miete abgebucht wurde. Die Auszüge stammten von der Hausbank, die auch Max' Konto führte.

Er nahm den Hefter, setzte sich an Constanzes Schreibtisch und blätterte zurück bis November des letzten Jahres. Er würde ein komplettes Jahr durchsehen und hoffentlich einen Hinweis erhalten. Auf Anhieb konnte er nichts Auffälliges finden, war jedoch sehr erstaunt über die Höhe der Einnahmen, die Constanze jeden Monat hatte – vermutlich Überweisungen ihres Vaters. Max stellte zudem fest, dass sie große Summen abhob und offensichtlich für persönliche Dinge ausgab. Anfang Januar fiel ihm eine Transaktion auf, eine Überweisung auf ein Konto, das ebenfalls auf Constanzes Namen lief bei der Raiffeisenbank Rheineck. Die Höhe der Überweisung war vergleichsweise gering: achtzig Euro fünfundfünfzig. Da er im Folgenden nichts Ungewöhnliches entdeckte, blätterte er zurück zu dieser Buchung.

Er ging mitsamt den Kontoauszügen hinüber in sein Arbeitszimmer, ließ seinen Laptop hochfahren und gab den Namen der Bank in eine Suchmaschine ein. Überrascht stellte er fest, dass Rheineck in der Schweiz lag. Bingo! Aufgeregt rief er die Webseite der Bank auf und fand die Informationen, die er gesucht hatte.

Um ein Schließfach unterhalten zu können, musste man ein Konto bei der Bank haben, von dem laufende Kosten abgebucht werden konnten. Daher das Zweitkonto auf den

Namen seiner Frau. Er notierte sich Namen, Adresse und Telefonnummer der Bank und legte die Kontoauszüge wieder zurück in den Schreibtisch seiner Frau.

Seine Hände waren feucht, und er spürte deutlich seinen Herzschlag. Constanze hatte also ein Schließfach in der Schweiz. Aber wie konnte er Näheres über dessen Inhalt in Erfahrung bringen? Er vermutete, dass er einen oder zwei Schlüssel und wahrscheinlich eine Vollmacht seiner Frau benötigen würde. Vorsichtig schob er die Papiere in der Schublade zur Seite, fand aber keinen Schlüssel. Ein gefaltetes Blatt Papier erregte seine Neugier. Er faltete es auseinander und las die handschriftliche Adresse von Lombard Odier Darier Hentsch & Cie, Genf.

War das eine Kanzlei? Mit dem Zettel in der Hand begab er sich wieder an seinen Laptop und gab die Namen ein. Zu seiner großen Überraschung verbarg sich dahinter die älteste Privatbank der Schweiz. Seit 1796 war das Haus im Bankwesen tätig und eines der vierzehn Privatbankierhäuser, die es dort heute noch gab. Es schien ihm typisch, dass Heinrich Feldmann diese traditionsreiche Privatbank ausgewählt hatte, um ein Schließfach anzumieten. Aber was hatte das zu bedeuten? Warum ein Konto bei der Raiffeisenbank und ein Schließfach bei Lombard & Co? Das passte zusammen wie Pommesbude und Grand Hotel.

Max schaute auf seine Armbanduhr – zwanzig Uhr, er würde dort niemanden mehr erreichen. Er vergewisserte sich, dass im Schreibtisch kein weiterer Schlüssel zu finden war, verschloss die Schublade und legte den Schlüssel wieder zurück. Da er nicht wusste, ob Constanze auch am Wochenende außer Haus sein würde, wollte er die Gelegenheit nutzen, in ihrem Arbeitszimmer nach dem Schließfachschlüssel zu suchen.

Etwa zwei Stunden später sank er enttäuscht auf die tiefe Couch im Wohnzimmer. Trotz intensiver Suche hatte er keine Schlüssel gefunden. Durch die über das offene

Zwischengeschoss bis ins Spitzdach hinauf reichende Fensterfront konnte er den dezenten Schein der Kugellampen sehen, die in regelmäßigen Abständen am Rand der Rasenfläche aufgestellt waren. Die Beleuchtung schaltete sich automatisch ein, sobald es draußen dunkel wurde. Sonst mochte er es, einen Moment zu verweilen und sich an dem Blick in den Garten zu erfreuen. Heute jedoch hatte er kein Auge dafür. Er brauchte jetzt einen guten Schluck Scotch. An der Bar griff er gezielt nach einer dunkelgrünen Flasche, einem achtzehn Jahre alten Bunnahabhain, seinem Lieblings-Whisky. Behutsam goss er die bernsteinfarbene Flüssigkeit in ein Glas und hielt es kurz hoch, um die satte Farbe zu genießen. Das hier war genau das, was er wollte, immer gewollt hatte. Langsam rann der Alkohol seine Kehle hinunter, füllte seinen Mund mit einem Geschmack nach süßen Kirschen und gereifter Eiche. Das war besser als Sex. Max schloss die Augen und spürte den Aromen nach.

Er erwachte kurz bevor der Wecker am nächsten Morgen klingelte. Constanze lag neben ihm. Er hatte sie nicht nach Hause kommen hören. Leise stand er auf und ging ins Bad. Es passte ihm gut, dass er schon früh wach war, so konnte er vor dem Frühstück noch eine halbe Stunde laufen. Da sie ansonsten unterschiedlichen Verpflichtungen und Freizeitbeschäftigungen nachgingen, hatten sie es sich zur Regel gemacht, am Wochenende gemeinsam zu frühstücken. Max mochte es, den Tag mit einem gemütlichen Frühstück zu beginnen. Unter der Woche blieb dazu keine Zeit. Die Brötchen hingen bereits am Tor. Max lief die Auffahrt hinunter, holte die Tasche mit der samstäglichen Bestellung und brachte sie in die Küche. Im Ankleidezimmer zog er sein Sport-Dress über und begab sich in den Fitnessraum im Souterrain. Er steckte sich die Ohrstecker des iPods in die Ohren, wählte ‚Die vier Jahreszeiten' von Vivaldi aus und startete das Band.

Als er eine Stunde später frisch geduscht in die Küche kam, war Constanze bereits auf. »Du hast ja früh geschlafen gestern, hattest wohl ein intensives Gespräch mit deinem Freund Bunnahabhain?«

Er gab ihr einen Kuss auf die Wange. »Nein, ich war wohl einfach nur müde von der anstrengenden Woche. Wie war die Oper?«

»Schön, wir waren danach noch etwas essen.« Sie schmiegte sich für einen kurzen Moment an ihn, dann begann sie, den langen Esstisch im Wohnzimmer zu decken. Manchmal fragte sich Max, ob dieses Wochenendritual mittlerweile das Einzige war, das sie gemeinsam angingen. Ihm war aufgefallen, dass sie kaum noch miteinander lachten. Früher waren sie manchmal richtig ausgelassen gewesen, aber in den letzten Jahren war die Leichtigkeit der Gewohnheit gewichen. Sie rüttelten beide nicht daran. Constanze machte den Eindruck, als erwarte sie nicht mehr von ihrer Ehe, aber auch nicht weniger. Sie wirkte auch zu Hause wie eine Society-Lady. Sie schliefen noch miteinander, aber auch eher auf eine routinierte Weise.

Max straffte die Schultern, wie um diese Reflektionen über seinen Alltag abzuwerfen. Als er den Knopf der Kaffeemaschine drückte, um den Cappuccino für seine Frau zu brühen, nahm er sie kurz in den Arm und küsste sie auf den Mund.

Am frühen Mittag verabschiedete sich Constanze zu ihrer Tennisstunde, und Max nutzte die Gelegenheit, seine Recherchen fortzusetzen. Auf der Webseite der Raiffeisenbank in Rheineck fand er schnell die Informationen, die er suchte. Er erfuhr, dass jeder Besuch dokumentiert wurde, was eventuell zu einem Problem werden konnte, und dass mittels einer Vollmacht des Mieters auch andere Personen Zugang zum Schließfach erhielten. Niemand würde ihm bei der Sichtung des Faches über die Schulter schauen, da die Bankangestellten sich nicht im Raum aufhalten würden. Um die Gebühren für das Schließfach abbuchen zu können, verlangte die Raiffeisenbank ein Schweizer Konto, bestenfalls im eigenen Haus. Die jährlichen Kosten für ein Schließfach beliefen sich auf einhundert bis einhundertsiebzig Schweizer Franken, je nach Größe des Faches. Der Eurobetrag in Höhe von knapp achtzig Euro lag umgerechnet also genau in dieser Spanne. Mit diesen Informationen hatte er die Bestätigung, dass Constanze ein Schließfach angemietet hatte.

Die Webseite des Bankhauses Lombard Odier Darier Hentsch & Cie war nicht besonders hilfreich zur Beantwortung seiner Fragen. Der gesamte Websiteauftritt schien sich an Konzerne und Großanleger zu richten. Er fand keinerlei Informationen zu Schließfächern oder Kontoeröffnungen. Max mutmaßte, dass Constanze aufgrund dieser Tatsache dort nicht Kundin geworden war. Wenn allerdings sein Schwiegervater dort bekannt war, würde es für ihn – Max – keine Möglichkeit geben, ohne Wissen der Familie an das Schließfach zu kommen. Er vermutete jedoch eher, dass Constanze in diesem Schließfach etwas so Privates aufbewahrte, dass sie es auch vor ihrem Vater geheim halten wollte. Dann hatte sie sicher ein Bankhaus gewählt, das ihr Vater niemals in Betracht ziehen würde.

Ein Blick auf die Uhr zeigte ihm, dass vierzig Minuten vergangen waren, seit Constanze zum Tennis gefahren war. Wo könnte sie den Schlüssel versteckt haben? Das Arbeitszimmer hatte er am Abend vergeblich durchsucht. Auch im Safe lag der Schlüssel nicht. Sie würde ihn nicht ständig mit sich herumtragen, also musste er sich irgendwo im Haus befinden. Vielleicht hatte sie ihn ebenso wie den Schlüssel zu ihrem Schreibtisch hinter oder unter einem Möbelstück versteckt. Er suchte in den Schubladen der Kommode in ihrem Ankleidezimmer und an deren Rückwand. Auch in den Schachteln, in denen sie ihre Hüte aufbewahrte, wurde er nicht fündig. Er tastete sogar die Rückwand des Einbauschrankes im Schlafzimmer ab. Auf Knien rutschte er über den Teppich, durchsuchte den unteren Teil des Schrankes und befühlte Wand und Boden nach Unebenheiten. Unvermittelt knickte sein linkes Handgelenk ein. Er stieß leicht mit dem Kopf an das darüber liegende Fach. Gerade noch rechtzeitig konnte er sich mit der anderen Hand an der Rückwand des Schrankes abstützen. Zu seiner Verwunderung gab die Wand nach. Er zog den Oberkörper aus dem Schrank zurück, richtete sich auf und rieb sein schmerzendes Gelenk. Wie konnte die Rückwand eines Einbauschrankes nachgeben?

Hinter dem Schrank befand sich die gemauerte Wand. Aufgeregt beugte er sich wieder in den Schrank und klopfte mit dem Knöchel die Rückwand ab. Eindeutig – dahinter musste sich ein Zwischenraum befinden. Nach einem flüchtigen Blick auf die Uhr räumte er das Fach aus. Im Licht der Deckenspots konnte er jedoch keinen Mechanismus zum Öffnen der Rückwand ausmachen. Er klopfte erneut dagegen und war nun sicher, dass er das Versteck des Schlüssels gefunden hatte. Er musste es nur noch öffnen. Er drückte mit beiden Händen gegen die dünne Holzplatte und versuchte sie zu verschieben. In eine Richtung ließ sie sich tatsächlich leicht bewegen. Vorsichtig schob er einen Spalt frei, bis er mit der Hand hineinreichen konnte, tastete die Rückseite der Spanplatte ab und stieß an etwas Hartes. Behutsam fuhr er die Konturen des Gegenstandes ab. Er fühlte kühles Metall, das mit einem Klebestreifen befestigt war.

Unter dem hellen Licht des Deckenstrahlers besah er sich den Schlüssel genauer. Er war lang und schmal, nur am vorderen Ende mit einem beidseitigen Bart versehen. Auf dem Schlüssel war eine Nummer eingestanzt: 5-9-2. Max jubilierte innerlich. Sorgsam verschloss er den Geheimraum, räumte die Skipullover, die im unteren Fach gelegen hatten, wieder ein und nahm den Schlüssel mit in sein Arbeitszimmer. Dort steckte er ihn in einen Umschlag und wollte diesen gerade in das Innenfach seines Aktenkoffers schieben, als ihm das Foto von Jasmin in die Hände fiel.

Bis zu diesem Augenblick hatte er völlig verdrängt, weshalb er die Suche überhaupt veranstaltet hatte. Jetzt erinnerte er sich. Es war kein Spiel, sondern bitterer Ernst. Es ging um das Leben dieses kleinen Mädchens. Max fiel es schwer, sich in andere Menschen hinein zu versetzen. Er konnte nur erahnen, wie es für eine Siebenjährige sein musste, plötzlich von zu Hause fortgerissen zu werden. Beklommen steckte er das Foto seiner Tochter in den Umschlag zu dem Schlüssel. Er fühlte sich merkwürdig ertappt. Er hatte immer gewusst, dass der Weg nach oben steinig sein würde. Es gab keinen Platz für Sentimentalitäten; wer nicht stark genug war, stürzte ab.

Der Grund, warum er Isabelle half, war nicht etwa ein Schuldgefühl ihr gegenüber. Auch nicht eine Art Verantwortungsgefühl für das Kind, das er zwar gezeugt, aber niemals zuvor gesehen hatte. Der Grund war, dass er zu wissen glaubte, dass der Entführer so oder so an ihn herantreten würde. Das war ihm in der Nacht nach Isabelles Auftauchen klar geworden. Mit der Forderung des Lösegeldes stand fest, dass er – Max – mit hineingezogen werden sollte. Da agierte er lieber, als nur zu reagieren. Zwar hatten die rehbraunen Augen des Kindes auf dem Foto etwas in ihm berührt, aber seinen Gefühlen durfte er nicht nachgehen. Damals nicht und heute erst recht nicht.

Es war nicht ungewöhnlich, dass er samstags ins Büro fuhr. Sein Schwiegervater führte ein straffes Regiment, und Max hatte es sich von Beginn an zur Aufgabe gemacht, dessen hohe Erwartungen zu erfüllen. Auch weil er das latente Gefühl hatte, in den Augen von Heinrich Feldmann nicht gut genug für dessen Tochter zu sein. Er zog einen anthrazitfarbenen Kaschmirpullover über sein roséfarbenes Hemd, tauschte die bequemen Slipper mit robusteren Lederschuhen und begab sich mit Aktentasche und Sakko zu seinem Wagen.

»Isabelle? Hier ist Max.« Es war merkwürdig gewesen, ihre Nummer zu wählen.

»Hallo... hast du etwas herausgefunden?« Isabelles Stimme zitterte.

Er berichtete stolz von seiner erfolgreichen Suche. Dann erklärte er ihr seinen Plan. »Ich bin mir sicher, dass wir mit der Raiffeisenbank richtig liegen. Leider ist heute Samstag, und wir erreichen dort niemanden. Daher müssen wir jetzt einfach darauf vertrauen, dass ich die richtige Bank gefunden habe. Bevor du am Montag los fährst, rufst du, um sicher zu gehen, bei der Raiffeisenbank an, meldest dich als Constanze Feldmann und erklärst, deinen Schlüssel verloren zu haben. Du gibst vor, nicht mehr ganz sicher zu sein, ob es die 5-9-2 oder die 5-2-9 wäre. Daraufhin werden sie dir die richtige Zahl bestätigen, da du sie ja nicht erfragst, sondern schon nennst.«

Isabelle fühlte sich nicht wohl dabei, sich als Constanze Feldmann ausgeben zu müssen. Schließlich stimmte sie Max aber zu, dass sie sicher sein mussten, nicht umsonst nach Rheineck zu fahren. Er wiederholte noch einmal alle Daten und trennte die Verbindung. Sollte die 5-9-2 zu einem Mietvertrag auf den Namen Constanze Feldmann gehören, hatten sie das richtige Schließfach gefunden. Dann bliebe nur noch die Frage, wie sie an eine Vollmacht kommen könnten.

Sieben

Jasmin fürchtete sich, und sie spürte, dass dieser Mann ihr Angst machen wollte. Er hatte ihr verboten, zu weinen oder nach ihrer Mami zu fragen. Deshalb hatte sie beschlossen, ab sofort überhaupt nicht mehr zu sprechen. Wenn sie still war, konnte sie ihn auch nicht böse machen. Das Beste war, wenn sie mit niemandem mehr redete außer mit ihrer Mami. Tränen brannten hinter ihren Lidern, als sie die Augen zupresste, um nur ja nicht zu weinen.

Hätte sie nicht mit dem Mann gesprochen, müsste sie jetzt nicht hier sein. Es war ihre eigene Schuld, und Mami würde furchtbar böse mit ihr sein. Eine Träne kullerte ihre Wange hinab. Jasmin wischte sie mit dem Ärmel ihrer Jacke ab. Durch die Bretter hindurch konnte sie sehen, dass es draußen hell war. Im Raum selbst blieb gerade so viel Licht, dass sie die Umrisse von Bett und Tür erkennen konnte. Wenn die Nacht herein brach, war es für viele Stunden stockdunkel. Sie quetschte sich so eng es ging in die Ecke ihres Bettes, um die Wand im Rücken zu spüren. Sie mochte das Kissen nicht, das auf dem Bett lag. Es roch muffig, und der Bezug war rau. Aber sie traute sich nicht, es wegzulegen, aus Angst, er könne sie dafür bestrafen.

*

Marie saß müde vor ihrem Monitor im Büro. Es war Samstag. An der Tür zur Teeküche hing ein roter Nikolausstiefel, den die Sekretärin des Chefs, Frau Michaelis, dort prall gefüllt mit Schokolade und Zuckerstangen aufgehängt hatte, um ein bisschen vorweihnachtliche Stimmung zu verbreiten. Sie musste das heimlich am Abend zuvor erledigt haben.

Sofort nachdem bekannt war, dass Bernhard Reiter ermordet worden war, hatte Hauptkommissar Schlüter

Wochenendarbeit angeordnet. Adrian Franzen, der am Schreibtisch neben Marie saß, kämpfte mit diversen Notizzetteln und wirkte nicht gerade fröhlich.

Vor zehn Tagen war Bernhard Reiter an den Poller Wiesen aufgefunden worden. Zwar saß Hermann Schmitz noch immer in Untersuchungshaft, aber sie hatten bisher weder einen Komplizen ausfindig machen, noch den Tathergang durch weitere Indizien exakt rekonstruieren können. Je öfter Marie darüber nachdachte, desto deutlicher meldete sich ihr Bauchgefühl, dass sie in Hermann Schmitz nicht den wahren Täter gefunden hatten. Irgendetwas hatten sie übersehen. Es gab noch zu viele unbeantwortete Fragen. Sie beschloss, das Leben von Bernhard Reiter genau unter die Lupe zu nehmen.

Er war nie polizeilich auffällig geworden. Marie beschloss, noch einmal zu Frau van den Bloom zu fahren. Sie war die einzige Person, die Bernhard Reiter näher gekannt zu haben schien. Auf dem Weg nach Zollstock machte sie einen Zwischenstopp bei einer Bäckerei und kaufte vier Stückchen Kuchen. Sie hoffte, die alte Dame wäre einem Schwätzchen beim Kaffee nicht abgeneigt und fuhr allein, um ihrem Besuch den offiziellen Charakter zu nehmen. Tatsächlich schien die ehemalige Nachbarin von Bernhard Reiter erfreut, sie zu sehen.

»Kommen Sie nur herein. In meinem Alter ist man froh, mal unerwarteten Besuch zu bekommen.«

Sie bat Marie Thalbach in ihr Wohnzimmer, ein penibel aufgeräumter Raum, in dem jeder Gegenstand seinen festen Platz zu haben schien.

»Wissen Sie, wenn man keine Familie mehr hat, dann ist man viel allein. Und jetzt, wo Bernhard auch nicht mehr da ist, sind die Tage oft sehr lang.«

Marie setzte sich in die Mitte des Sofas. Frau van den Bloom wolle nur schnell Kaffee aufsetzen und Geschirr holen, dann stünde sie zur Verfügung. Die Kommissarin sah sich um, der große Ohrensessel aus hellem Kord hatte abgewetzte Armlehnen, als würde er häufig genutzt. Daneben stand ein Korb auf dem Boden, aus dem eine Häkelnadel herausragte, die in einem fein gearbeiteten, weißen Deckchen steckte. Marie bemerkte, dass diese Deckchen überall lagen – auf dem niedrigen Beistelltisch unter einer Schale, auf der Kommode und auf dem Fernseher.

»So, da bin ich wieder.« Frau van den Bloom betrat das Wohnzimmer mit einem Tablett in der Hand, auf dem sich eine Kaffeekanne aus weißem Porzellan befand, zwei Tassen mit dünnem Goldrand und die dazu passenden Teller. Sorgsam stellte sie Teller und Tasse vor Marie auf den Tisch, legte Kuchengabel, Löffel und Tortenheber dazu und setzte sich schließlich in den Ohrensessel. Sie schien sich in dem breiten Möbelstück sichtlich wohl zu fühlen.

»Das war früher der Platz von meinem Paul, aber seit er nicht mehr da ist, sitze ich hier und arbeite an meinen Deckchen.«

Marie nickte und schenkte Kaffee ein. Die Szene erinnerte sie an Besuche bei ihrer Großmutter, die vor Jahren verstorben war, und plötzlich fühlte sie sich trotz des Anlasses ihres Besuchs in diesem Ambiente wohl. Sie legte Frau van den Bloom ein Stück Herrentorte auf den Teller. Anfangs unterhielten sie sich über Köln und das Leben in der Stadt, und Marie erfuhr, dass Frau van den Bloom auch Häkelarbeiten für einen kleinen Laden am Gottesweg herstellte, der sie verkaufte.

»So kommen ab und zu ein paar Mark zusammen – ach, man muss ja jetzt Euro sagen.« Sie lächelte. »In meinem Alter tut man sich schwer mit Veränderungen.«

Sie erzählte weiter, dass sie in Apeldoorn in den Niederlanden geboren und mit ihrem Mann Paul im Alter von zwanzig Jahren nach Köln gekommen sei.

Schließlich fragte Marie nach Bernhard Reiter.

»Bernhard habe ich erst nach dem Tode meines Mannes kennen gelernt. Wir wohnten zwar schon lange im selben Haus, hatten aber nie näheren Kontakt. Später haben wir zusammengefunden, weil wir beide nicht mehr ganz jung und allein waren.« Sie stellte ihre Kaffeetasse auf der Untertasse ab und sank in den Sessel zurück. »Anfangs haben wir uns im Hausflur unterhalten, wenn wir uns am Briefkasten trafen. Er hat mir geholfen, wenn etwas zu reparieren war. Schließlich haben wir uns regelmäßig zum Nachmittagskaffee getroffen. Manche Männer werden im Alter wunderlich, aber nicht so Bernhard. Er war ein bisschen eigen, wie ich wahrscheinlich auch, aber es tat uns beiden gut, jemanden in unserem Leben zu haben.«

Sie beugte sich vor. »Wir hatten keine Liaison, wenn Sie das meinen. Es war Freundschaft, die uns verbunden hat.« Die alte Dame ließ den Blick durch den Raum schweifen. »Zwölf Jahre lang«, murmelte sie versonnen, »und jetzt wird er nie wieder kommen.«

Marie legte Frau van den Bloom die Hand auf den Arm. »Erzählen Sie mir von Bernhard Reiter.«

1996 hätte ihre Freundschaft begonnen, das Jahr, in dem Bernhard Reiter in Rente gegangen war. Oder besser gehen musste, denn er sei als Hauswart in der belgischen Kaserne am Stadtwald beschäftigt gewesen.

»Das belgische Militär hat damals den Stützpunkt in Köln verlassen, und mit sechsundfünfzig Jahren findet man so leicht keine neue Arbeit mehr. Zu seinem Glück suchte die Verwaltung einen neuen Hausmeister für dieses Haus, so dass er schließlich doch noch gebraucht wurde. Und nebenbei brachte er jeden Morgen die Zeitung zu den Leuten.«

Dies war Marie schon bekannt, die finanzielle Situation von Bernhard Reiter war alles andere als rosig gewesen. »War er Mitglied in einem Verein, oder gab es vielleicht entfernte Verwandte, die er einmal erwähnt hat?«

Frau van den Bloom schüttelte den Kopf. Vereine hätte er nicht gemocht. Die Skatrunde mit seinen langjährigen

Freunden hätte ihm ausgereicht. Außerdem hätte er sich mit seinem Freund Sigges aus der Skatrunde einen Schrebergarten in der Kleingartenkolonie am Unteren Komarweg geteilt. Dort habe er viel Zeit verbracht.

»Ach, da fällt mir doch noch etwas ein.« Frau van den Bloom setzte sich aufrecht. »Vor zwei oder drei Jahren kam eine Todesanzeige per Post. Seine Stiefschwester war verstorben. Das schien ihn nicht weiter zu berühren, weil sie schon jahrelang keinen Kontakt mehr pflegten.«

Marie machte sich eine Notiz. Später würde sie über das Melderegister nachforschen lassen. Frau van den Bloom erzählte, dass ihr Nachbar aus seiner Zeit als Kasernenwart keine Kontakte gehabt hätte. Die Belgier waren zurück in ihr Land gegangen, und außerdem hätte ein einfacher Arbeiter sicher nicht zum Freundeskreis der Offiziere oder Leutnants gezählt. Aber mit dem Pastor hätte er sich gut verstanden. Doch da sich dessen Kirchengemeinde aufgelöst hätte, hatte es für ihn hier keine Aufgabe mehr gegeben.

Marie schrieb ‚Pastor, belgische Kapelle' auf. Leider erinnerte sich Frau van den Bloom nicht an den Namen des damaligen Seelsorgers.

Marie Thalbach verabschiedete sich und fuhr zurück nach Kalk ins Präsidium. Um den damaligen Pastor der belgischen Kaserne zu finden, müsste sie sich auf die Suche nach Mitgliedern der Gemeinde machen, die in den 1990er Jahren dort gelebt hatte. Belgier, die nicht zurück in ihr Heimatland gegangen waren.

Als Marie zu ihrem Schreibtisch ging, winkte sie Susanne zu. »Kurze Lagebesprechung?«

Sie zogen sich an den großen Tisch zurück, der etwas versetzt im hinteren Teil des Raumes stand und an dem sonst die Teambesprechungen stattfanden.

»Das Gespräch mit Frau van den Bloom hat nur wenig Anhaltspunkte gebracht. Reiter muss eine Stiefschwester gehabt haben. Da können wir mal nachhaken.«

Marie schilderte kurz den Nachmittag bei Reiters Nachbarin und schloss mit der Information, dass sie diesen belgischen Pastor ausfindig machen mussten. Susanne war skeptisch, ob eine Bekanntschaft, die Jahre zurück lag, heute zu ihrem Fall beitragen könnte. Aber da auch für sie mit der Verhaftung von Hermann Schmitz der Fall nicht geklärt war, ließ sie sich schließlich überzeugen.

Um zwanzig Uhr ließ sich Maries Magenknurren nicht mehr unterdrücken, und sie beschloss, Feierabend zu machen. Sie verabschiedete sich und lief die Straße hinunter in Richtung Bushaltestelle.

Erst zwei Stunden später traf sie zu Hause ein. Erschöpft stellte sie die prall gefüllten Plastiktüten aus dem Supermarkt in der Küche ab und rieb ihre Hände, in die die Schlaufen der Tüte schmerzhaft eingeschnitten hatten. Zumindest gegen die Leere in ihrem Kühlschrank hatte sie etwas unternommen. Sie räumte Joghurt, Käse, Schinken, zwei Kalbsschnitzel und das Gemüse ins Kühlfach. Anschließend stapelte sie Nudeln, Reis, Dosentomaten und verschiedene Gewürze in den Schrank und griff nach einem der Rotweingläser. Sie entkorkte den Wein, den sie vor ein paar Tagen geöffnet und erst zur Hälfte getrunken hatte. Es war die letzte der Flaschen, die sie mit Bettina gemeinsam gekauft hatte. Fast ein Jahr war das jetzt her – auf einmal fehlte ihr die Freundin ganz besonders.

Statt sich das typisch italienische Nudelgericht zuzubereiten, das ihr während des Heimwegs in den Sinn gekommen war und für das sie extra eingekauft hatte, entschied sie sich nun, eine Tiefkühlpizza in den Ofen zu schieben. Der Fernseher lief und die Pizza taute langsam auf, als Marie ihren Laptop einschaltete, um Bettina eine E-Mail zu schreiben. Dies war immerhin eine Verbindung, die sie halten konnten.

Sie dachte an den Zeitpunkt, als sie entschieden hatte, Augsburg den Rücken zu kehren und woanders neu anzufangen. Während Bettina damals von nichts anderem sprach als von ihrer Australienreise, bohrten in Marie die Fragen, wohin es eigentlich mit ihr gehen sollte. Was sie aus ihrem Leben machen wollte. Als Martin ihr dann unter Liebesbeteuerungen gebeichtet hatte, dass er ein letztes Mal mit seiner Frau Urlaub gebucht hätte, auf den Seychellen, hatte sie plötzlich klar gesehen. Als habe jemand einen Vorhang aufgezogen. Es würde immer so bleiben. Hätte Martin sich wirklich trennen wollen, hätte er auch nur einmal ernsthaft in Erwägung gezogen, bei ihr zu bleiben, dann hätte er diesen Schritt längst unternommen. Sie war nicht mehr als seine ‚Zweitfrau'.

Marie hatte ihn rausgeworfen und die Tür hinter ihm abgeschlossen, wie um ihre Entscheidung zu unterstreichen. Martin hatte zwei Mal an die Tür geklopft, und gesagt, sie solle sich melden, wenn sie sich beruhigt hätte. Dieser Satz war der Schlussstrich gewesen.

Am nächsten Morgen hatte Bettina sie tröstend umarmt. »Endlich!«, hatte sie gesagt, und Marie hatte das Gefühl gehabt, aufzuwachen. Sie beschloss, dass es Zeit für einen Neustart sei.

Marie musste lächeln, als sie an Bettinas Fürsorge dachte, und dass ihre Freundin befürchtet hatte, sie würde sich von Martin wieder umstimmen lassen. Sie musste Bettina unbedingt einladen, sobald diese wieder in Deutschland war.

Marie beendete die E-Mail, drückte auf ‚senden' und blieb gedankenverloren mit dem Laptop auf ihrem Schoß im Sessel sitzen. Ob es eine gute Idee gewesen war, die Wand hinter der Couch in diesem satten Rot zu streichen? In ihrer alten Wohnung hatten Pastelltöne überwogen, aber diese war sie nun leid. Sie wollte Farben, die den Räumen auf den ersten Blick eine deutliche Note verliehen. Doch, das Rot war eine gute Wahl! Sie fühlte sich wohl in diesem Zimmer mit ihrer neuen, dunkelgrauen Couch, den hellen Leinen-Vorhängen an den hohen Fenstern und den gerahmten Schwarz-Weiß-Portraits, die Bettina auf ihren Reisen aufgenommen hatte.

*

Er saß im Dunkeln, zündete die Grubenlampe absichtlich nicht an, und sog an seiner Zigarette, dass sie rötlich aufglomm. Das Mädchen sollte riechen, dass er da war. Langsam würde der Rauch unter dem Türschlitz hindurch kriechen und sich dünn im Raum verteilen. Das würde ausreichen, ihr mitzuteilen, dass er da war. Dass er vor der Tür saß und wartete. Auf sie – oder auf etwas anderes.

Die Härchen auf seinem Unterarm stellten sich auf. Mit geblähten Nasenflügeln nahm er den Rauchfaden von seiner Zigarette auf, um anschließend noch einen tiefen Zug zu nehmen. Ein Geräusch hier, ein Atmen dort – es würde eine lange Nacht werden für sie. So, wie es endlose Nächte in seinem Leben gegeben hatte. Nächte, in denen er sich unsicher und allein gefühlt hatte. In denen er sich schweißnass hin und her wälzen musste, weil die stumpfen Augen seines Vaters ihn nicht mehr losließen.

Hinter der Tür blieb es still. Er bildete sich ein, ihren flachen Atem förmlich über seine Haut streichen zu spüren. Sie war gespannt, ihre Nerven vibrierten – oh ja, er kannte dieses Gefühl nur zu gut. Sie brauchte nichts zu sagen, niemand brauchte mehr etwas zu sagen, denn es war schon zuviel geredet worden. Es war an der Zeit, Taten folgen zu lassen.

*

Montag früh saßen sich Susanne und Marie mit Jürgen Thiele, Adrian Franzen und Katja Fehrenbach am Besprechungstisch gegenüber und legten den Tagesablauf fest.

Katja, die schon öfter bewiesen hatte, dass sie sich in Rechercheaufträge richtig festbeißen konnte, sollte sich auf die Suche nach Informationen über die verstorbene Stiefschwester machen. Da sie nichts als die vagen Erinnerungen der Nachbarin an eine Todesannonce hatten, würde die Recherche sicher einige Zeit in Anspruch nehmen. Die Schwester konnte überall gelebt haben, es war nicht einmal sicher, dass sie in Deutschland gestorben war.

Jürgen Thiele und Adrian Franzen sollten die Spur des belgischen Pastors verfolgen, um ihn ausfindig zu machen. Wobei sie in Betracht ziehen mussten, dass auch er bereits verstorben war.

»So, Leute, das sind derzeit die einzigen Ansatzpunkte, die wir haben, um etwas mehr über unsere Wasserleiche in Erfahrung zu bringen. Ich würde sagen, dann starten wir mal und bringen etwas Licht in die Sache.« Susanne schob ihre ausgebreiteten Unterlagen wieder zusammen und erhob sich von ihrem Stuhl.

Hauptkommissar Schlüter, der der Besprechung beigewohnt hatte, nickte seinem Team zu und verließ eiligen Schrittes das Büro. Auch die Kollegen rückten ihre Stühle zurück. Jürgen und Adrian verließen nacheinander den Raum, um sich in ihr kleines Zweier-Büro zurückzuziehen.

Katja setzte sich an ihren Schreibtisch, der gegenüber dem von Susanne stand, und notierte sofort einige Stichpunkte. Marie nahm gedankenverloren einen Schluck ihres mittlerweile kalt gewordenen Kaffees und ging im Geiste noch einmal die Gespräche mit den Skatbrüdern durch. Hatten sie etwas übersehen?

Erfreulicherweise dauerte es nicht lange, bis Adrian Franzen erste Erfolge vermelden konnte. Der Pastor, der bis zum Abzug der belgischen Streitkräfte in der Kapelle am Kölner Stadtwald seinen Dienst geleistet hatte, hieß Johann van Schuuren und hatte mittlerweile das stattliche Alter von achtundachtzig Jahren erreicht. Adrian berichtete, dass van Schuuren 1996 nicht, wie sie zuerst angenommen, zurück nach Belgien gegangen sei.

»Dem hat es bei uns so gut gefallen, dass er geblieben ist. Seit zwei Jahren lebt van Schuuren in einem Altenheim, im St. Vincenz-Haus im Kunibertsviertel.«

»Kunibertsviertel – wo ist das denn?«

Franzen erklärte Marie, dass sich das Seniorenheim am Rheinufer zwischen Hohenzollern- und Zoobrücke befand. Die Leiterin des Hauses habe berichtet, dass der alte Herr durchaus fit sei, er allerdings hin und wieder mehr in der Vergangenheit weile, als in der Gegenwart. Einem Besuch stünde nichts im Wege.

»Da fahren wir sofort hin!« Marie nickte Susanne zu und war schon auf dem Weg zur Garderobe, um ihren Mantel zu holen.

»Adrian, fahr du mit!«, bestimmte Susanne und vertiefte sich in einen Ordner.

Langsam schlüpfte Marie in die Ärmel ihres Mantels, suchte umständlich in den Taschen nach ihren Handschuhen. Sollte sie etwas dazu sagen? Aber Franzen, der sich sichtlich darüber freute, seine begonnenen Recherchen fortsetzen zu können, stand schon startbereit an der Tür.

Adrian wollte den Wagen fahren. Weil er so groß war, musste er den Sitz für seine langen Beine erst zurückschieben. Marie saß auf dem Beifahrersitz und schaute aus dem Fenster. Sie konnte sich beim besten Willen nicht erklären, was Susanne in dem Ordner, hinter dem sie sich versteckt hatte, so dringend nachlesen musste. Außer dem Gespräch mit dem Pastor gab es im Moment keine weitere Spur, der sie nachgehen konnten. Wie immer, wenn Marie nicht wusste, wie sie reagieren sollte, spielte sie mit dem silbernene Ring an ihrem Finger.

»Wir fahren jetzt über die Zoobrücke auf die andere Rheinseite«, ließ sich Franzen vernehmen. »Eine von sieben Kölner Brücken. Wenn man im Westen anfängt, kommt zuerst die Rodenkirchener Brücke, dann die Südbrücke – die allerdings nur für Züge und Fußgänger nutzbar ist – dann die Severinsbrücke, die Deutzer, die Hohenzollernbrücke, auch nur für Züge und Fußgänger, die Zoobrücke und als letzte die Mülheimer Brücke.«

Marie wandte den Kopf und lächelte den Kollegen an.

»Das ist schon das Konrad-Adenauer-Ufer«, fuhr dieser fort. »Hier muss irgendwo das Seniorenheim sein, welche Nummer hatte noch mal das St.-Vincenz-Haus?«

»Fünfundfünfzig.« Marie blätterte in ihrem Notizbuch.

Das Hauptportal das St.-Vincenz-Hauses mutete wie der Eingang zu einem alten Kloster an. Ein gemauerter Bogen umrahmte eine Flügeltür im Jugendstil mit in Metall gefassten kleinen Fenstersegmenten im oberen Teil. Marie vermutete, dass ein Aufenthalt in diesem Haus sicher nicht preiswert sein würde. Die Atmosphäre in der weitläufigen Eingangshalle erinnerte an eine Kirche. Alles strahlte Ruhe und Gediegenheit aus. Der perfekte Alterssitz für einen Geistlichen.

»Kann ich Ihnen helfen?«, fragte eine Stimme, die scheinbar aus dem Nichts zu kommen schien. Eine Frau Anfang fünfzig trat aus einer Tür, die durch die dunkle Wandvertäfelung fast verdeckt gewesen war. »Ich bin Frau Heier, guten Tag.« Sie streckte den beiden Besuchern ihre Hand entgegen.

»Mein Name ist Thalbach, das ist mein Kollege Franzen, Kriminalpolizei. Wir würden gern mit der Leiterin dieses Hauses sprechen.«

Frau Heier zeigte sich unbeeindruckt vom Erscheinen der Polizei und fragte höflich nach dem Grund des Besuches. Franzen erwiderte unverbindlich, dass sie dies nur mit der Leiterin des St.-Vincenz-Hauses besprechen könnten.

Sie folgten der Empfangsdame in das Zimmer, aus dem sie zuvor ins Foyer getreten war.

»Wenn Sie einen Moment Platz nehmen möchten, dann werde ich Frau Gäntgen informieren.«

Marie und Franzen zogen es vor, stehen zu bleiben, und blickten sich interessiert in dem kleinen Büro um. Dunkle, schwere Möbel, ein aufgeräumter Schreibtisch, dahinter ein lederner Sessel, Eichenparkett. Es wirkte wie die Kulisse für ein Theaterstück, aber nicht wie ein Raum, in dem jemand arbeitete. Die Zwischentür öffnete sich und eine hochgewachsene, schon leicht ergraute Dame trat ein.

»Guten Tag. Sie wollten mich sprechen?« Frau Gäntgens warme Stimme erfüllte sofort den gesamten Raum. Nach der Begrüßung bat die Leiterin, in der kleinen Sitzgruppe am Fenster Platz zu nehmen.

Marie legte den Grund ihres Besuches dar. »Wir hoffen«, schloss sie, »Herr van Schuuren kann uns etwas über die Vergangenheit des Ermordeten erzählen. Möglicherweise standen die beiden ja noch in Kontakt.«

»Herr van Schuuren bekommt fast keinen Besuch, soweit ich mich entsinne. Aber natürlich schließt das nicht unbedingt aus, dass ein Kontakt bestanden haben kann. Unsere Bewohner können sich ihre Freizeit so einteilen, wie sie es wünschen; spazieren gehen, in die Stadt fahren, Besuche machen – natürlich abhängig von ihrer eigenen Mobilität. Herr van Schuuren ist ein rüstiger, älterer Herr. Er ist weder dement noch pflegebedürftig. Erlauben Sie mir, ihn kurz darauf vorzubereiten, dass Sie da sind, dann können Sie mit ihm sprechen.« Sie blickte auf ihre Uhr und verkündete, dass die Nachmittagsmesse vorbei und Herr van Schuuren zu dieser Zeit auf seinem Zimmer anzutreffen sei. »Er ist ein ruhiger, ausgeglichener Mann, der mit allen hier im Hause gut zurechtkommt.«

Damit wandte sie sich ab und winkte den Beamten, ihr den Gang entlang in Richtung des dahinter liegenden Wohnheims zu folgen.

Sie fuhren mit dem Lift in die zweite Etage hinauf. Im Flur, dessen Wände mit modernen Kunstdrucken bestückt waren, bat Frau Gäntgen sie, einen Moment zu warten. Franzen zog den Reißverschluss seiner Jacke auf, und auch Marie war es in ihrem Mantel warm geworden.

»Nicht schlecht hier, oder?« Franzen deutete in großem Bogen auf die Zimmertüren, den Fahrstuhl und in die Richtung, aus der sie gekommen waren. »Sicher eine angenehme Art, den Ruhestand zu verleben.«

Marie nickte. Ihr gefiel, was sie bisher von St. Vincenz gesehen hatte.

»Treten Sie doch bitte ein . . .«

Die Zimmertür schwang auf und mit einer einladenden Geste bat Frau Gäntgen Marie Thalbach und Adrian Franzen in den Raum.

In einem dunkelgrünen, plüschigen Sessel mit goldenen Troddeln an den Armlehnen saß ein alter Mann mit dichtem, weißem Haar. Sein Gesicht war faltig, die rechte Hand zuckte immer wieder kurz in seinem Schoß, aber sein Blick war wach und offen. Er lächelte, als freue er sich, sie zu sehen.

Marie reichte ihm die Hand. Auch Franzen stellte sich vor und bedankte sich, dass van Schuuren bereit war, mit ihnen zu reden. Während die beiden Ermittler auf dem Sofa Platz nahmen, verabschiedete sich Frau Gäntgen mit der Bemerkung, sie jederzeit über das Haustelefon erreichbar.

»Herr van Schuuren, man hat Ihnen sicher schon erzählt, warum wir hier sind.« Marie schilderte mit knappen Worten das Auffinden der Leiche von Bernhard Reiter an den Poller Wiesen und die Suche nach einem Tatmotiv in der Vergangenheit des Opfers. »Bernhard Reiter war unseres Wissens bis zu seiner Pensionierung als Hauswart in der belgischen Kaserne an der Dürener Straße beschäftigt. Ist es richtig, dass Sie zur gleichen Zeit Pastor in der Kapelle dort waren und ihn kannten?«

Johann van Schuuren antwortete mit leichtem Akzent. »Ach ja, Bernhard Reiter war der Name des Hauswarts. Neulich wollte mir der Name nicht einfallen.« Er kratzte sich am Kopf. »Aber ich kann nicht sagen, wieso ich überhaupt an ihn gedacht habe?«

»Dann kannten Sie ihn also?«, wiederholte Marie ihre Frage.

»Ja, das stimmt – ich kannte ihn. Aber später habe ich ihn aus den Augen verloren.« Er hustete und sog mit einem rasselnden Geräusch Luft in seine Lunge. »Die Zigarren, sie sind nicht gut für mich.« Er schaute seine Besucher verschmitzt an. Es war klar, dass er trotz des Hustens rauchte. Marie lächelte freundlich zurück, er erinnerte sie an Frau van den Bloom, auch sie hatte so einen schelmische Blick in den Augen, als sie sich vor ein paar Tagen unterhalten hatten. Eine Art der Gelassenheit, die sich erst in den späteren Lebensjahren einstellte.

»Bernhard Reiter war ein angenehmer Mensch, hat immer seine Arbeit gemacht, war zuverlässig. Er war ein guter Mann, und es tut mir leid, dass er so umgekommen ist. Aber wie kann ich Ihnen helfen?«

»Sie sagen, in letzter Zeit hätten Sie keinen Kontakt mehr gehabt, wie lange ist es her, seit Sie sich zum letzten Mal gesehen haben?«

Johann van Schuuren blickte aus dem Fenster und schien in seinen Erinnerungen zu graben. Es müsse der Tag seiner Pensionierung gewesen sein. Er habe bis 1990 im Dienst der Kirche gestanden und sei dann in Rente gegangen, wie man in Deutschland sage. Bei seiner Abschiedsfeier habe er den Hauswart zum letzten Mal gesehen. »Er hat immer bereitwillig geholfen. Den Wasserhahn repariert, Fenster abgedichtet, eben alles, was anfiel.«

»Waren Sie privat befreundet?«, wollte Marie wissen.

Johann van Schuuren verneinte. Außerhalb ihrer Arbeitsbeziehung hatten sie sich nicht näher gekannt. Das Gespräch schien in eine Sackgasse zu laufen. Marie überlegte, ob es noch Punkte gäbe, die sie ansprechen könnten. Es wäre zu schade, wenn auf diesem Wege nichts weiter über Reiters Vergangenheit in Erfahrung zu bringen wäre.

»Wissen Sie, es ist schon merkwürdig... jahrelang sind die alten Geschichten für niemanden interessant. Jeder will die Belgier wieder weg haben aus Köln. Und jetzt sind Sie schon die Zweiten, die mich befragen.«

Franzen horchte auf. »Die Zweiten? Wollen Sie damit sagen, es hat sich noch jemand bei Ihnen über Bernhard Reiter erkundigt?«

»Nicht über ihn speziell, aber über die alten Zeiten. Über die Kaserne und ihre Geschichte und über die kleine Kapelle.«

»Und wer war das? Wann genau war das?« Marie setzte sich aufrechter und warf Franzen einen Blick zu.

»Es war ein Mann, vor einigen Wochen...«

»Können Sie den Mann näher beschreiben? War er groß, jung, alt, sprach er einen Dialekt?«

Johann van Schuuren hustete erneut und griff in die Tasche seiner Strickjacke, um sich ein Kräuterbonbon in den Mund zu schieben. »Ich glaube, er war mittelgroß. Eher dunkle Haare, und er war nicht alt. Aber es ist schon eine Weile her.« An den Namen konnte sich der Pastor nicht erinnern, nur daran, dass es kein ausländisch klingender Name gewesen sei, der Mann aber mit Schweizer Akzent gesprochen habe. »Er wolle ein Buch schreiben über die Zeit der Belgier in Köln. Deshalb brauche er Informationen über das Leben in der Kaserne, über die Menschen dort, die Atmosphäre. Er wollte wissen, ob es noch alte Baupläne gäbe oder Bücher, die ich aufgehoben hätte. Aber leider konnte ich ihm nicht helfen. Ich habe keine Aufzeichnungen über die Kaserne und die kleine Kirche.« Van Schuuren räusperte sich.

»Gab es denn etwas, das den Mann besonders interessierte?«

Johann van Schuuren überlegte. »Es hat mir leid getan, dass ich ihm nichts mitgeben konnte, deshalb wollte ich ihm wenigstens etwas Spannendes erzählen. Es gibt einen Geheimgang zwischen der Kapelle und einem der Mannschaftshäuser.«

»Ein Geheimgang? Und das hat ihn interessiert?«, schaltete sich Marie ein.

»Ja, sehr. Ich habe ihm erzählt, wie wir den Gang entdeckt haben. Ich war schon einige Jahre als Pastor in der Kapelle, ohne von dem Gang zu wissen. Er war versteckt, mit einem Schrank zugestellt. Als wir im Keller einen Rohrbruch hatten, mussten wir den Schrank wegschieben und haben dahinter eine Tür entdeckt.«

»Wir? Wer war denn bei dieser Entdeckung dabei?«

»Der Hauswart hat mir geholfen. Er war wegen des Rohrbruchs gekommen.«

»Bernhard Reiter? Bernhard Reiter hat von dem Geheimgang gewusst?« Franzen beugte sich interessiert vor.

»Ja, wir haben das zusammen entdeckt – wir haben auch gemeinsam herausgefunden, wohin der Gang führt.«

»Und wohin führte der Gang?«

»In eines der äußeren Mannschaftshäuser. Der Gang endet an einer Falltür. Sie war verschlossen, wir konnten nicht hindurch. Bernhard Reiter wollte es von außen versuchen. Es gab drei Möglichkeiten, und er fand die richtige Tür, indem er die unter Teppichen versteckte Falltür entdeckte. Sie führte zu einem Lagerraum.«

»Das ist ja spannend. Und Ihr Besucher hat sich dafür interessiert?«

»Es schien mir so. Er wollte wissen, wo genau der Gang endete und ob das Gebäude heute noch stünde. Ich konnte ihm nicht viel mehr erzählen, weil ich ja nur den Einstieg von der Kapelle aus kannte. Aber ich habe ihm gesagt, dass er mit dem Hauswart sprechen solle, der damals bei der Entdeckung dabei war.«

»Sie haben also den Kontakt zu Bernhard Reiter vermittelt«, stellte Franzen fest.

»Nein, das konnte ich nicht«, warf der alte Pastor ein. »Ich hatte ja seinen Namen vergessen.«

»Wie ging es weiter?«, fasste Marie nach.

Van Schuuren erzählte, dass der Hauswart seiner Erinnerung nach damals auch bei einem privaten Wachdienst gearbeitet habe. Den Namen kenne er nicht, es müsse aber eine Firma in der Nähe gewesen sein, weil der Hauswart manchmal freitags mit dem Fahrrad direkt von der Kaserne aus dorthin gefahren sei. Das habe er, van Schuuren, seinem Besucher auch mitgeteilt und ihm vorgeschlagen, nach dieser Firma zu suchen. Vielleicht sei der Hauswart dort ja noch beschäftigt und sie könnten so in Kontakt treten. Marie schrieb fleißig mit, als der Pastor hinzufügte, dass sein Besucher plötzlich abgewinkt habe, dies führe alles zu weit und er wolle den ehemaligen Hauswart eher nicht aufsuchen.

»Wahrscheinlich war das für ihn doch nicht so interessant«, schloss van Schuuren mit einer wegwerfenden Handbewegung.

Marie hatte eher den Eindruck, dass der Mann sehr wohl auf etwas gestoßen war, das ihn stark interessierte.

»Hat er eine Visitenkarte hinterlassen oder eine Telefonnummer?«, wollte Franzen wissen.

Der Pastor verneinte. Sie verabschiedeten sich und fuhren zurück zur Dienststelle.

Acht

Franziska ging in die Hocke und betrachtete die ungewöhnlichen Kratzspuren auf dem Steinboden vor der grünen Metalltür. Ungeduldig stopfte sie das Ende ihres Pferdeschwanzes in den Kragen, weil er ständig in ihr Sichtfeld baumelte. Das Licht der Glühbirne an der Decke war nicht besonders hell, aber es reichte aus, die Spuren zu erkennen und näher zu untersuchen. Die Kratzer beschrieben eine kleine Kurve, als hätten sich Steinchen unter der Tür festgesetzt, die durch das Öffnen über den Beton geschliffen waren. Der Kellergang war schlecht gepflegt, in den Ecken sammelten sich vertrocknete Blätter, Papierfetzen und dicke Staubflusen. Vor dem Ausgang zum Garten stand eine ausrangierte Couch an der Wand, auf der ein angebrochenes Paket Korkfliesen lag sowie mehrere Rollen einer gelb-orangefarben gemusterten Tapete. In einer Nische lehnte ein Fahrrad ohne Sattel, dessen beide Reifen platt waren.

Franziska war schon immer neugierig gewesen, und diese Tür zog sie magisch an. Im Keller war alles still, kein Geräusch war zu hören. Sie war allein. Sie fühlte sich wie eine Detektivin, die eine heiße Spur verfolgte. Ihr Herz schlug heftig. Es war kühl, und sie trug nur eine dünne Trainingsjacke über ihrem T-Shirt. Franziska wollte unbedingt einen Blick hinter diese Tür werfen. Aber sie spürte auch Unbehagen, fast schon ein bisschen Angst. Was, wenn jemand sie entdeckte? Was hatte sie hier zu suchen?

Doch der Drang, ihrer Neugier nachzugeben, war stärker. Also jetzt oder nie! Sie griff nach dem fingerdicken Metallrad in der Mitte der Tür und versuchte, es zu drehen. Es ließ sich weder in die eine, noch in die andere Richtung bewegen. Das wäre auch zu einfach gewesen. Unterhalb des Drehrades befand sich ein Türschloss, über dem ein Metallplättchen befestigt war. Franziska schob es zur Seite und begutachtete das Schlüsselloch. Hierfür würde ein Kellerschlüssel mit dickem Bart benötigt. Aber sie hatte bisher nichts gesehen, das nach einem Schlüsselkasten aussah. Sie würde einfach noch einmal suchen, ob sich etwas fand, mit dem sie das Schloss öffnen konnte.

Nach einiger Zeit gab sie die Suche enttäuscht auf. Sie hatte gehofft, auf einen alten Schlüssel zu stoßen, der irgendwo vergessen in der Ecke lag. Oder wenigstens einen Gegenstand, mit dem sie versuchen könnte, das Schloss zu öffnen. Schließlich musste sie sich eingestehen, dass es eine ziemlich dumme Idee gewesen war, zu glauben, sie könne ein Türschloss knacken, das vermutlich seit Jahrzehnten verschlossen und mittlerweile längst verrostet war.

Doch kaum war sie wieder in ihrer Wohnung in der ersten Etage angekommen, erwischte sie sich selbst dabei, dass sie in ihren Schubladen nach passendem Werkzeug suchte.

Wenig später machte sich Franziska erneut an dem Türschloss im Keller zu schaffen. Der Ehrgeiz hatte sie gepackt und ließ sie einfach nicht los. Dabei hätte sie nicht sagen können, was sie überhaupt zu finden erwartete. Vielleicht lag hinter dieser Tür nur ein weiterer, muffiger Raum ohne Fenster, in dem vor Jahren einmal jemand irgendwelche Kisten und Gerümpel vergessen hatte. Aber genauso gut konnte irgendetwas Interessantes hinter dieser Tür darauf warten, gefunden zu werden. Alte Nazi-Reliquien zum Beispiel. Franziska hatte sich immer schon für Geschichte begeistert und interessierte sich speziell für den Zweiten Weltkrieg und das Dritte Reich.

Sie befühlte einige Werkzeuge, die sie in die Taschen ihrer Jeans gesteckt hatte und dachte nach. Die Metalltür würde sie ohne Schlüssel nicht öffnen können. Vielleicht hatte sie die Nischen zuvor nicht gründlich genug abgesucht, vielleicht gab es noch eine Stelle, die sie übersehen hatte und in der sie den Schlüssel finden würde. Mit neuem Elan begab sie sich den Gang hinunter und drückte die Klinke der nächsten Tür hinunter. Wie nicht anders erwartet, öffnete sie sich nicht. Franziska probierte auch die Klinke der darauf folgenden Tür. Zu ihrer Überraschung schnappte das Schloss ohne Weiteres auf. Sie blickte sich um und lauschte, aber es war nichts zu hören. Vorsichtig zog sie die ebenfalls grün lackierte Metalltür auf.

Sie blickte in einen dunklen Raum. Das Licht aus dem Flur drang gerade so weit hinein, dass sie einen Kasten an der Wand ausmachen konnte. Sie streckte die Hand danach aus und ertastete einen altmodischen Lichtschalter mit Drehmechanismus. Sie betätigte ihn, und eine schwache Glühbirne beleuchtete den Raum notdürftig. In der Mitte stand ein riesiger Tank, der fast den gesamten Platz einnahm. Es roch muffig nach altem Staub, und es gab kein Fenster. Aber neben dem Tank hing ein Regalbrett an der Wand. Franziska freute sich, vielleicht wurde sie dort fündig. Auf dem Fußboden lagerten locker aufeinander gestapelt einige Latten.

Gerade als sie sich an dem Stapel vorbeidrücken wollte, erspähte sie auf dem Boden einen Eisenring. Sie bückte sich, um ihn aufzuheben, und stellte fest, dass es sich nicht um einen losen Ring handelte, sondern um einen Griff. Mit der Sohle ihres Stoffschuhs wischte sie Staub und Schmutz beiseite. Der Boden unter dem Bretterstapel war nicht aus Beton, sondern aus Holz.

Franziska kniete nieder und befühlte die Holzplanken. Es schien sich um eine Art Falltür zu handeln. Das erklärte den Eisenring. Sie blickte sich um. Die Suche nach dem Schlüssel war vergessen. Diese neue Entdeckung erschien ihr auf einmal weitaus interessanter. Zu gern würde sie herausfinden, wohin die Falltür führte. Dazu musste sie allerdings zuerst den Bretterstapel wegräumen. Die einzelnen Latten waren nicht schwer, aber sehr verstaubt. Sie nieste und wischte sich mit dem Ärmel ihrer Sportjacke über das Gesicht. Es dauerte nicht lange, dann lag die Falltür frei. Aufgeregt blickte Franziska auf das hölzerne Quadrat zu ihren Füßen. Was würde sie erwarten? Sie atmete tief durch und griff energisch nach dem Eisenring. Er lag kühl in ihrer Hand. Sie versuchte ihn hochzuziehen, aber die Tür gab nur wenig nach. Franziska richtete sich auf, zog mit aller Kraft, und nun ließ sich die Falltür mit einem ächzenden Geräusch ein Stückchen anheben. Franziska ließ nicht nach, schob einen Fuß in den Spalt. Die Scharniere waren schwergängig, funktionierten aber. Schließlich lehnte Franziska die Falltür gegen die Wand und trat einen Schritt zurück.

Vor ihr lag ein schwarzes Loch. Umrandet war die Öffnung von einem Metallrahmen, der aussah, als wären schwere Gegenstände über ihn hinweg geschleift worden. Die Lackierung war abgeplatzt, an einigen Stellen hatten sich Rostflecken gebildet. Franziska blickte auf eine steile Holztreppe.

Max saß in seinem Lieblingssessel im Wohnzimmer und blätterte in einem Wirtschaftsmagazin, das er wahllos aus dem Zeitungsständer gezogen hatte. Nur äußerlich gab er ein entspanntes Bild ab, in seinem Kopf rasten die Gedanken. Er brauchte eine Idee, irgendeine geniale Eingebung, wie er an die Vollmacht seiner Frau für das Schließfach kommen konnte. Kurz hatte er in Erwägung gezogen, Isabelle zu überreden, sich als Constanze auszugeben. Doch er hatte diesen Gedanken schnell verworfen. Er wusste nicht, ob Constanze bei der Bank persönlich bekannt oder wie häufig sie schon dort gewesen war.

Um das Fach öffnen zu können, benötigte er den Schlüssel und die Vollmacht. Leider hatte seine Frau die Angewohnheit, jedes auch noch so unwichtig erscheinende Schriftstück akribisch durchzulesen, bevor sie es unterschrieb. Ihr die Vollmacht heimlich zur Unterschrift unterzuschieben, war schier unmöglich. Sollte er einfach ihren Namenszug kopieren? Das wäre Urkundenfälschung. Seine Gedanken irrten im Kreis, bis ihm plötzlich klar wurde, dass er dabei war, einen Diebstahl zu planen. Er würde seine eigene Frau bestehlen.

Max blickte auf und beobachtete Constanze eine Weile, wie sie konzentriert einen Zeitungsartikel studierte. Für den Bruchteil einer Sekunde erwägte er, ihr alles zu erzählen und sie um Hilfe zu bitten. Sofort fragte er sich, wie verrückt er war, so etwas nur zu denken. Es gab nur zwei Möglichkeiten: Entweder half er Isabelle und hinterging seine Frau – oder er half Isabelle nicht. Aber diese zweite Variante war nicht zu Ende gedacht. Wenn er Isabelle nicht half, würde der Entführer einen anderen Weg finden, von ihm den Inhalt des Schließfaches zu fordern. Wie er es drehte und wendete, er sah keinen Ausweg.

Max blickte hinaus über die Terrasse in den Garten. Als er vor vier Tagen morgens wach geworden war, war seine Welt noch in Ordnung gewesen. Heute hatte er das Gefühl, dabei zusehen zu müssen, wie alles um ihn herum einstürzte.

Als in der Diele das Telefon klingelte, zuckte er zusammen. Constanzes irritierter Blick traf ihn, und er lächelte ihr beruhigend zu. »Entschuldige, meine Liebe, ich war ganz in Gedanken...«

Constanze erhob sich und nahm das Gespräch entgegen. Max gab sich den Befehl, ruhig zu bleiben. Ihr Argwohn war das Letzte, was er jetzt brauchen konnte.

»Mama geht es nicht gut. Ich fahre zu ihr.« Constanze lehnte im Türrahmen und blickte hinüber zu Max, der hinter seinem Magazin verschwunden war. Er ließ das Blatt sinken und erbot sich, sie zu begleiten.

»Das ist nett von dir, aber du weißt, dass es Mama lieber ist, wenn wir nicht so viel Aufhebens um sie machen. Sie will nur ein bisschen Gesellschaft. Papa ist doch dieses Wochenende in Hamburg."

Max erinnerte sich. Der alte Herr war zum Ehemaligen-Treffen der Universität gefahren, an der er seinen Abschluss gemacht hatte.

»Sollen wir dann für heute Abend etwas von Luciano kommen lassen oder möchtest du bei deiner Mutter bleiben?«

»Ich bin sicher in zwei bis drei Stunden wieder zurück. Lass' uns etwas bestellen – eine gute Idee.«

Mit den letzten Worten beugte sie sich über Max, um ihre Wange an seine zu legen – ihre Art, sich zu verabschieden. Max verspürte Erleichterung. Sobald die Tür hinter ihr ins Schloss gefallen war, legte er die Zeitschrift zur Seite und erhob sich.

Nach etlichen Versuchen, seine Gedanken in kontrollierte Bahnen zu lenken, ging er hinüber in sein Arbeitszimmer. Er brauchte ein Konzept. Vielleicht würde es helfen, wenn er seine Gedanken zu Papier brachte. So machte er das bei geschäftlichen Angelegenheiten schließlich auch. Kurz dachte er an die letzte Vertragsunterzeichnung, die ihm sogar ein anerkennendes Lächeln seines Schwiegervaters eingebracht hatte. Ein kurzes Aufflammen nur, aber immerhin.

Max fühlte sich, als stünde er mit dem Rücken zur Wand. Es gab keine Wahlmöglichkeiten, er konnte nur tun, was von ihm verlangt wurde. Anschließend würde er all seine Energie brauchen, um den Schaden möglichst gering zu halten. Aber einen Schritt nach dem anderen.

Oben auf das Blatt Papier, das er sich aus einer Schublade genommen hatte, schrieb er in die linke Ecke ‚Vollmacht', in die rechte ‚persönlich'. Darunter notierte er die Stichworte, die ihm zur Durchführung der jeweiligen Aktion einfielen. In Besitz des Personalausweises seiner Frau zu gelangen, erschien ihm leicht – allerdings sahen sich Isabelle und Constanze nicht besonders ähnlich. Und es blieb die Frage, ob Constanze in der Bank nicht doch persönlich bekannt war? Er verwarf die Idee. Er musste irgendwie an die Unterschrift seiner Frau kommen. Wie sollte er das anstellen? Er stand auf, entnahm dem Schrank einen Ordner und suchte nach einem Schriftstück, das Constanze unterschrieben hatte. Schnell zog er eine Kopie und heftete das Original wieder ab. Akribisch fuhr er das geschwungene ‚C' nach. Das war der einfache Teil. Auch den Punkt, den Constanze nach dem Initial setzte, platzierte er perfekt. Aber schon beim großen ‚F' von Feldmann machte sich der Unterschied im Schriftbild bemerkbar. Seine Schrift war klein und fahrig, Constanze schrieb rund und flüssig, setzte den Stift zwischendurch nicht ab. Er begann erneut, war sicher, mit Übung schließlich zum Ziel zu kommen. Aber auch etliche Versuche später sah sein Ergebnis nicht im Entferntesten der Unterschrift seiner Frau ähnlich.

Isabelle! Wieso war er nicht gleich auf diese Idee gekommen? Isabelle würde die Unterschrift sicher besser hinbekommen als er, schließlich war sie eine Frau. Mit hektischem Blick sah er auf die Uhr. Eine Stunde war vergangen, seit Constanze das Haus verlassen hatte. Konnte er es wagen, ebenfalls wegzufahren?

»Meinert...?«, hörte er Isabelles atemlose Stimme. Er saß in seinem Wagen und war nur ein paar hundert Meter weit gefahren, bis er ihre Nummer gewählt hatte.

»Max hier... ich habe eine Idee, wie wir an das Schließfach kommen. Es ist zugleich die einzige, die funktionieren könnte. Also hör zu...«

Isabelle am anderen Ende der Leitung sagte nichts, sie würde alles tun, was er vorschlug, alles, was ihre Tochter zurückbringen würde.

Max' Plan sah vor, dass sie sich auf dem Waldparkplatz am Forstbotanischen Garten trafen, wo er ihr die Kopie mit Constanzes Unterschrift sowie den Entwurf der Vollmacht aushändigen würde. Isabelle sollte so lange üben, bis sie die Unterschrift perfekt nachahmen könnte.

Sollte sie dort hinunter steigen? Franziska drehte sich um. Die Tür zum Tankraum hatte sie mit einem Keil festgeklemmt, sie stand noch immer einen Spalt breit offen.

Franziska blickte in die dunkle Öffnung und auf die Stufen, die hinab führten. Ob dort unten Licht wäre oder ob sie gar schon im Abwasserkanal landen würde? Dagegen sprach allerdings, dass es nicht danach roch. Auch der Boden, den sie im Umkreis des Lichteinfalls erkennen konnte, schien trocken zu sein. Wenn sie noch einen Moment zögerte, würde sie der Mut verlassen, soviel stand fest. Beherzt drehte Franziska der Öffnung den Rücken, setzte einen Fuß auf die erste Stufe und stieg rückwärts die Treppe hinunter. An der gemauerten Backsteinwand entdeckte sie einen ähnlichen Drehschalter wie im Tankraum. Sie war erleichtert, als die Glühbirne unter einem altertümlichen Lampenschirm aufleuchtete.

Der Gang war so schmal, dass sie nicht beide Arme gleichzeitig zur Seite ausstrecken konnte. Aber immerhin hätte noch eine zweite Person Platz, wenn sie direkt neben ihr stünde. Franziska war froh, dass sie aufrecht gehen konnte, und sich die Decke noch etwa zwanzig Zentimeter über ihr befand. Denn trotz ihrer Abenteuerlust wäre sie nicht auf allen Vieren durch einen dunklen, unbekannten Gang gekrochen.

Der Gang verlief ohne Biegungen und endete vor einer Wand. Erst als sie einen weiteren Drehschalter betätigt hatte und das Licht aufflammte, bemerkte sie, dass sich der Stollen nach rechts und links fortsetzte. Sie beschloss, zuerst dem Gang zu ihrer Rechten zu folgen. Sie musste sich immer noch unterhalb der Kellerräume ihres Hauses befinden. Nach wenigen Metern schon stieß sie erneut auf eine Stiege. In der Decke erblickte Franziska ein Holzquadrat. Dies musste das Gegenstück zu der Falltür sein. Sie kletterte die Hälfte der Stufen hinauf und drückte mit einer Hand gegen das Holz. Die Falltür war schwer, ließ sich aber ein kleines Stückchen anheben. Franziska presste sich gegen die steilen Stufen und stemmte mit beiden Händen die Falltür hoch. Vorsichtig schaute sie durch den Spalt, konnte aber in der Dunkelheit nicht viel erkennen. Trotzdem kletterte sie aus der Öffnung hinaus.

Neugierig blickte sie sich um und versuchte, sich mit dem wenigen Licht, das von unten herauf schien, zu orientieren. Ein unheimliches Gefühl beschlich sie. Sie entdeckte die Schemen einer Tür, stolperte darauf zu und fand wie erhofft einen Lichtschalter. Der Raum wurde augenblicklich in gelbliches Licht getaucht. Die Tür, vor der sie stand, war aus grün lackiertem Metall. Zu ihren Füßen entdeckte sie dieselben Schleif- und Ölspuren, die ihr auf der anderen Seite im Kellerflur aufgefallen waren.

Jetzt war sie also genau in dem Raum, den sie ursprünglich hatte betreten wollen. Der Raum schien als Abstellkammer genutzt zu werden. An einer Wand lehnten Papprollen, ein verschlissener Sessel stand Staub überzogen vor einer alten Kommode, von der die weiße Farbe abblätterte und deren Glastür im oberen Bereich einen langen Riss aufwies. Es gab auch Schleifspuren neben der Falltür.

Offensichtlich hatte noch vor gar nicht so langer Zeit etwas über der Falltür gestanden. Vielleicht um den Zutritt zu versperren. Franziska ging neugierig auf die Kommode zu. Aber in den Schubfächern befanden sich nur eine Handvoll rostiger Nägel und zwei abgebrochene Bleistifte. Auf dem Boden lag ein Becher aus Metall, der aber dermaßen von Spinnweben überzogen war, dass sie ihn nicht anfassen mochte.

Einerseits genoss sie das Abenteuer, diesen Raum entdeckt zu haben, andererseits war sie enttäuscht über die magere Ausbeute. Also stieg sie die Stufen wieder hinab und zog die Falltür über sich zu. Als ihre Hand über das Holzgestell glitt, riss sie sich einen Splitter unter die Haut. Sofort versuchte sie, den Span mit Zeigefinger und Daumen herauszudrücken. Dadurch entging es ihrer Aufmerksamkeit, dass das Licht in dem Raum noch eingeschaltet war.

Nachdem sie die Falltür geschlossen hatte und wieder auf festem Boden stand, lief sie in die entgegengesetzte Richtung. Dieser Teil war länger und beschrieb mehrere Windungen. Auch wenn Franziska sonst über einen recht guten Orientierungssinn verfügte, schien er sie hier unten im Stich zu lassen. ‚Ich hätte die Schritte zählen können‘, dachte sie, ‚dann könnte ich die ungefähre Entfernung berechnen.‘

Die anfängliche Beklommenheit war verflogen, fast beschwingt lief sie den Gang entlang und betätigte die Lichtschalter, die in größeren Abständen an den Wänden auftauchten. Nach einiger Zeit endete der Gang vor einer Tür.

Plötzlich fiel die Unbeschwertheit von Franziska ab. Sie zögerte, die Tür zu berühren. Längst hatte sie keine Ahnung mehr, wo sie sich befand. Sicher war nur, dass es nicht mehr der Keller unter ihrem Haus sein konnte. Was, wenn sie auf der anderen Seite der Tür jemanden antraf? Was, wenn sie gefragt werden würde, was ihr einfiele, hier unten herumzuschleichen? Sie sollte umkehren und den Weg zurückgehen, den sie gekommen war.

Unschlüssig stand sie vor der Tür. Sekunden verstrichen. Schließlich machte sie einen Schritt nach vorn und legte die Hand auf die Klinke. Sie hielt den Atem an und lauschte. Alles blieb still. Mit klammen Fingern drückte sie den Griff nach unten und öffnete die Tür. Vorsichtig spähte sie in den Raum hinein. Es roch muffig, nur über einen winzigen Spalt in der Decke fiel Tageslicht. Franziska wartete, aber als nichts geschah, wagte sie sich einen Schritt in den Raum hinein. Sie stand neben einem klobigen Sperrholzschrank. Auf der gegenüberliegenden Seite befand sich eine Tür, und in der Decke erblickte sie wieder eine Falltür. Wo war sie hier bloß? Sie hatte nicht das Verlangen, die Falltür zu öffnen. Plötzlich hatte sie Angst, dort jemandem zu begegnen.

Sie vermeinte, den abgestandenen Rauch einer Zigarette wahrzunehmen, und auf einmal vernahm sie ein Geräusch. Erst war sie nicht sicher, ob sie sich nicht verhört hatte. Die Härchen auf ihren Unterarmen stellten sich auf. Kalter Schweiß schoss in ihre Handflächen. Der erste Impuls war wegzulaufen, aber ihre Beine versagten den Dienst. Da war es wieder, das Geräusch, schwach, aber bestimmt keine Einbildung. Franziska versuchte, ihren Herzschlag zu beruhigen und tief zu atmen. Sie konnte das Geräusch nicht direkt zuordnen. Es klang nach einem Wimmern. Vielleicht gab es hier unten Tiere? Ratten? Angeekelt ließ sie die Türklinke los, die sie immer noch festgehalten hatte.

Dann hörte sie ein Schniefen. Es kam deutlich hinter der Tür hervor, die sich zu ihrer Rechten befand. Es schien nicht von einem Tier zu stammen. Franziska wartete und vernahm wieder ein Wimmern. Jemand schien sich hinter der Tür zu befinden. Und dieser Jemand war traurig. Sie vermutete, dass es sich um ein Kind handeln könnte.

Unentschlossen stand Franziska in der Türöffnung, sollte sie sich bemerkbar machen? Sollte sie ihre Hilfe anbieten? Wieder das Schniefen, so zaghaft und dünn, dass Franziska Mitleid verspürte und tapfer an die Tür heran ging.

»Hallo . . . ist da jemand?«

Abrupt hörte das Schniefen auf, als hielte auf der anderen Seite jemand die Luft an.

Auch Franziska stockte der Atem, sie spürte das Herz in der Brust pochen, dass ihr der Magen wehtat. »Hallo?«

Keine Antwort. Dann hörte sie ein dünnes Stimmchen: »Mami?«

Franziska zuckte zusammen. Sie hatte gefragt, um eine

Antwort zu erhalten, aber mit dieser Antwort wurde sie in eine Realität katapultiert, mit der sie nicht umgehen konnte. Was machte ein weinendes Kind in diesem muffigen Kellerloch? War es am Ende beim Spielen verunglückt und hier hinunter gefallen? Oder war es eingesperrt worden?

»Wie heißt du denn?«

Keine Antwort.

»Wo ist deine Mami? Vielleicht kann ich sie holen.«

Keine Antwort.

»Wie bist du denn dort hinein gekommen? Hast du dir wehgetan?«

Keine Antwort. So kam sie nicht weiter. Auf der anderen Seite war unterdrücktes Schluchzen zu hören. Unvermittelt fiel Franziskas Blick auf einen groben Nagel neben der Tür, an dem ein länglicher Schlüssel hing. Ohne nachzudenken, griff sie den Schlüssel und schob ihn in die Öffnung. Quietschend ließ er sich im Schloss drehen. Franziska öffnete die Tür, die nach innen aufschwang.

Erst mussten sich ihre Augen an die Dunkelheit im Raum gewöhnen. Dann erkannte sie auf einem Bett in der hinteren Ecke eine kleine, zusammengekauerte Gestalt. Ein Kind sah sie aus großen Augen an. Es roch nach Urin und abgestandener Luft. Franziska blickte sich um. Sie schauderte. Alles deutete darauf hin, dass dieses Kind hier gefangen gehalten wurde.

»Wo ist deine Mami?«

Franziska schluckte, dieses Kind gehörte ganz sicher nicht an diesen Ort. Und sie auch nicht. Mit kurzen Schritten war sie am Bett. Sie hob das kleine Mädchen auf den Arm und eilte zurück durch die Tür. Ihre Abenteuerstimmung war verflogen, sie spürte Angst. Wer immer dieses Kind hier unten eingesperrt hatte, würde sicher bald wiederkommen. Sie durchquerte den Vorraum und zog die Tür hinter sich zu. So schnell es ihr mit dem Kind auf dem Arm möglich war, stürzte sie den Gang entlang, der ihr plötzlich viel länger und viel dunkler erschien. Das

Mädchen krallte sich in Franziskas Nacken, schluchzte, sprach aber kein Wort. Immerhin wehrt sie sich nicht, dachte Franziska atemlos. Endlich erblickte sie die Abzweigung in den Seitenarm des Ganges. Kurz darauf erreichten sie die Stufen, die in den Tankraum führten. Franziska schob das Kind hinauf, kletterte dann selbst durch die Öffnung. Mit fliegenden Händen verschloss sie die Luke und stapelte die Holzlatten darüber. So schnell würde ihnen niemand folgen können. Währenddessen wartete das kleine Mädchen fest an die Wand gepresst, bis Franziska fertig war.

»Magst du mir sagen, wie du heißt? Ich heiße Franziska. Du brauchst jetzt keine Angst mehr zu haben. Du bist jetzt sicher!«

Franziska wusste selbst nicht einmal, was das bedeuten sollte, »sicher sein«. Weder hatte sie eine Ahnung, wer das Kind war, noch, wohin sie es bringen konnte. Sie überlegte, dann sagte sie: »Wir gehen erstmal zu mir nach Hause.«

Unbehelligt gelangten sie durch das Treppenhaus bis in Franziskas Wohnung. Aber sicher fühlte sie sich dort nicht. Jeder Versuch, dem Mädchen eine Antwort zu entlocken, scheiterte. Das Kind schaute sie mit großen Augen an, blieb aber stumm. Schließlich ging sie mit dem Kind ins Badezimmer, wusch ihm vorsichtig das verweinte Gesicht und die staubigen Hände ab und wickelte es in eine weiche Decke. Widerstandslos ließ sich die Kleine von Franziska auf das schmale Zweiersofa setzen. Um sie abzulenken, holte Franziska zwei geschnitzte Holzfiguren von der Anrichte, und wollte sie der Kleinen zum Spielen geben. Aber das Mädchen streifte die Figuren nur mit einem Blick und hielt die Hände weiter unter der Decke verborgen.

Während Franziska in der Küche etwas zu essen zubereitete und Apfelsaft bereitstellte, redete sie mit ruhiger Stimme auf das Kind ein. Sie hatte den Eindruck, dass das Mädchen verstand, was sie ihr sagte, aber es blieb trotzdem still.

Neun

Isabelle sah im Rückspiegel, dass ihr Vater ihr zuwinkte. Sie hob ebenfalls kurz die Hand, konzentrierte sich aber dann sofort auf die Straße. Auch wenn er sie nur ungern ohne Begleitung fahren ließ, waren sie übereingekommen, dass sie allein in die Schweiz fuhr und er zu Hause blieb, falls sich Jasmins Entführer melden würde. Gleich heute Morgen nach dem Aufstehen hatte sie bei der Bank in Rheineck angerufen, sich als Constanze Feldmann ausgegeben, und die einstudierte Geschichte der vergessenen Schließfachnummer erzählt. Der Mitarbeiter am Telefon hatte sich erst gesträubt, ihr eine Auskunft zu erteilen, ihr aber schließlich doch bestätigt, dass die richtige Reihenfolge 5-9-2 lautete. Isabelle hatte Max kurz über das erfolgreiche Telefonat informiert. Nun waren sie sicher, dass Constanzes Schlüssel zu einem Schließfach der Raiffeisenbank in Rheineck gehörte.

Isabelle hatte ein mulmiges Gefühl, obwohl sie gerade erst das Auto vom Parkplatz gelenkt hatte. Sie fuhr nicht gerne lange Strecken, und bis Rheineck hatte sie noch knapp sechshundert Kilometer vor sich. Auf dem Beifahrersitz stapelten sich ihre Lieblings-CDs, aber sie verspürte keine Lust, Musik zu hören. Auf der Rückbank lag Jasmins Teddybär. Sie hatte es nicht übers Herz gebracht, ihn aus dem Auto zu entfernen. Das wäre für sie, als hätte sie ihr Kind schon aufgegeben.

Auf der Severinsbrücke drosselte sie wie immer die Geschwindigkeit, um nicht am Ende der Brücke geblitzt zu werden. Die Computerstimme ihres Navigationsgerätes sagte ihr gerade an, dass sie rechts abbiegen sollte. Nicht mitdenken zu müssen, kam ihrer momentanen Verfassung entgegen. Ihre Gedanken kreisten nur darum, wo ihr kleiner Schatz gerade sein mochte und ob es Jasmin gut ging.

Aber Antworten würde sie auf die bohrenden Fragen sobald nicht erhalten. Nervös fasste sie in das Seitenfach ihrer Umhängetasche, die auf dem Beifahrersitz lag. Sie ertastete die Klarsichthülle, in der die Vollmacht steckte. Natürlich war sie noch da, und wahrscheinlich würde sie später aussehen, als hätte sie darauf geschlafen, wenn sie diese weiterhin alle paar Minuten befingerte.

Den Sonntagabend hatte sie damit zugebracht, die Unterschrift von Max' Frau zu üben. Auch wenn schon der erste Schwung des ‚C's ein ungutes Gefühl in ihr ausgelöst hatte, war sie froh gewesen, etwas tun zu können. Das ständige Warten, ihre quälenden Gedanken, die sich nicht in kontrollierten Bahnen halten ließen, hatten sie zusehends zermürbt. Auch ihr Vater sah eingefallen und müde aus. Er hatte sich weder nach Hause noch frühzeitig zu Bett schicken lassen. Insgeheim war sie froh, ihn an ihrer Seite zu haben und nicht allein zu sein. Jetzt mussten sie beide zwei Tage lang ohne einander zurechtkommen.

Sie hatten die Polizei nicht informiert, dass Max den Schlüssel zum Schließfach gefunden hatte. Noch ahnte keiner der Beamten, dass Isabelle sich auf dem Weg in die Schweiz befand. Sie und ihr Vater befürchteten, von dem Entführer beobachtet zu werden. Sie wollten auf keinen Fall die Übergabe gefährden. Zudem wäre es vermutlich schwierig gewesen, die Kripo-Beamten davon zu überzeugen, dass der einzige Weg, an den Inhalt des Bankfaches zu gelangen, Unterschriftenfälschung war.

Isabelle wechselte von der A 59 auf die A 560, schließlich auf die A 3. Wenn alles gut ging und sie in keinen Stau kam, könnte sie am frühen Abend in Rheineck sein.

*

Kalt floss das Blut durch seine Adern, konservierte seine Wut. Er fühlte sich wie ein Panther kurz vor dem Sprung: sehnig, straff, vibrierend.

»Gehen Sie weg«, er blaffte die Kellnerin unfreundlich an, die sich nach seinem Getränkewunsch erkundigte. »Halt, warten Sie . . . ich bitte um Entschuldigung, es tut mir leid.«

Er gab sich Mühe, sie anzulächeln, und orderte einen Cognac. Er musste sich im Zaum halten. Ungehalten mit sich selbst ballte er die Hand zur Faust. Er durfte keine Aufmerksamkeit auf sich ziehen. Natürlich konnte niemand wissen, wer er war und was ihn hierher getrieben hatte. Aber Unvorsichtigkeit war immer der Anfang vom Ende. Ebenso wie zu großes Vertrauen in andere. Der Cognac wurde gebracht, und er schwenkte die honigfarbene Flüssigkeit sachte im Glas hin und her. Nun dauerte es nicht mehr lange, seine Zeit war gekommen. Endlich – fast konnte er den Triumph schon schmecken. Welch unerhofft schöner Nebeneffekt, die zu beschämen, die den Verrat über Generationen gedeckt hatten. Er fühlte sich so rein, so klar, so eins mit dem Schicksal, dass er sein Glas erhob und mit leuchtenden Augen auf sich selbst trank.

Er, Georg Neubauer, würde nun endlich seinem Vater zu dessen Recht verhelfen.

*

Kurz nach sieben Uhr passierte Isabelle den Ortseingang von Rheineck und parkte ihren Wagen vor dem Gasthaus, in dem sie übernachten wollte. Nachdem sie ihren Zimmerschlüssel entgegengenommen hatte, stieg sie die Treppen in den ersten Stock hinauf. Erschöpft ließ sie sich auf das schmale Bett fallen. Wie sollte sie bloß den vor ihr liegenden Abend überstehen?

»Hallo Papa. Ich bin gut angekommen und werde jetzt

etwas essen gehen. Gibt es bei dir etwas Neues?«

Bertram Meinert am anderen Ende der Leitung verneinte und versprach erneut, sich sofort zu melden, wenn sich etwas tat.

Das Restaurant war nur zur Hälfte mit Gästen gefüllt, und Isabelle suchte sich einen Tisch in der Ecke. Ein junges Mädchen nahm ihre Bestellung auf. Üblicherweise genoss es Isabelle, auswärts zu essen, weil sie sich das bei ihrem schmalen Auskommen selten gönnte. Aber jetzt war alles anders. Sollte sie Max eine Nachricht schicken? Genauso schnell wie der Gedanke aufgetaucht war, schob sie ihn beiseite. Zu dieser Zeit war er höchstwahrscheinlich schon zu Hause. Es wäre nicht gut, wenn seine Frau aufgrund einer SMS Verdacht schöpfte. Außerdem wollte sie den Kontakt zu Max nicht unnötig ausweiten. Morgen, nachdem sie das Schließfach geleert und mitsamt dem Inhalt auf dem Rückweg war, würde sie sich melden – vorher nicht. Eine leichte Welle der alten Bitterkeit umspülte ihr Herz. Auch damals hatte sie immer erst überlegen müssen, welche Konsequenzen ein Anruf bei ihm nach sich ziehen konnte. Den Mann, den man liebte, nicht sehen oder sprechen zu können, wann immer man das Bedürfnis hatte, weil es da die andere gab, war eine Situation gewesen, mit der sie nur schwer hatte leben können. Es wunderte sie, wie schnell die alten Empfindungen, die Enttäuschung und das Gefühl der Abweisung wieder hochkamen. Sie hatte geglaubt, einen Schlussstrich unter diese Zeit gezogen zu haben.

Der zart gebratene Fisch, der auf der Zunge zerging, schmeckte in ihrem Mund wie Pappe. Sie pickte mit der Gabel in ein Stück Kartoffel und kaute mechanisch darauf herum. Max. Jasmin. Sie. Wieso war der Entführer ausgerechnet auf Jasmin gekommen? Das Kind wusste nicht einmal, wer sein Vater war, geschweige denn, dass er in derselben Stadt lebte wie sie beide. Sie hätte Köln verlassen und längst an einem anderen Ort leben können. Aber das hätte für den Entführer keinen Unterschied gemacht. Es war die Verwandtschaft, die eine Rolle in seinem Plan spielte. Aber wie war er auf sie gekommen? Außer einer Freundin gab es niemanden, mit dem sie damals über ihre Affäre gesprochen hatte. Sie und Max waren vorsichtig gewesen und hatten sich nie zusammen in der Öffentlichkeit gezeigt. Isabelle konnte sich nicht vorstellen, dass ihre Freundin sie verraten haben könnte. Vor allem machte das jetzt, sieben Jahre später, überhaupt keinen Sinn. Und doch hatte der Entführer auf irgendeinem Weg erfahren, dass es ein Kind aus dieser Verbindung gab. Und er musste auch Constanze Feldmann kennen, wie sonst hätte er von dem Schließfach wissen können? Im Grunde ging es überhaupt nicht um sie und Jasmin – es ging um Max' Familie. Die Familie seiner Frau und deren Geld. Letzten Endes war es nur fair, dass Constanze dafür zahlte, dass Jasmin wieder frei kam. Es sah ganz offensichtlich so aus, als läge der Grund für die Entführung bei Constanze.

Isabelle hatte die letzten Bissen hinunter geschlungen. Sie spülte den Mund mit einem Schluck Wasser aus, tupfte sich die Mundwinkel mit der Serviette ab und winkte der Bedienung, dass sie zahlen wollte. Sie musste sich bewegen, sie musste hier raus. Jasmin schwebte immer noch in Gefahr, war immer noch in den Händen des Entführers. Isabelle spürte plötzlich wieder Energie durch ihre Adern fließen.

Sie stieg die Treppen zu ihrem Zimmer hinauf und griff nach ihrer Jacke. Unten auf der Straße hielt sie kurz inne, um sich zu orientieren. Da sie sich nicht auskannte, lief sie einfach die Straße entlang, die von ihrem Hotel wegführte. Ihre Gedanken drehten sich um Constanze Feldmann. Sie war jetzt ganz sicher, dass es dem Entführer nur um Constanze ging. Der Mann hatte gezielt nach diesem Schließfachinhalt verlangt, was auch immer für ein Familiengeheimnis sich darin verbergen mochte. Allerdings würde Constanze ganz sicher kein Interesse daran haben, ausgerechnet ihr und dem unehelichen Kind ihres Mannes zu helfen. Sie, Isabelle, war nur wegen Constanze in die Sache hinein gezogen worden. Jasmin war das Mittel zum Zweck.

Sie spürte die kalte Luft auf ihren Wangen. Ihre Schritte waren energischer geworden und sie fühlte sich nicht mehr so hilflos wie in der Zeit des untätigen Wartens zu Hause. Leicht außer Atem verlangsamte sie ihre Geschwindigkeit und sah sich um. Parallel zu der Straße verliefen Gleise, dahinter hörte sie Autos auf der Bundesautobahn vorbeirauschen. Sie ging an einigen Mehrfamilienhäusern vorbei und stand plötzlich vor einer Filiale der Raiffeisenbank. Abrupt blieb sie stehen. In so eine Bank würde sie morgen früh gehen.

Sie hatte nicht auf den Straßennamen geachtet, aber nun las sie auf der Informationstafel am Eingang die Adresse, die sie morgen aufsuchen musste. Die Filiale öffnete um halb neun. Isabelle würde pünktlich vor Ort sein, den Inhalt des Faches an sich nehmen und sich sofort auf den Rückweg machen. Sie wandte sich ab. Nachdem sie nun vor der orangefarbenen Leuchtreklame der Bank gestanden hatte, bekam der Plan ein deutlicheres Gesicht. Sie würde das schaffen. Und nach der Übergabe würde sie Jasmin wieder in ihren Armen halten. Max würde dann herausfinden, welche Leichen die Familie seiner Frau im Keller hatte.

Am nächsten Morgen stand Isabelle Meinert pünktlich vor der Tür der Raiffeisenbank. Sie trug einen Hosenanzug, schwarze Pumps und einen grau gemusterten Wollmantel, den ihr Vater im letzten Winter für sie gekauft hatte. Sie drückte die Umhängetasche fest an ihre Seite, atmete tief durch und betrat das Bankgebäude. Es war erstaunlich viel los um diese Zeit. Suchend blickte sie sich um und steuerte auf den Informations-Schalter zu.

»Guten Morgen, ich möchte gern zu den Schließfächern.«

»Einen kleinen Moment, ich rufe einen Kollegen, der Sie begleitet.« Die junge Frau hinter dem Tresen machte einen äußerst gepflegten Eindruck und musterte sie mit einem freundlichen Lächeln.

Isabelle versuchte, einen geschäftlich wirkenden Blick aufzusetzen – oder zumindest das, was sie dafür hielt.

Ein Mitarbeiter in einem grauen Nadelstreifenanzug mit dazu passendem Einstecktuch kam auf sie zu. »Guten Morgen, mein Name ist Meienburg. Sie möchten Ihr Schließfach aufsuchen?«

Isabelle nickte. »Ja, ich möchte etwas holen.«

Sie folgte dem Bankangestellten in Richtung der Treppe, die abwärts führte. Unten angekommen, schob sich Herr Meienburg hinter einen Tisch und fragte nach ihrem Schließfachschlüssel.

»Es ist so«, Isabelle spürte, wie ihr eine leichte Wärme ins Gesicht schoss, »den Schlüssel habe ich natürlich, aber das Schließfach gehört meiner Freundin Constanze Feldmann. Sie ist verhindert und hat mich beauftragt, ihr den Inhalt des Faches zu bringen.«

Isabelles Hände klammerten sich kalt schwitzend um den Schultergurt ihrer Tasche. Jetzt kam es darauf an, überzeugend zu sein.

»Das ist kein Problem. Wenn Frau Feldmann sie autorisiert hat, Sie alle entsprechenden Unterlagen sowie den Schlüssel vorweisen können, sind Sie ermächtigt, das Schließfach zu öffnen.«

Der Verschluss ihrer Tasche ließ sich nicht sofort öffnen, und Isabelle hoffte, Herr Meienburg würde dies nicht als Zeichen deuten, dass etwas nicht mit rechten Dingen zuginge.

Sein Blick jedoch blieb geschäftsmäßig neutral. Wenn

er ihre Nervosität spürte, so ließ er sich das nicht anmerken.

»Hier habe ich die Vollmacht. Sie ist von uns beiden unterschrieben. Und hier den Personalausweis von Frau Feldmann und meinen eigenen sowie den Schlüssel.«

Sie legte alles auf den Tisch vor Herrn Meienburg. Dieser nahm die Vollmacht an sich, las sie für Isabelles Verständnis viel zu lange durch und verglich dann die Unterschriften miteinander. Er sprach kein Wort. Isabelle glaubte, er müsse ihren Herzschlag laut und deutlich hören können. Schließlich legte der Bankangestellte das Dokument zurück auf den Tisch, entnahm einem Schubfach eine Liste und bat sie, ihren Besuch mit ihrer Unterschrift zu dokumentieren.

Es kostete Isabelle Sekunden, um zu begreifen, dass sie jetzt mit ihrem eigenen Namen unterschreiben musste. Dem Bankangestellten schien ihr Zögern nicht aufzufallen. Schließlich steckte sie ihren Personalausweis sowie den von Constanze Feldmann wieder ein. Es war Max' Idee gewesen. Gestern Morgen hatte er den Ausweis in ihren Briefkasten geworfen und sie anschließend angerufen. Sie hatte verstanden, kein unnötiges Treffen. Dennoch war sie froh, dass sie ihn als zusätzlichen Beweis ihrer Glaubhaftigkeit nun hatte vorlegen können.

»Bitte folgen Sie mir«, forderte der Mitarbeiter sie auf.

Aus einem abgeschlossenen Schubfach nahm Herr Meienburg den Sicherheitsschlüssel und ging voraus. Sie passierten eine Schleuse zu einem Raum, dessen Wände aus Schließfächern bestanden. Vor dem Fach mit der Nummer 592 blieb er stehen, steckte den Schlüssel der Bank in die dafür vorgesehene Öffnung, drehte ihn einmal und forderte sie auf, es ihm gleich zu tun. Isabelle drehte ihren Schlüssel in der zweiten Öffnung, so dass ein klickendes Geräusch entstand. Der Widerstand im Schloss gab nach. Meienburg bedeutet ihr, dass er vorn am Tisch auf sie warten würde und zog sich zurück.

Mit zitternden Händen öffnete Isabelle die schmale Schließfachtür und zog eine metallene Kassette hervor. Sie schluckte. Als sie den Deckel anhob, erblickte sie drei Schatullen und ein Stoffsäckchen. Im ersten Moment wusste sie nicht, was sie nun tun sollte. Die Gegenstände an sich zu nehmen, wäre Diebstahl. Aber sie würden ihr ihre Tochter zurückbringen. Sie blickte ängstlich zur Tür, aber Herr Meienburg war nicht zu sehen. Eilig steckte sie das Säckchen in das Seitenfach ihrer Tasche und zog den Reißverschluss zu. Die Schatullen verstaute sie in dem größeren Mittelfach zu Geldbörse und Hausschlüssel. Hastig verschloss sie die Kassette, schob sie zurück in das Schließfach und schloss ab. Sie spürte, wie sich winzige Schweißperlen in ihrem Nacken sammelten.

Erst als sie im Auto saß, die Tasche auf dem Schoß fest umklammert, wurde ihr Herzschlag wieder ruhiger. Es fiel ihr schwer, zu glauben, dass sie es geschafft hatte und dass es so einfach gewesen war. Jetzt wollte sie Rheineck so schnell wie möglich hinter sich lassen.

Sie verließ die Autobahn erst an der Ausfahrt Lindau. Hinter einem Kreisverkehr erblickte sie das Logo einer Fastfood-Kette und steuerte den Parkplatz an. Dort hielt sie, um den Inhalt ihrer Tasche zu überprüfen.

Sie öffnete das Seitenfach, griff vorsichtig in das Säckchen und zog etwas Kleines, Hartes heraus. Der Stein war etwa so groß wie der Nagel ihres kleinen Fingers. Er war in Facetten geschliffen und glänzte, wenn man ihn hin und her drehte. War das ein Diamant? Sie zählte die restlichen Steine. Es waren insgesamt fünf von ähnlicher Größe. Nicht, dass sie sich damit ausgekannt hätte, aber diese fünf Steine mussten ein Vermögen wert sein.

Sie warf einen Blick über ihre Schulter. Der Parkplatz war leer, dennoch fühlte sie sich nicht sicher. Schnell zog sie das Säckchen wieder zu und steckte es zurück in das Fach mit dem Reißverschluss. Dann öffnete sie eine der drei Schatullen und fand einen schmalen Goldring, an dem ein Diamant blitzte, sowie einen breiten, goldenen Siegelring. In der zweiten Schatulle lagen Ohrclips mit je einem Smaragd, der von funkelnden Diamanten umrahmt wurde.

Isabelle war sprachlos. Diese Stücke wirkten auf sie wie alter Familienschmuck. Vielleicht war er sogar antik. In der dritten Schatulle lag eine Halskette, die über und über mit Diamanten besetzt war. Sie korrigierte sich, das war keine Kette, so etwas nannte man sicher Collier. Was mochte das alles zusammen für einen Wert haben? Isabelle steckte die Schatullen zurück in ihre Tasche.

»Alles gut gelaufen«, tippte sie in eine SMS. Dann wählte sie ihre Festnetznummer in Köln und rief ihren Vater an.

Am frühen Nachmittag war sie endlich wieder zu Hause. Sie war gut durchgekommen, es hatte nur bei Karlsruhe einen kleinen Stau gegeben. Dennoch saß ihr die Aufregung der letzten beiden Tage in den Knochen.

Als sie die Wohnungstür öffnete, wartete ihr Vater schon im Flur. Er streckte ihr etwas hilflos die Hand entgegen. »Isa, geht es dir gut?«

»Ja, lass mich erst mal einen Schluck Wasser trinken. Hat sich der Mann gemeldet, wann die Übergabe sein soll?«

Bertram Meinert schüttelte resigniert den Kopf. »Kein Anruf.«

Die Angst schoss wieder in Isabelle hoch. »Aber wie sollen wir ihn denn kontaktieren und ihm sagen, dass wir den Inhalt des Schließfaches haben?« Verzweiflung loderte in ihrem Blick.

Bertram Meinert wollte seine Tochter in den Arm nehmen, doch sie entzog sich seinem Griff. Wortlos standen sie sich gegenüber. Es gab keine Erklärung für das Verhalten des Entführers. Es gab auch keine Worte des Trostes, die er seiner Tochter hätte sagen können.

In diesem Moment klingelte das Telefon. Bertram Meinert ergriff den Hörer. »Ja?«

Es war Max, der sich nach dem Verlauf der Fahrt erkundigen wollte. »Es hat also alles geklappt? Du hast den Inhalt mitnehmen können?«

Isabelle nickte und flüsterte ein »Ja«.

Auch Max hatte nichts von dem Entführer gehört.

»Warum meldet er sich nicht, Max? Es ist gleich fünf, und er hatte gesagt, dass heute die Übergabe sein soll. Ich will mein Kind zurück!« Bei den letzten Worten war ihre Stimme schrill geworden.

Auch Max hatte keine Erklärung. Sie hatten ihren Teil erfüllt. Sie hatten die Polizei außen vorgelassen. Sie hatten alles getan, was er verlangt hatte.

*

Entgegen seiner Gewohnheiten betrat er zur Mittagszeit den Hausflur. Er blickte sich vorsichtig nach allen Seiten um und stieg dann die wenigen Stufen in den Keller hinab. Im Flur war alles ruhig und dunkel, und auch im Keller brannte kein Licht. Ein Zeichen dafür, dass er allein war. Bei Tageslicht wäre es zu riskant, die Kapelle durch das Seitenschiff zu betreten. Er musste den Gang im Keller der ehemaligen Mannschaftsquartiere benutzen.

Unter dem Arm trug er eine aktuelle Tageszeitung, in seiner Jackentasche steckte die Digitalkamera, um die Kleine mit der Zeitung zu fotografieren. Der Schlüssel glitt leicht ins Schloss der alten Metalltür und mit einem leisen Quietschen ließ sich das Rad drehen, so dass die Tür aufschwang.

Er stutzte. Im Innern des Raumes brannte Licht. Sollte er vergessen haben, den Schalter umzulegen, als er das letzte Mal hier gewesen war? Unwahrscheinlich. Ein unangenehmes Gefühl machte sich in ihm breit, als zöge etwas an seinen Eingeweiden. Er drückte die Tür hinter sich zu und schloss sie ab. Sollte dieser Hausmeister hier herumgeschnüffelt haben? Durch die Falltür kletterte er in den darunter liegenden Stollen hinab und sah seine dumpfe Ahnung bestätigt: Auch hier brannte Licht. Hastig rannte er den Gang entlang in Richtung Kapelle. Das ungute Gefühl in seiner Magengegend wurde mit jedem Schritt stärker. Er erreichte die Tür, die in den kleinen Keller unterhalb der Kapelle führte. Sie war unverschlossen, und er stieß sie schwungvoll auf.

Er erstarrte. Das Kind war weg. Nur muffige Kellerluft gemischt mit dem Geruch von Urin schlug ihm entgegen. Seine Augen durchsuchten den Raum, aber es war nicht da. Es kauerte nicht auf dem Lager, saß nirgendwo versteckt auf dem Boden, es war verschwunden. Wütend trat er gegen den Schrank, dessen Glasfront splitternd zerbarst. Er fluchte und schrie seinen Ärger heraus. Wie konnte das sein? War es möglich, dass das Kind ohne fremde Hilfe geflohen war? Er fühlte sich betrogen, reingelegt, überlistet. Dabei hatte er bisher das Gefühl gehabt, der Überlegene zu sein, die Fäden in der Hand zu halten. Das Kind und sein Schicksal waren in seiner Gewalt gewesen. Er würde sich wieder holen, was ihm gehörte. Er würde nicht aufgeben, bevor er sein Ziel erreicht hatte.

Zurück in seinem Hotelzimmer versuchte er, einen klaren Gedanken zu fassen. War es möglich, dass die Polizei das Mädchen gefunden hatte? Wie hätte sich das Mädchen selbst befreien können? Jemand musste das Kind gefunden haben. Aber wer? Der Hausmeister? Er war ihm einmal im Keller begegnet. Der Mann hatte sicher einen weiteren Schlüssel zu dem Kellerraum, den er ihm vermietet hatte. Hatte er ihm hinterher spioniert?

Es war ein Fehler gewesen, an die Falltür kein weiteres Schloss anzubringen. Er hatte es in Erwägung gezogen, dann aber unterlassen. Wer außer dem alten Pastor, der ihm von dem Geheimgang erzählt hatte, wusste noch da-

von? Der andere Mitwisser ruhte stumm bei den Fischen im Rhein. Von Anfang an war der Hausmeister ein Sicherheitsrisiko gewesen, aber er hatte ihn so schnell nicht ausschalten können. Wenn der die Kleine gefunden hätte, hieß das noch nicht, dass sie ihren Entführer verraten würde. Das Kind würde vermutlich schweigen. Es hatte Angst und würde sich bestimmt keinem Fremden anvertrauen.

Er musste jetzt handeln. Zuerst würde er sich um diesen Hausmeister kümmern und sich das Kind zurückholen. Dann würde er die Mutter der Kleinen anrufen, um die Übergabe zu vereinbaren. Er hatte sowieso nicht vorgehabt, das Mädchen direkt zur Übergabe mitzunehmen.

Ein Beweisfoto, dass das Kind noch lebte, konnte er nun allerdings nicht mehr machen. Er beschloss, an seinem Plan festzuhalten und erst nach Aushändigung des Schließfachinhaltes den Aufenthaltsort des Kindes zu nennen. Es spielte keine Rolle. Die Mutter würde alles tun, um ihre Kleine zurückzubekommen.

*

»Meinert?« Isabelle zitterte, als sie das Telefonat annahm. Sie und ihr Vater hatten den Anruf herbeigesehnt. Jetzt, als der schrille Klingelton die Stille zerriss, hatte sie Angst.

»Haben Sie, was ich will?«, hörte sie die undeutliche Stimme des Entführers. Isabelles Finger krampften sich um den Hörer. Bertram Meinert stand hinter seiner Tochter und versuchte mitzuhören.

»Ja, habe ich. Aber wie . . .«

»Die Übergabe erfolgt in einer Stunde«, unterbrach sie der Mann. „Schreiben Sie mit!"

Isabelle blickte sich um. Wo war der Block, der sonst immer auf dem Telefontischchen lag?

Bertram Meinert war geistesgegenwärtig in die Küche gelaufen, um Stift und Papier zu holen.

»Kennen Sie die ehemalige Kaserne am Stadtwald?«, fragte der Anrufer. »Gegenüber der Zufahrt, auf der anderen Seite der Dürener Straße geht der Stüttgenweg ab. Folgen Sie dem Weg bis zu dem alten Gehöft auf der rechten Seite. Ein Stück hinter der Hofeinfahrt befindet sich ein kleines Häuschen zur Andacht. Ein Ewiges Licht brennt hinter dem Türgitter.«

Isabelle wiederholte die Wegbeschreibung und notierte sich die Stichpunkte. Sie kannte die ehemaligen Kasernengebäude am Stadtwald nur flüchtig. Sie würde den Weg schon finden. Sie musste ihn finden.

»Hören Sie gut zu!«, unterbrach der Mann ihre Gedanken. »Sie laufen um das Häuschen herum und legen das Päckchen in die blaue Plastiktonne, die dort stehen wird. Dann gehen Sie sofort wieder. Halten Sie sich nicht auf, fahren Sie direkt nach Hause. Wenn ich den Inhalt des Päckchens habe, melde ich mich bei Ihnen und teile Ihnen den Aufenthaltsort Ihrer Tochter mit.«

»Nein, nein, das können Sie nicht machen!« Isabelles Stimme klang verzweifelt. »Ich gehe dort nicht ohne mein Kind weg!«

»Sie haben keine Wahl.« Der Anrufer beendete die Verbindung.

Isabelle starrte den Hörer an. »Er hat aufgelegt, Papa, er hat einfach aufgelegt. Und er will mir Jasmin nicht zurückgeben!«

Bertram Meinert nahm seiner Tochter den Hörer aus der Hand. Er schob sie ins Wohnzimmer, wo sie sich auf das Sofa fallen ließ.

»Ich soll die Schatullen nur ablegen und wieder gehen. Als ob ich das könnte, Papa! Ich kann nicht ohne Jasmin zurückkommen. Vielleicht hat er ihr etwas angetan . . .« Isabelle brach in Tränen aus.

Bertram Meinert nahm seine Tochter hilflos in den Arm. Wie sollte er sie trösten? Warum wollte der Entführer nicht das Kind gegen die Schatullen austauschen?

»Natürlich hat er Angst, dass wir ihn sehen und später beschreiben könnten. Wir müssen tun, was er sagt, wenn wir Jasmin nicht gefährden wollen.« Aber seine Worte waren kein Trost für Isabelle.

*

Georg Neubauer legte das Telefon aus der Hand. In einer Stunde hätte er sein Ziel erreicht, wäre endlich im Besitz des Familienschmucks, der ihm zustand. Er spürte, wie sein Atem ruhiger wurde und sein Puls sich wieder normalisierte. Er war sicher, dass sein Plan aufging, auch wenn sich das Kind nicht mehr in seiner Gewalt befand.

*

Bertram Meinert hatte seine Tochter überredet, Max zu informieren, wie die Übergabe ablaufen sollte. Daraufhin hatte Maximilian Feldmann sich sofort in seinen Wagen gesetzt und war auf dem Weg Richtung Stadtwald. Er wollte Isabelle am Rande des Parkplatzes treffen, der sich am Stüttgenweg befand. Max kannte die Gegend um den Stüttgenhof. Wenn es dunkel würde, war es nicht leicht, sich zu orientieren. Aber Isabelle würde die Straße schon finden. Am Ende des Waldgürtels sah man auf der linken Seite ein großes Bauwerk: das RWE-Gebäude. Dort sollte sie abbiegen und auf dem Parkplatz auf ihn warten.

Isabelle stieg in ihren alten Golf. Die Tasche mit dem wertvollen Inhalt presste sie fest an sich. Ihr Vater wollte zu Hause warten, falls der Entführer sich melden oder etwas Unplanmäßiges geschehen würde. Sie hatten sich darauf geeinigt, die Polizei erst nach erfolgter Übergabe zu verständigen, um die Aktion nicht zu gefährden.

Isabelle bog in den Stüttgenweg ab und parkte ihr Auto am Straßenrand. Max hatte gesagt, sie sollten sich auf dem Parkplatz treffen, aber da dieser zu dem Firmengebäude gehörte, traute sie sich nicht, das Gelände unrechtmäßig zu betreten. Sie schaltete den Motor aus und blieb hinter dem Steuer sitzen. Mit hämmerndem Herzen wartete sie. Inzwischen war es dunkel geworden, nur in einigen Büros des großen Gebäudes brannte noch Licht.

Plötzlich sah sie im Rückspiegel eine Person über die Straße laufen. Sie erschrak. Aber der Unbekannte lief mit hochgeschlagenem Kragen und eingezogenem Kopf hinter ihrem Wagen vorbei, ohne sie weiter zu beachten.

Isabelle versuchte ruhig zu atmen und hielt die Tasche auf ihrem Schoß mit beiden Händen umklammert. Auf einmal bog ein Auto von der Straße ab und kam langsam auf sie zu. Im Gegenlicht konnte sie nichts erkennen. Aber als der Wagen hinter ihrem zum Stehen kam, war sie sicher, dass der Fahrer Max sein musste. Die Scheinwerfer erloschen, und eine hoch gewachsene Gestalt stieg aus dem Auto. Es war Max. Erleichtert öffnete Isabelle ihre Fahrertür.

»Setzen wir uns kurz in meinen Wagen, hier draußen ist es viel zu kalt«, bestimmte er.

In seinem Auto war es angenehm warm. Isabelles Finger umklammerten immer noch fest die Riemen ihrer Schultertasche.

Max musterte die Tasche. »Kann ich mal sehen?«

Isabelle zögerte. Es kostete sie Überwindung, die Tasche aus der Hand zu geben. Ihr war, als vertraue sie ihm das Leben ihres Kindes an. Was, wenn er im Angesicht der wertvollen Schmuckstücke einen Rückzieher machen würde? Wenn ihm beim Anblick dieser Stücke bewusst wurde, was sie getan hatten? Oder wenn er sie einfach an sich nehmen würde?

Aber Max hatte die Tasche schon geöffnet und die Schatullen entnommen. Beeindruckt blickte er auf die Ohrringe. Er versuchte gar nicht, sein Erstaunen zu verbergen, als er die anderen Kästchen öffnete und schließlich die Diamanten in seiner Handfläche lagen.

»Ich hatte keine Ahnung, dass Constanze diese Schmuckstücke besitzt. Ich habe sie nie an ihr gesehen.«

Isabelle nickte abwesend. Dass Constanze Geheimnisse vor Max hatte, interessierte Isabelle in diesem Augenblick nicht.

»Ich würde vermuten, dass der Schmuck ihrer Großmutter gehört haben könnte. Aber vielleicht ist er noch älter. Ich verstehe nur nicht, wieso sie die Sachen in der Schweiz verwahrt«, überlegte Max laut. »In ihrer Familie wird Tradition so groß geschrieben, dass ich mich frage, wieso sie diese Erbstücke nie getragen hat. Jedenfalls nicht in meinem Beisein.«

‚Vielleicht ist das gestohlener Schmuck', schoss es Isabelle durch den Kopf. Sie lächelte nervös, als sie ein verärgerter Blick von Max traf. Sie musste laut gedacht haben.

»Gib mir die Sachen zurück, Max. Ich will sie jetzt zu der vereinbarten Stelle hinter der Kapelle bringen.«

Max sah sie ernst an, und sie spürte, wie ihre Handflächen feucht wurden. Sie hielt den Atem an. Würde Max sein Versprechen halten? Als er in die Tasche seines Mantels griff, kam es ihr vor, als setze ihr Herzschlag für einen Moment aus.

Max zog einen quadratischen Gegenstand hervor. »Wir machen Fotos. Vielleicht brauchen wir später Beweisbilder. Es kann auf keinen Fall schaden.«

Er fotografierte die einzelnen Schmuckstücke aus verschiedenen Blickwinkeln, dann ließ er die Diamanten wieder in den Beutel gleiten, und schob alles in die Stofftasche zurück.

Isabelles Herz schlug so laut, dass sie glaubte, er müsse es hören. Sie war immer noch nicht sicher, ob er ihr den Schmuck wieder aushändigen würde. Angespannt blickte sie auf ihre Armbanduhr. »Gib schon her!«, sagte sie mit brüchiger Stimme. »Ich muss los. Ich will nicht zu spät kommen.«

Max drückte ihr den Beutel in die Hand. »Ich begleite dich«, sagte er und öffnete die Fahrertür.

Schweigend legten sie den Weg zurück.

Rechts von ihnen tauchte ein dunkler Schatten zwischen den Bäumen auf. Dort lag der Stüttgenhof, der noch heute bewirtschaftet wurde. Kurz dahinter musste sich das Andachtshäuschen befinden. Isabelle wandte den Blick nach links. Nach ein paar Metern erspähte sie in der Dämmerung eine kleine Kapelle mit einem vergitterten Tor. Dahinter sah sie das Ewige Licht brennen. Ein Stück weiter ragte ein knorriger Baum empor.

»Hier muss es sein!« Sie zog Max am Ärmel.

Er blieb ebenfalls stehen und blickte sich um. Außer ihnen war niemand zu sehen, aber Max wurde das Gefühl nicht los, beobachtet zu werden. Es gäbe hier eine Vielzahl Verstecke für den Entführer. Er konnte hinter dem breiten Stamm eines Baumes lauern oder in den Büschen weiter hinten. Vielleicht hatte er sogar ein Nachtsichtgerät? Max berührte Isabelles Schulter und bedeutete ihr, die Tasche hinter das Häuschen zu bringen. Sie nahm den Stoffbeutel aus ihrer Umhängetasche und rollte ihn zu einem Päckchen zusammen. Gemeinsam schlichen sie um das weiß getünchte, niedrige Gebäude herum. Dort fanden sie die blaue Plastiktonne. Max hob den Deckel an, und Isabelle ließ den Beutel hineingleiten. Sie sah Max hilflos an. Mit einer Kopfbewegung gab er ihr das Zeichen umzukehren.

»Am liebsten würde ich mich hinter einem Baum verstecken und warten, bis er kommt«, flüsterte sie.

»Das geht mir genauso«, sagte Max. »Aber vielleicht ist er schon hier und beobachtet uns. Es ist besser, wir sind vernünftig und gehen zurück.«

*

Langsam ließ Georg Neubauer das Nachtsichtgerät sinken. Alles lief nach Plan. Das Päckchen lag in der Tonne hinter der Kapelle, genau so, wie er es bestimmt hatte. Seine Fingerkuppen waren trotz der Handschuhe steif gefroren, aber er bemerkte es nicht. Schon lange hatte er sich darauf trainiert, seinen Körper unter Kontrolle zu haben. Auch diese Situation hatte er unter Kontrolle. Er würde noch warten, bevor er das Päckchen an sich nahm.

Nichts regte sich. Wäre die Polizei hier, würde er das gewiss spüren. Seine Sinne waren geschärft. Er straffte die Schultern, dann eilte er in schnellen Schritten über die Wiese auf das Gotteshäuschen zu. Er hob den Deckel der Plastiktonne ab, griff hinein und umklammerte die Stofftasche mit dem kostbaren Inhalt. Dann zog er einen Umschlag aus der Jackentasche, legte ihn in die Tonne und verschloss sie wieder. Schließlich verschwand er auf demselben Weg, den er gekommen war.

*

Max und Isabelle standen unschlüssig vor ihren Autos. Max hatte beide Hände in den Manteltaschen vergraben, den Kragen hochgeschlagen und ließ den Blick über die Umgebung schweifen, ohne sie wahrzunehmen. Isabelle hatte die Arme vor dem Körper verschränkt. Sie fror und trat nervös von einem Fuß auf den anderen. War es richtig, hier zu warten? Aber worauf?

Schließlich fragte Isabelle: »Kommst du mit zu mir? Wir warten dort zusammen auf den Anruf. Und wenn er sich meldet, fahren wir gemeinsam los, und wir holen Jasmin nach Hause.«

Einerseits wollte sie ihn in ihrer Nähe haben, auf der anderen Seite hatte sie ihn all die Jahre nicht gebraucht und nichts von ihm wissen wollen. Aber jetzt würden sie diese Sache gemeinsam zu Ende bringen.

»Klar«, antwortete Max, obwohl er noch nicht darüber nachgedacht hatte, was weiter zu tun wäre. Er war durch die Entführung mit seiner Vergangenheit konfrontiert worden, und jetzt wollte er auch wissen, wie seine Tochter aussah. Er spürte plötzlich so etwas wie Verantwortung für das kleine Mädchen.

Sie fuhren hintereinander zu Isabelles Wohnung in der Südstadt. Bertram Meinert war überrascht, Maximilian Feldmann zu sehen, enthielt sich aber eines Kommentares. Er führte Max ins Wohnzimmer, bedeutete ihm auf dem Sofa Platz zu nehmen und setzte sich selbst in den gegenüberstehenden Sessel. Isabelle kam mit einer Flasche Wasser und drei Gläsern aus der Küche. Sie stellte alles auf den Tisch und nahm ebenfalls auf dem Sofa Platz. Sie blickten sich schweigend an und warteten. Es war eine beklemmende Atmosphäre und keiner der Drei fand die richtigen Worte.

Es dauerte endlos scheinende Minuten, bis plötzlich das Klingeln des Telefons ihre Starre löste. Isabelle zuckte zusammen und tauschte einen Blick mit ihrem Vater.

Der nahm den Hörer, meldete sich und lauschte. Sorgenvoll zog er seine Augenbrauen zusammen. »Er hat nur gesagt ‚fahren Sie zurück'.«

Isabelle sah Max fragend an.

»Ja, dann machen wir das doch!« Max erhob sich, froh, etwas tun zu können und nicht länger hier sitzen zu müssen. Isabelle und ihr Vater streiften ihre Mäntel über und eilten Max hinterher.

Sie parkten an der gleichen Stelle wie zuvor und liefen zu dritt den Stüttgenweg entlang. Max erreichte als erster die Tonne, riss den Deckel hoch und griff nach dem Umschlag. Isabelle fing an zu weinen, weil sie wider besseren Wissens damit gerechnet hatte, Jasmin vorzufinden.

»Und?«, fragte Bertram Meinert, als Max den Umschlag aufriss.

»Er ist leer . . .«

»Nein!« Isabelle stürzte sich auf Max, entriss ihm den Umschlag. »Was soll das? Was für ein Spiel treibt er?« Ihre Stimme überschlug sich, dann sank sie zusammen, Tränen stürzten aus ihren Augen.

Die Männer tauschten hilflose Blicke, wussten keine Antwort.

»Wieso tut er das? Wir haben ihm doch gegeben, was er wollte.«

Bertram Meinert nahm seine Tochter am Arm.

»Ist sie tot, Papa? Sie ist tot!«, schluchzte Isabelle, und ein schweres Gewicht schien sich auf ihre Brust zu legen und nahm ihr die Luft. Plötzlich rutschten ihre Beine weg, und sie wäre auf den gefrorenen Boden gefallen, wenn Max sie nicht gehalten hätte.

»Nein!«, widersprach er. »Ganz sicher geht es ihr gut – und ganz sicher meldet er sich noch mal. Vielleicht will er nur Zeit gewinnen. Aber es wird alles gut, du wirst sehen!«

Er zog sie zu sich hoch und nahm sie fest in die Arme. Anfangs hing sie wie ein Stück totes Fleisch an ihm, dann spürte er Widerstand, und sie löste sich von ihm.

Sie mussten wieder einmal warten. Max steckte den Umschlag in die Tasche seines Mantels, während Isabelle am Arm ihres Vaters zurück zum Wagen ging.

»Wir müssen die Polizei informieren. Es gibt jetzt keinen anderen Weg mehr«, bestimmte Bertram Meinert.

Isabelle nickte. Sie hatten getan, was der Mann verlangt hatte, aber er hatte sein Wort nicht gehalten. Wie sollte es jetzt weitergehen? Wo war Jasmin?

Zehn

An diesem Morgen kam Marie zu spät ins Büro, weil ihr die Bahn vor der Nase weggefahren war. Susanne Drewitz quittierte das mit hochgezogenen Augenbrauen, sagte aber nichts.

Jürgen Thiele fasste für Marie kurz die Ergebnisse aus der Morgenbesprechung zusammen. »Zuerst die Sackgasse: Reiters Stiefschwester, beziehungsweise die Adresse, unter der sie zuletzt gemeldet war. Wir haben auch die Todesanzeige, die damals veröffentlicht worden war. Eine Bekannte der Schwester hatte diese an Bernhard Reiter geschickt. Die Schwester war alleinstehend, keine Kinder, keine weiteren Verwandten. Nichts, was uns weiterbringen könnte. Viel spannender sind die Informationen über die Besitzverhältnisse des ehemaligen Kasernengeländes. Die alte belgische Kapelle steht ebenfalls unter Denkmalschutz und ist daher mitsamt dem ganzen Areal nach Abzug der belgischen Streitkräfte zurück an die Stadt gefallen. Momentan hat die Kapelle keine Funktion, sie steht leer und wird zum Verkauf angeboten.«

»Okay«, schaltete sich Susanne ein, »du klärst telefonisch, dass wir den Schlüssel für das Gebäude benötigen. Marie und ich werden uns das Gelände dort mal genauer ansehen. Es sieht so aus, als sei dieser Gang eine Verbindung zu Reiters letzten Tagen oder zumindest ein Ort, der kurz vor seinem Tod eine Rolle spielte.«

Adrian Franzen hatte im Umkreis der Kaserne am Stadtwald nach Wachdiensten und Sicherheitsfirmen recherchiert. Zusammen mit Katja Fehrenbach war er unterwegs zu ‚Köster Security'.

Während Kriminalkommissar Jürgen Thiele das Telefonat erledigte, knöpfte Marie ihren Mantel wieder zu. Endlich kam Bewegung in den Fall.

Gemeinsam mit Susanne verließ sie das Präsidium

und war fast überrascht, dass Susanne ihr heute nicht wieder einen der Kollegen zugeteilt hatte.

Das Gebäude, in dem sich das Stadthaus befand, wirkte, als stünde es auf roten Stelzen. Darüber hatte ein findiger Architekt zwei Kästen voller Büros gesetzt, die verschiedene Ämter wie die Wohngeldstelle, das Amt für Straßen- und Verkehrstechnik oder das für Stadtentwicklung und Statistik beherbergten. Das Büro der Stadtkonservatorin befand sich im Westflügel. Susanne schritt eilig voraus, und Marie hatte Mühe, ihr zu folgen. Sie klopften an die Tür und traten nacheinander ein, ohne eine Aufforderung abzuwarten.

»Guten Morgen, Kriminalpolizei«, Susanne zückte ihren Dienstausweis und hielt ihn der Sekretärin hin. »Wir möchten mit Frau Kaiser sprechen. Es wird nicht lange dauern.«

»Ja, Sie wurden bereits angekündigt.« Sie kam hinter ihrem Schreibtisch hervor und öffnete die Verbindungstür zu dem neben liegenden Büro. »Frau Kaiser, hier sind die beiden Damen von der Polizei...«

Die Konservatorin, eine Frau Ende Vierzig mit kurz geschnittenen, graumelierten Haaren, blickte hinter ihrer randlosen Brille freundlich auf. »Bitte setzen Sie sich doch.« Sie deutete auf die beiden Besuchersessel vor ihrem Schreibtisch. »Ich habe wenig Zeit, aber Sie sind sicherlich aus wichtigem Grund zu mir gekommen.«

Marie und Susanne nahmen gleichzeitig in den angebotenen Sesseln Platz. Wieder ergriff Susanne zuerst das Wort. »Frau Kaiser, wir ermitteln in einem Mordfall und verfolgen aktuell eine Spur, die uns zu der Kapelle auf dem ehemaligen Gelände des belgischen Militärs führt. Es ist doch richtig, dass die Gebäude auf diesem Areal dem Denkmalschutz und somit der Stadt unterstehen?«

Frau Kaiser bestätigte, dass die leer stehende Kapelle zu den Projekten zählte, die von ihrem Büro aus verwaltet wurden.

»Wir möchten Sie bitten, uns Zugang zu dieser Kapelle zu ermöglichen. Nach unseren Informationen soll sich dort eine verdächtige Person aufgehalten haben.«

»Wie ist das möglich? Die Kapelle ist verschlossen. Wir haben an allen Türen Kettenschlösser anbringen lassen, um unerlaubtes Eindringen zu verhindern.«

»Frau Kaiser, Sie wissen selbst, dass diese Maßnahmen niemanden abhalten, der sich tatsächlich Zutritt verschaffen will.«

Die Konservatorin räumte ein, dass nicht wöchentlich überprüft wurde, ob die Schlösser unbeschädigt waren. Sie erhob sich und nahm einen Schlüsselbund aus einem ihrer Schränke. Sie reichte ihn an Susanne weiter, die ihn in ihre Jackentasche gleiten ließ.

»Wissen Sie etwas über einen Verbindungsgang zwischen der Kapelle und anderen Gebäuden?«, fragte Marie.

Die Konservatorin zeigte sich überrascht. Sie habe davon noch nichts gehört, wolle aber gern nachfragen lassen, ob es in den Akten einen Hinweis gäbe.

Die Antwort des zuständigen Archivars ließ nicht lange auf sich warten. Im Krieg waren fast alle Dokumente der damaligen Kaserne vernichtet worden. In den wenigen, die noch vorhanden waren, gäbe es keinen Hinweis auf Verbindungsgänge.

Wenig später bogen Marie und Susanne in die Fichtenstraße ein und parkten vor der rot gestrichenen Kapelle. Wenn Polizeiarbeit immer so abenteuerlich wäre, dachte Marie, wäre es wie eine Art Schatzsuche. Stattdessen kam ihre tägliche Arbeit eher einem Hindernisparcours gleich, führte häufig in Sackgassen und bedeutete reichlich Büroarbeit und Bürokratie.

Susanne ging zum Haupteingang der Kapelle, zog den Schlüsselbund aus der Tasche und griff nach dem dicken Vorhängeschloss, das beide Türflügel miteinander verband. Sie probierte verschiedene Schlüssel durch, fluchte halblaut vor sich hin. »So ein Mist, keiner der Schlüssel passt. Entweder haben die uns den falschen Bund mitgegeben, oder das Schloss wurde ausgetauscht.«

Marie verkniff es sich, nachzufragen, ob sie es einmal probieren sollte. Sie trat näher an die Tür heran und sah sich das Vorhängeschloss genauer an, es sah ziemlich neu aus. »Vielleicht gibt es einen Seiteneingang«, warf sie ein. »Der Schlüssel wird schon irgendwo passen.«

Sie wandte sich ab und lief um den kleinen Vorbau herum. Mit einem Blick stellte sie fest, dass die Kette an der Tür des Seiteneingangs verrostet war. Das Schloss allerdings wirkte ebenfalls ziemlich neu. Susanne, die den Schlüsselbund nicht aus der Hand geben wollte, probierte auch hier alle vier Schlüssel durch, aber keiner passte. Mit schwindender Hoffnung umrundeten die beiden das Gebäude und stießen auf die zweite Seitentür. Hier bot sich derselbe Anblick: alte Kette, neueres Schloss, in das keiner der Schlüssel passte.

»Wir könnten zurück zu Frau Kaiser fahren«, schlug Marie vor. »Oder wir finden eine andere Lösung.«

Susanne drehte sich zu Marie um und schaute sie fragend an.

»Wenn hier tatsächlich jemand ein Verbrechen geplant oder begangen hat«, spann Marie ihren Gedanken weiter, »ist es denkbar, dass er die Schlösser erneuert hat, um seinerseits den Tatort für andere unzugänglich zu machen.«

Susanne nickte bestätigend. »Stimmt. Ich hätte es genauso gemacht.«

Es scheint ihr schwer fallen, mir Recht zu geben, dachte Marie, aber sie hatte keine Lust mehr, sich ständig zurückzunehmen und Susannes abweisende Art zu akzeptieren.

»Hinter der Kapelle stehen Bauwagen. Wir gehen da rüber und leihen uns einen Bolzenschneider oder so etwas. Damit öffnen wir die Vorhängeschlösser.« Marie fror, sie wollte unbedingt etwas tun.

»Wir könnten auch einen Schlosser kommen lassen«,

wandte Susanne ein, aber Marie lief schon auf den nächstgelegenen Bauwagen zu. Kurz darauf kam sie mit einem passenden Werkzeug zurück.

Susanne, die beim Haupteingang der Kapelle gewartet hatte, streckte die Hand aus, aber Marie ignorierte sie. Mit einem kräftigen Druck knackte sie die Kette, die rasselnd zu Boden glitt. In das Türschloss passte einer der Schlüssel von Susannes Bund. Erwartungsvoll stieß sie die Tür auf.

Vor ihnen lag ein rechteckiger Vorbau, der in einen größeren Hauptraum überging. Die breite Zwischentür stand halb offen. Der Fußboden der Kapelle bestand aus Holzdielen. In den Ecken hatten sich Staub und Spinnweben gesammelt. Es roch muffig. Das Mobiliar war entfernt worden, nur ein paar Schleifspuren und abgenutzte Fußbodendielen in der Mitte des Raumes deuteten darauf hin, dass dort über die Jahre viele Menschen hin und her gelaufen sein mussten.

Marie und Susanne folgten den Spuren bis zu der Stelle, an der sich die Seitenschiffe öffneten. Im linken Teil war der Boden staubbedeckt, die sechs hohen Sprossenfenster teilweise blind, und auch hier gab es kein Mobiliar. Doch im rechten Seitenschiff bot sich ihnen ein anderer Anblick. In einer Ecke, unterhalb der Fenster, waren Holzbalken gestapelt, die Staubschicht war aufgerissen, als sei hier vor gar nicht langer Zeit jemand gelaufen.

Vorsichtig suchten sich die Kommissarinnen einen Weg an der Wand entlang, denn eine Falltür hatte ihr Interesse geweckt. Mit Hilfe des Bolzenschneiders zog Susanne an dem Ring, um die Tür zu öffnen. Vor ihnen führte eine steile Stiege in den darunter liegenden Raum.

»Taschenlampe?«, fragte Susanne knapp.

Wortlos tastete sich Marie an der Wand entlang zurück und lief zum Wagen. Außer Atem und ausgerüstet mit Stablampe und Gummihandschuhen kam sie kurz darauf zurück. Susanne nahm die Lampe und leuchtete, auf die steilen Holzstufen, die in einen quadratischen Raum hinunter führten. Zwei Türen wurden sichtbar, eine davon stand offen.

»Los, wir sehen uns das genauer an. Kannst du die Lampe halten, während ich runtersteige?«, fragte Susanne.

Marie drehte den Lichtkegel so, dass die Treppe und ein Teil des Raumes beleuchtet wurden.

Als Susanne unten angekommen war, entdeckte sie einen einfachen Sperrholzschrank, dessen Glastür zersplittert war. Auch hier war die Staubschicht am Boden aufgewirbelt worden. Fest stand, dass hier erst kürzlich jemand gewesen sein musste. Susanne ließ sich die Taschenlampe reichen und forderte Marie auf, zu warten. Vorsichtig ging sie auf die offen stehende Tür zu, stieß diese mit dem Fuß weiter auf und verharrte einen Moment.

»Ist da jemand? Hallo?«

Es kam keine Antwort. Susanne ging einen Schritt weiter und wagte einen Blick in den Raum. In einer Ecke befand sich ein Feldbett. Ein Geruch von Moder und Urin stieg ihr in die Nase.

»Komm runter, Marie, das musst du dir ansehen!«

Marie eilte die Stiege hinab.

»Hier hat noch vor Kurzem jemand geschlafen.« Marie befühlte die Pritsche. »Vermutlich aber nicht ganz freiwillig.«

Susanne zeigte auf den Fensterschlitz. »Siehst du? Den hat jemand verbarrikadiert. Dafür waren wohl die Latten gedacht, von denen oben noch einige liegen. Wir sollten nachsehen, was hinter der zweiten Tür zu finden ist.«

Marie drückte energisch die Klinke hinunter, und die Tür ließ sich mühelos öffnen. Dahinter lag ein dunkler Gang. Sie unterdrückte einen Laut der Überraschung. »Ein Gang«, flüsterte sie. »Wir fordern sofort die Kollegen von der Technik an. Die werden hier sicher einiges finden, was uns Aufschluss geben könnte.«

Während Susanne die Kollegen verständigte, betrat

Marie wieder den abgedunkelten Raum. Der Uringeruch kam aus einem Eimer, der dem Bett gegenüber stand und offensichtlich als Toilette gedient hatte. Das Bett selbst war mit einer groben Decke bezogen und zerwühlt, allerdings hauptsächlich im oberen Bereich. Am anderen Ende lugte unter dem Bettgestell etwas hervor, und Marie beugte sich neugierig hinunter. Sie hatte Gummihandschuhe übergestreift und zog einen Gegenstand hervor. »Susanne, sieh mal hier!«

Die Kollegin hatte ihr Gespräch beendet und wandte sich Marie zu. »Ein Schulranzen! Das sieht mir verdammt nach einer Entführung aus.«

Marie nickte, dies war nicht das Versteck eines Obdachlosen. »Der vernagelte Fensterschlitz, der Eimer, die ausgetauschten Schlösser oben an der Kapelle – das alles wirkt wie ein gut gesicherter Ort, an dem jemand für einige Zeit versteckt oder gefangen gehalten wurde. Dem rosafarbenen Schulranzen nach zu schließen, wurde hier ein Mädchen festgehalten.« Marie hatte den Ranzen geöffnet und blätterte in den Heften, und Büchern. »Erstes Schuljahr. Also handelt es sich um eine Sechs- oder Siebenjährige. Aber wo ist das Kind? Hat eine Übergabe stattgefunden? Wissen die Kollegen etwas von einer Entführung?«

Sie fand noch ein Federmäppchen, das voller Stifte steckte, aber nicht mit Namen versehen war. »Leider steht auf dem Schreibheft nur ein Vorname: Jasmin. Sobald die Kollegen da sind, lass' ich den Schulranzen in die Dienststelle bringen.«

Nachdem die Kollegen von der Schutzpolizei das Grundstück um die Kapelle mit rot-weißem Plastikband eingefasst hatten, breitete sich die Kriminaltechnik in dem gefängnisartigen Kellerraum aus.

Marie bat einen der uniformierten Polizisten, den Schulranzen in die Dienststelle zu bringen, damit er untersucht und die Identifizierung der Besitzerin vorangetrieben werden konnte. Marie und Susanne wollten nun dem vorgefundenen Stollen folgen und herausfinden, wo er endete. Vielleicht hatte Bernhard Reiter diesen Gang vor kurzem betreten. Zumindest war diese Spur eine Verbindung zu den Ereignissen, an denen er kurz vor seinem Tod möglicherweise beteiligt gewesen war.

Marie war überzeugt, dass der Mann, der den alten Pastor befragt hatte, sich durchaus für diesen geheimen Gang interessiert hatte. Vielleicht hatte er genau wie Franzen Reiters Spur über diesen Wachdienst aufgenommen und war so mit ihm in Kontakt getreten. Wenn die beiden sich gekannt hatten, war es umso wichtiger, herauszufinden, was dieser Verbindungsgang für eine Rolle spielte. Vor allem, nachdem sie soeben den Schulranzen eines kleinen Mädchens hier unten entdeckt hatten.

*

Georg Neubauer stapelte mit ruhiger Hand seine Pullover in den Koffer, faltete das Sakko zusammen und legte es als letztes oben auf die Kleidungsstücke. Liebevoll strich er mit den Fingern über eine der Schatullen, die auf der Tagesdecke des Bettes lagen. Ein Schauer überlief ihn, als er an den Inhalt dachte. Er hatte oft versucht sich den Schmuck seiner Urgroßmutter nach der dürftigen Beschreibung seines Vaters vorzustellen. Aber ihn in der Realität in Händen zu halten, das glatte Gold zu spüren, das Glitzern der Steine im Lampenschein zu sehen, das übertraf seine Vorstellung bei Weitem. Was er hier in Händen hielt, schien ihm ein Teil seiner Familie, ein Teil seiner selbst zu sein. Wurzeln, die ihm bisher genommen worden waren.

Ein Lächeln flog über seine Mundwinkel. Kalter Glanz spiegelte sich in seinen Augen. Wenn er nur erst seinem Vater zeigen konnte, was er von seiner Reise mitgebracht hatte! Zu Hause wusste niemand, wohin er gefahren war und was er geplant hatte. Es war eine Reise, die er an seines Vaters Statt unternommen hatte.

Er hatte keinen Gedanken für das kleine Mädchen, es spielte keine Rolle mehr. Ihr Verschwinden allerdings brachte ihn nun dazu, seine Sachen zu packen und diesen Ort schnellstmöglich zu verlassen. Er hatte, was er wollte – zumindest zu einem Großteil. Es war ihm nicht entgangen, dass zehn der Steine fehlten. Seine Mutter hatte ihm oft erzählt, was sein Vater dem Freund damals zur sicheren Aufbewahrung übergeben hatte, und die Erzählung hatte sich unauslöschlich in seine Erinnerung gebrannt.

Das Säckchen hätte fünfzehn Diamanten enthalten müssen.

*

Marie blickte den dunklen Gang hinunter und leuchtete mit der Taschenlampe die unverputzten Backsteinwände ab. Sie entdeckte eine altmodische Schirmlampe an der Decke. Als Susanne den Drehschalter betätigte, fiel trübes Licht ein Stück weit in den Stollen. Die Luft hier unten roch klamm und modrig. Es ließ sich nicht ausmachen, wann der Gang zum letzten Mal benutzt worden war. Maries Einschätzung nach waren sie etwa achthundert Meter gelaufen, als zu ihrer Rechten eine Abzweigung auftauchte.

»Was machen wir jetzt? Geradeaus weiter?«

Susanne deutete stumm nach rechts und marschierte an Marie vorbei. Vor einer steilen Stiege hielt sie an. Wenige Stufen führten nach oben an eine Falltür. Marie versuchte vergeblich, diese zu öffnen. Susanne stützte sie von hinten, damit Marie auf den schmalen Stufen nicht den Halt verlor. Aber auch verstärkter Druck half nichts.

»Es scheint, als wäre die Falltür von der anderen Seite zugestellt. Oder aber die Scharniere sind dermaßen verrostet, dass sich gar nichts mehr bewegt.« Marie stieg die Stufen wieder hinunter und sah Susanne fragend an.

Diese griff nach der Taschenlampe und leuchtete an den Rändern der hölzernen Tür entlang. »Nein, hier war jemand.« Sie ließ den Lichtkegel an einem Punkt stehen. »Siehst du die Spinnweben, die hier herunterhängen? Die sind frisch gerissen.«

Marie nickte, trotzdem befanden sie sich in einer Sackgasse. Sie kehrten um und folgten dem Gang wieder zurück in Richtung der Abzweigung. Auch der andere Stollen endete vor einer Holztreppe, die zu einer Falltür hinauf führte. Dieses Mal ließ sich die Tür aufstemmen.

Susanne presste sich gegen die steilen Stufen und schaute vorsichtig durch den Spalt. »Hilf mir mal bitte, oben ist alles dunkel, und ich kann überhaupt nichts erkennen.«

»Sollten wir nicht erst Verstärkung holen?«

»Warum? Jetzt sind wir hier, jetzt bringen wir das auch zu Ende.«

Marie nickte, auch sie war neugierig, was sie in dem Raum über ihnen vorfinden würden. Sie stützte die Kollegin, während diese die Falltür aufdrückte und kletterte dann selbst hindurch. Sie wischte sich die staubigen Hände an ihren Hosen ab und sah sich im Schein der Taschenlampe um. Die Tür, die aus diesem Raum hinausführte, war aus grün lackiertem Metall und passte nicht so recht zu Maries Vorstellung einer Kellertür. Aber die Tür ließ sich nicht öffnen, so dass sie raten mussten, wo sie sich befanden.

»Wir müssten jetzt im Keller der Mannschaftshäuser sein. Allein die Tür hier wirkt doch recht militärisch«, meinte Susanne.

Der Raum selbst schien als Abstellkammer zu dienen. An den Wänden befanden sich Regale und eine altmodische Kommode. Rund um die Falltür deuteten Kratzer und Spuren daraufhin, dass kürzlich etwas darüber gezogen worden sein musste. Ganz offensichtlich hatte ein Gegenstand über dem Zugang gestanden, der sich jetzt nicht mehr dort befand. Vermutlich, um den Zutritt zum Gang zu verbergen.

Marie blickte sich um, zog an den Schubladen der Kommode, konnte aber nichts Interessantes entdecken. »Schade, dass wir die Tür von hier aus nicht öffnen können. Ich wüsste zu gerne, was auf der andere Seite ist.«

Susanne nickte, es würde ihnen nichts anderes übrig bleiben, als den Gang zurück zu laufen und die Mannschaftshäuser auf anderem Weg zu betreten.

»Irgendjemand wird ja sicher einen Schlüssel zu diesem Raum hier haben. Aber wir wissen jetzt auf jeden Fall, dass diese Verbindung zwischen Kapelle und Mannschaftshäusern kürzlich noch genutzt worden ist. Möglicherweise sogar von Bernhard Reiter – oder von jemandem, dem er Informationen darüber gegeben hat.«

Während Marie Thalbach und Susanne Drewitz nach Spuren im Geheimgang suchten, überprüfte ein Kollege aus der Vermisstenstelle den Namen ‚Jasmin'. Es dauerte nicht lange, und eine mögliche Verbindung war gefunden: Zwei Kriminalkommissare, Toller und Hess, waren mit den Ermittlungen im Entführungsfall der kleinen Jasmin Meinert betraut. Das Mädchen war vor einer Woche vor der Grundschule, die sie besuchte, verschwunden.

Jürgen Thiele hatte von Hauptkommissar Schlüter den Auftrag bekommen, sich mit den Kollegen in Verbindung zu setzen und sie über den Fund des Schulranzens zu informieren.

»Ich habe Frau Meinert schon einbestellt, damit sie sich den Schulranzen ansieht. Wir wissen, dass es zwischen beiden Fälle eine Verbindung geben muss. Dass wir sie nicht getrennt voneinander behandeln sollten.«

Toller und Hess stimmten Thiele zu.

»Die Geschichte um die kleine Jasmin ist noch nicht zu Ende«, meldete sich Hess zu Wort. »Offenbar hat der Entführer mit der Mutter eine Übergabe vereinbart.«

»Welche Einzelheiten habt ihr zu der Entführung?«, wollte Jürgen Thiele wissen.

Toller erklärte, am Tag der Entführung habe eine Männerstimme telefonisch von der Mutter verlangt, sie habe genau fünf Tage Zeit, ihm den Inhalt eines Bankschließfaches im Austausch für ihr Kind auszuhändigen. Der genaue Treffpunkt würde erst später bekannt gegeben.

»Weiter?«, unterbrach Thiele gespannt.

»Die Frau ist alleinerziehend und ohne Vermögen. Sie arbeitet als Lehrerin in einer Stammheimer Grundschule. Von dem Schließfach hat sie an jenem Tag zum ersten Mal gehört. Außerdem gehört das Fach nicht ihr und befindet sich in der Schweiz.«

»Moment mal – ein Schweizer Bankschließfach?« Jürgen Thiele beugte sich neugierig vor, als würde er auf diese Art keine der neuen Informationen verpassen.

»Ja, der Mann verlangte den Inhalt eines bestimmten Schließfaches in der Schweiz.«

Endlich kam der Kollege zu dem Punkt, an dem sich die Identität des Vaters klärte. Es ging um Maximilian Feldmann, den Schwiegersohn Heinrich Feldmanns, Oberhaupt einer der einflussreichsten und ältesten Familien der Stadt Köln.

Thiele sog die Luft ein. »Jasmin ist die außereheliche Tochter von Maximilian Feldmann?«

Toller und Hess bestätigten dies.

»Und der Entführer wollte den Inhalt eines Schließfaches, das Feldmann beziehungsweise seiner Frau gehört?«

»Es geht nicht um Frau Meinert oder das Kind – es geht um den Feldmann-Clan«, erklärte Toller. »Das Problem lag darin, dass Maximilian Feldmann bestritt, dass seine Frau oder deren Familie ein Schließfach in der Schweiz besitzt.«

»Aha, und wie lautet die Schlussfolgerung? Wie seid ihr weiter vorgegangen?«

»Wir hatten keine Möglichkeit, an diesem Punkt anzusetzen. Herr Feldmann hat uns glaubhaft versichert, dass es kein Schließfach gibt. Die Familie erledigt ihre Bankgeschäfte über die Oppenheim Bank in Köln.«

»Aber der Tag der geplanten Übergabe ist mittlerweile verstrichen«, drängte Thiele.

Toller wand sich auf seinem Stuhl. »Die Meinert hat ohne unser Wissen Kontakt mit dem Kindsvater aufgenommen.« Er berichtete, was Isabelle Meinert und Maximilian Feldmann ihnen nach der verpatzten Lösegeldübergabe gestanden hatten.

Schweigend lauschte Jürgen Thiele, dann fasste er knapp zusammen. »Also hat der Entführer jetzt die Beute an sich gebracht, aber von dem Kind fehlt weiterhin jede Spur.«

In diesem Moment kündigte eine Kollegin an, Frau Meinert sei gerade eingetroffen. Jürgen Thiele ging hinaus zu ihr in den Flur, stellte sich vor und führte Isabelle Meinert in einen der Befragungsräume. Toller und Hess folgten ihnen.

»Frau Meinert, wir kennen uns noch nicht, aber ich habe einige Fragen an Sie zum Verschwinden Ihrer Tochter. Kommissar Toller und Kommissar Hess sind Ihnen ja bereits bekannt.«

Isabelle Meinert blickte die Beamten aus rot geränderten Augen an. Sie sah aus, als hätte sie kaum geschlafen.

Im Befragungsraum stand der Schulranzen, der in der Kapelle gefunden worden war. Bei seinem Anblick brach Isabelle Meinert in ersticktes Schluchzen aus und stürzte darauf zu. »Das ist Jasmins Schulranzen!« Sie riss den Ranzen an sich und öffnete die Vordertasche. »Er ist weg! Dabei habe ich ihn ganz sicher hier hinein gelegt!«

»Was meinen Sie, Frau Meinert, wer ist weg?«

Hektisch durchsuchte Isabelle Meinert nun das Hauptfach der Schultasche.

Behutsam legte Thiele ihr eine Hand auf die Schulter. »Wonach suchen Sie?"«

»Nach einem Anhänger mit unserer Adresse. Ich habe alle Angaben darauf vermerkt, falls sie ihren Ranzen einmal irgendwo vergessen oder mit einem anderen Kind vertauschen würde.«

»Sie sind trotzdem sicher, dass dies der Schulranzen Ihrer Tochter ist?«

Isabelle Meinert nickte und zog das Schreibheft aus dem Schulranzen hervor. »Das ist Jasmins Schrift, sie wollte unbedingt selbst ihren Namen auf das Heft schreiben. Aber alle anderen Dinge, die sie sonst dabei hat, fehlen. Ihre Brotdose, das Elternheft, der Turnbeutel.«

»Es kann durchaus sein, dass Jasmins Entführer alles aus dieser Tasche entfernt hat, was speziell auf sie hinweist. So den Zettel mit der Adresse oder Bücher und Hefte. Gibt es noch etwas anderes, das uns bestätigen könnte, dass es sich tatsächlich um Jasmins Schultasche handelt?«

Isabelle Meinert stützte sich auf die Lehne des Stuhls, der für sie bereit stand. »In dem Mäppchen, in dem die Schreibstifte aufbewahrt werden, müsste ein Bleistift mit einer zottigen Figur drauf sein – den hat ihr mein Vater geschenkt. Und sie kaut auf den Deckeln ihrer Filzstifte herum, das kann ich ihr einfach nicht abgewöhnen.« Frau Meinert senkte traurig ihre Stimme.

Jürgen Thiele öffnete das Mäppchen und suchte nach dem Bleistift. Am hinteren Ende steckte ein blaues, zottiges Etwas mit großen Kulleraugen, die bei jeder Bewegung des Stiftes hin- und herwackelten. Die Deckel der Filzstifte, die ordentlich nebeneinander in den dafür vorgesehenen Gummihalterungen steckten, wiesen alle Kauspuren auf.

Es war davon auszugehen, dass das Mädchen in dem Raum unter der Kapelle festgehalten worden war. Aber wo war sie jetzt?

»Es könnte sein, dass es Ihrer Tochter gelungen ist, sich zu befreien, und sie sich jetzt selbst versteckt hält, weil sie Angst hat oder den Weg nach Hause nicht kennt«, warf Kommissar Hess ein. »Vielleicht hat der Entführer Ihnen einen leeren Umschlag hinterlassen, weil er selbst nicht weiß, wo sich das Kind aufhält.«

Er ließ unerwähnt, dass manche Entführer sich einen Spaß daraus machten, mit den Ängsten der Eltern zu spielen. Dass er das Kind ebenso gut an einen anderen Ort verbracht haben konnte und mit der erpressten Beute auf und davon war.

»Die Kollegen sind dabei, die Umgebung rund um die Kapelle zu durchkämmen. Wir befragen sämtliche Anwohner, ob jemand etwas beobachtet hat.«

Isabelle Meinert nickte. Es war offensichtlich, dass sie sich an jeden Strohhalm klammern wollte.

»Sie sollten sich nicht zu viele Sorgen machen, noch deutet nichts daraufhin, dass Ihre Tochter tot ist«, versuchte Jürgen Thiele die Mutter zu beruhigen, spürte aber sofort, dass er seine Worte nicht sensibel genug gewählt hatte. »Wir brauchen von Ihnen ein aktuelles Foto von Jasmin und die genaue Beschreibung der Kleidungsstücke, die sie am Tag der Entführung getragen hat.«

Isabelle Meinert öffnete sofort ihre Handtasche und entnahm ihrem Portemonnaie einen Schnappschuss, der ein kleines Mädchen mit Grübchen und braunen, langen Haaren auf einem Pony zeigte. »Am Tag der Entführung trug sie eine Jeans, rosafarbene Winterstiefel mit einem Fellrand oben am Schaft, einen hellgrünen Strickpullover und eine Winterjacke mit Kapuze.«

»Welche Farbe hatte die Jacke?«, hakte Thiele nach.

»So ein dunkles Rosa. Auf dem Rücken ist ein Pony aufgestickt. Ach ja, und dann hatte sie noch eine weiße Fleece-Mütze, einen weißen Wollschal und lilafarbene Fäustlinge.«

Die Kommissare bedankten sich bei Frau Meinert und verabschiedeten sich dann.

Auf dem Parkplatz vor der Kapelle überlegte Marie, in welcher Richtung sie das Gebäude finden würden, in dessen Keller der Gang endete.

»Die Häuser hier vorn«, sie deutete zu einer Reihe von Einfamilienhäusern etwa hundert Meter vor ihnen, »sind zum einen zu nah und zum anderen zu neu. Wir sind eine Weile geradeaus gelaufen und müssen uns meiner Meinung nach in Richtung der großen Straße dort vorne orientieren.«

Susanne stimmte Maries Theorie zu, und sie stiegen in den Wagen. Über die Dürener Straße bogen sie in das neu erschlossene Wohnviertel. In dem in Frage kommenden Bereich befanden sich ein größeres Firmengebäude neueren Baujahres und ein lang gezogener, dreigeschossiger kastenähnlicher Bau. Marie und Susanne waren sich einig, es zuerst in dem älteren Wohnhaus zu versuchen. Das Gebäude hatte zwei Eingänge, und sie begannen mit dem am nächsten liegenden, der Hausnummer drei. Obwohl sie nacheinander alle fünfzehn Klingeln betätigten, reagierte keiner der Hausbewohner oder öffnete ihnen die Tür.

»Uns bleibt ja noch der andere Eingang. Versuchen wir es dort.« Susanne folgte dem Weg zwischen einer mannshohen Hecke und der Hauswand zu Hausnummer fünf. Aber auch hier öffnete ihnen niemand. Alle Bewohner schienen unterwegs zu sein. Zur Straße hin schirmten einige Tannen das Haus ab. Von dort bog ein etwa zehnjähriger Junge ab und kam auf die beiden Frauen zu. Neugierig beäugte er sie. Dann ging er vor der Eingangstür, die von Glasquadraten durchbrochen war, in die Hocke. Er griff durch eine der fehlenden Glasscheiben hindurch an die innere Türklinke. Bevor Marie klar war, was da gerade passierte, schwang die Tür auf, und der Junge schlüpfte ins Treppenhaus. Verblüfft schauten sich die beiden Kommissarinnen an.

»Hey, du, warte mal kurz!«, rief Susanne, und hielt die

Tür auf, bevor sie ins Schloss fallen konnte. Wider Erwarten blieb der Junge auf dem ersten Treppenabsatz stehen und wandte sich ihnen zu.

»Sag mal, machst du das öfter?«
Der Junge nickte.
»Hast du keinen Schlüssel?«, bohrte Susanne weiter.
Dieses Mal schüttelte er den Kopf.
»Kannst du eventuell auch sprechen?« Ungeduldig trat Susanne auf ihn zu. Der Junge machte einen Satz rückwärts, blieb stehen und beobachtete sie genau.
»Wohnst du hier?«, mischte sich Marie ein.
Der Knabe schüttelte den Kopf, er besuche nur seinen Freund. Weil es schneller ginge, die Tür selbst zu öffnen, als auf den Türsummer zu warten, machten sie das eben so. Marie unterdrückte ein Grinsen. Sie folgten dem Jungen zu der Wohnung seines Freundes hinauf.

Eine Frau öffnete auf das Klingeln hin die Tür, und der Junge verschwand, nach einem kurzen Hallo in Richtung der Mutter seines Freundes, im Innern der Wohnung. Die Frau sah die Beamtinnen misstrauisch an und zog an ihrer Zigarette.

»Guten Tag, Kriminalpolizei.« Marie stellte sich und Susanne vor. Ganz offensichtlich befand sich die Frau in einem desolaten Zustand. Das zu grell gefärbte Haar klebte ihr strähnig am Kopf, und aus der Wohnung roch es durchdringend nach Zigarettenrauch und billigem Fusel.

»Wir suchen den Hausmeister. Können Sie uns sagen, wie er heißt und wo wir ihn finden?« Susanne versuchte einen Blick an der Frau vorbei in die Diele zu erhaschen.

Sofort machte sich die Mieterin im Türrahmen breit. »Der Rizzo wohnt unten, gleich rechts. Sons noch wat?« Die Stimme der Frau klang kratzig und rau. Marie blieb keine Zeit für eine Antwort, da wurde die Tür schon zugeschlagen.

»Nettes Umfeld für die zwei Jungs. Na, dann schauen wir mal, ob Hausmeister Rizzo zu Hause ist.« Susanne zog eine Packung Taschentücher aus ihrer Lederjacke und putzte sich die Nase. Sie fanden die Wohnung von Herrn Rizzo im Erdgeschoss dank eines abblätternden Namensschildes an seiner Tür. Sie klingelten mehrfach vergeblich. Nichts rührte sich.

»Wohl nicht da, der Gute«, Susanne schien enttäuscht. Unvermittelt stand ein alter Mann im Türrahmen gegenüber und schimpfte vor sich hin.

»Bitte, was haben Sie gesagt?«

»Unzuverlässiges Pack, diese Ausländer!«

»Wen meinen Sie?«, hakte Marie nach.

»Gestern wollte der mir den Boiler reparieren, ist aber nicht gekommen. Und heute ist er auch nicht erschienen.«

Marie warf Susanne einen Blick zu. »Haben Sie denn versucht, Herrn Rizzo anzurufen oder haben Sie bei ihm geklingelt?«

»Mehr als häufig. Aber der macht nicht auf und rührt sich nicht.« Der Mann zog geräuschvoll die Nase hoch. »Ich hab kein warm Wasser im Bad und es ist doch saukalt.« Er machte kehrt und ließ die beiden stehen.

»Eigenartig. Soll das bedeuten, dass der Hausmeister auch verschwunden ist?«

»Die Sache mit der Haustür zeigt zumindest, dass jeder Fremde hier bequem ein- und ausgehen könnte«, stellte Marie fest.

»Und was unternehmen wir jetzt wegen des Hausmeisters? Nach der Aussage des Mannes scheint er seit zwei Tagen nicht mehr gesehen worden zu sein. Ich hab ein merkwürdiges Gefühl!«

Susanne runzelte die Stirn und wies Marie an, ihr in die erste Etage zu folgen. Sie klingelten an den Wohnungstüren in diesem Stockwerk und erfuhren, dass niemand der anderen Mieter den Hausmeister in den letzten Tagen gesehen hatte. Ansonsten sei er bisher immer zuverlässig gewesen. Sein Briefkasten war offenbar auch schon länger nicht geleert worden.

»Okay, verpasste Terminvereinbarungen ohne Absage, seit zwei Tagen nicht auffindbar – ich rufe in der Dienststelle an.« Susanne wählte die Nummer der Zentrale und forderte Kollegen an, die die Wohnung öffnen sollten.

Vor ihnen lag ein schmaler Flur, der in einen Wohnraum mündete, und von dem drei weitere Türen abgingen, die alle zugezogen waren. Im Eingangsbereich wirkte alles aufgeräumt, keine umgestoßenen Gegenstände, nichts, das auf einen Streit oder Handgreiflichkeiten hindeutete.

Susanne inspizierte die erste Tür, sie führte in die Küche. Dort fand sie eine ordentlich aufgeräumte Anrichte vor, wenn man von dem Geschirr in der Spüle und nicht geleerten Aschenbechern absah. Marie kontrollierte ein kleines, fensterloses Badezimmer. Hier standen nur einige Shampoo- und Rasierwasserflaschen herum; auf den ersten Blick schien alles normal zu sein. Das nächste Zimmer diente sowohl als Abstellkammer wie auch als Schlafzimmer. Es war relativ ordentlich aufgeräumt und sauber.

Nur von Herrn Rizzo fehlte jede Spur. Blieb nur noch das Zimmer am Ende des Flures. Susanne stieß die Tür mit Schwung auf. Sie blickte sich suchend um und trat ein, dicht gefolgt von Marie. Auf dem Boden vor der Couch lag ein umgestoßener Aschenbecher, dessen Inhalt sich auf dem Teppich verteilte hatte. Die Halbliter-Flasche Feldmann's Kölsch auf dem Tisch war nur zur Hälfte geleert. Es roch nach kaltem Rauch und abgestandenem Bier.

Von einer imitierten römischen Säule wucherte Efeu hinab. Marie hatte den Eindruck, dass die Pflanze schief in ihrem Übertopf stand. Gerade als ob sie umgefallen und in Eile wieder aufgestellt worden war. Ein paar Bröckchen Erde am Fuß der Säule bestätigten den Verdacht.

Marie zog es zurück in Richtung Eingang. An den schlichten Garderobenhaken hingen eine verwaschene Fleecejacke, eine Winterjacke in armeegrün, zwei speckige Schirmmützen und ein dunkler Schal. Auf dem Schuhregal standen nur ein Paar Turnschuhe und klobige Arbeitsschuhe. Es war schwer zu sagen, ob hier etwas fehlte.

»Was meinst du?«, fragte Marie an Susanne gewandt. »Für einen Kampf gibt es im Grunde zu wenige Spuren. Der umgefallene Aschenbecher könnte auch aus Versehen umgekippt worden sein. Aber eine halb ausgetrunkene Bierflasche ist ungewöhnlich. Lass' uns noch mal die anderen Räume genauer anschauen.« Marie wollte sich gerade von der Garderobe abwenden, als sie aus dem Augenwinkel heraus etwas auf dem Boden liegen sah. Schräg unter dem Schuhregal lugte ein glänzender Gegenstand hervor. Sie bückte sich und zog einen dicken Schlüsselbund heraus. Triumphierend hielt sie den Bund hoch und begann sogleich die Schlüssel auszuprobieren. Tatsächlich passte einer davon ins Schloss der Wohnungstür.

»Susanne! Wenn der Schlüsselbund unter dem Schuhregal lag und dies der Wohnungsschlüssel ist, könnte es bedeuten, dass der Hausmeister die Wohnung nicht freiwillig verlassen hat oder nicht im Besitz seiner körperlichen Kräfte war, oder aber, dass er die Wohnung überhaupt nicht verlassen hat.«

Susanne betrat das Wohnzimmer und rückte die Couch von der Wand ab. Marie begann das Schlafzimmer zu durchsuchen. Ein Blick unter das Bett förderte nichts zu Tage, außer einer Menge Staubflusen. Hinter der Tür lagerten zwei Baseballschläger, ein Besen, ein Staubsauger und ein Regenschirm. Direkt neben dem Bett stand eine Kommode. Marie entschied sich jedoch, zuerst den Kleiderschrank zu inspizieren. Sie zog die Tür, die in einem Schienensystem aufgehängt war, zur Seite und schrie auf. Sofort stürzte Susanne herbei.

Marie war vor Schreck erstarrt, als ihr ein großer, unförmiger, blauer Müllsack entgegen fiel. »Oh Gott, Susanne, das ist der Hausmeister!«

Es war spät, als die beiden Kommissarinnen wieder an ihren Schreibtischen saßen. Die Kriminaltechnik hatte die Hausmeister-Wohnung in Beschlag genommen, der herbeigerufene Arzt konnte nur noch den Tod des Mannes bestätigen. Jetzt lag die Leiche auf Anweisung des Staatsanwaltes in der Rechtsmedizin zur weiteren Untersuchung.

Jürgen Thiele hatte ihnen kurz zugerufen, dass der Schulranzen der vermissten Jasmin Meinert gehörte. Einzelheiten würde er bei der Abendbesprechung berichten.

Marie rieb sich die Schläfen, erhob sich und pinnte eine neue Karte mit der Überschrift ‚toter Hausmeister' an die Wand, auf der sie all ihre Erkenntnisse festgehalten hatten. »Okay, der ehemalige Hauswart der belgischen Kaserne ist tot. Der derzeitige Hausmeister der neuen Eigentümer der Kasernengebäude ist ebenfalls tot. Wir haben das Versteck für ein mutmaßliches Entführungsopfer, das nicht mehr da ist. Wir haben einen alten Gang, der die Kapelle und das Versteck mit dem Gebäude verbindet, in dem der Hausmeister verstorben ist. Ermordet wurde. Das hängt alles zusammen.«

Susanne stützte das Kinn in ihre Handfläche und nickte nachdenklich.

Mit Hilfe des Schlüsselbundes, den sie in der Wohnung des Hausmeisters gefunden hatten, war es Marie und Susanne gelungen, im Keller des Hauses den Einstieg des Geheimganges zu finden. Hinter der Tür des Öltankraumes hatten sie einen Bretterstapel entdeckt, der die Falltür in den Stollen versperrte. Sie hatten frische Schleifspuren gefunden, die darauf hinwiesen, dass der Gang auch von dieser Seite aus erst kürzlich betreten worden war. Allerdings war für die Tür mit dem Drehkreuz kein Schlüssel am Bund des Hausmeisters zu finden gewesen. So hatten sie den Zugang von einem Schlüsseldienst polizeilich öffnen lassen. Nun wussten sie auch, welche beiden Ausgänge zu dem geheimen Gang zwischen Kapelle und Mannschaftshaus gehörten. Es schien offenkundig, dass der Entführer dieses Haus als Zugang zu der von ihm präparierten Zelle genutzt hatte. Vermutlich hatte Hausmeister Rizzo dem Entführer den Zutritt zu dem Kellerraum, dessen Schlüssel fehlte, ermöglicht. Wahrscheinlich hatte dieses Wissen ihn das Leben gekostet.

Hauptkommissar Schlüter betrat das Dienstzimmer und bat die Kolleginnen zur Abendbesprechung in sein Büro, wo auch die anderen Teamkollegen nach und nach eintrudelten. Susanne fasste zusammen, was sie herausgefunden hatten. Nachdem sie ihren Bericht beendet hatte, gab sie das Wort an Adrian Franzen weiter.

Er berichtete von seinem Besuch bei ‚Köster Security'. »Reiter war tatsächlich bis vor einigen Jahren bei Köster beschäftigt. Für einfachere Bewachungen sei es in der Branche durchaus üblich, ältere Männer oder sogar Rentner auf 400-Euro-Basis einzustellen.« Das Unternehmen biete Werk- und Objektschutz an, Personen- oder Begleitschutz; Franzen machte eine Pause, bevor er fortfuhr. »Und sie fahren auch Streife durch bestimmte Wohnviertel. Unser Mordopfer war in diesem Bereich tätig.«

»Aha.« Marie sah nicht sofort, worauf der Kollege hinaus wollte.

»Im Hahnwald zum Beispiel.«

»Ha! Und da wohnen Maximilian und Constanze Feldmann.« Jürgen Thiele schürzte die Lippen, während Hauptkommissar Schlüter die Augenbrauen nach oben zog.

»Und«, setzte Adrian erneut an, »die Sekretärin meinte, dass vor einigen Wochen jemand mit Schweizer Akzent nach einem Mann gefragt habe, der auch in der Kaserne gearbeitet habe.«

Der Mann hatte erzählt, er suche den damaligen Hauswart der Kaserne für ein Interview für sein Buch, kenne aber dessen Namen nicht. Zufällig habe er erfahren, dass dieser Hauswart auch bei Köster gearbeitet habe und würde nun um Unterstützung bitten, den Mann ausfindig zu machen. »Natürlich hätte die Sekretärin keine persönlichen Daten herausgegeben«, fuhr Franzen fort. »Sie habe aber angeboten, Reiter anzurufen und es ihm zu überlassen, ob er an einem Kontakt interessiert sei.« Der Mann habe dies gerne angenommen, und tatsächlich hatte Reiter der Sekretärin erlaubt, seine Telefonnummer weiterzugeben.

»Wenn sich unser Schweizer mit Reiter getroffen hat und wir mit unserer Vermutung richtig liegen, dass beide Fälle untrennbar miteinander zusammen hängen, dann musste Reiter eventuell sterben, weil er diesen Gang kannte und den Täter mit Informationen darüber versorgt hat«, ergänzte Marie. »Vielleicht kannte er durch seinen Job beim Wachdienst ja sogar Maximilian und Constanze Feldmann?«

Elf

Am nächsten Morgen saß Marie pünktlich an ihrem Schreibtisch und stellte einen Überblick über den derzeitigen Ermittlungsstand zusammen. Hauptkommissar Schlüter hatte am Abend zuvor nachdrücklich schnelle Ergebnisse zu dem Entführungsfall gefordert, sowie weitere Beweise, um den Mord an Bernhard Reiter aufklären zu können. Der Anwalt des Verdächtigen Hermann Schmitz hatte Haftbeschwerde eingereicht, und der Staatsanwalt machte Schlüter gehörig Druck.

Als ob wir die fehlenden Beweise so einfach aus dem Ärmel schütteln könnten, dachte Marie. Vielleicht hatte der rätselhafte, angebliche Geschichtswissenschaftler mit Schweizer Akzent, der den belgischen Pastor im Seniorenheim besucht hatte, etwas mit dem Geheimgang zu tun.

Vielleicht hatte er das kleine Mädchen entführt und unter der Kapelle gefangen gehalten. Vielleicht hatte Bernhard Reiter sterben müssen, weil er etwas über den Gang wusste und diese Informationen weitergegeben hatte. Hatte Reiter vielleicht sogar die Familie Feldmann von seinen Kontrollfahrten durch den Hahnwald gekannt?

Zu viele Eventualitäten, die sie momentan noch nicht untermauern konnten. Noch nicht. Natürlich konnte man die Aufklärung eines Falles nicht auf Ahnungen basieren lassen – dennoch hatte ihr Bauchgefühl ihr schon manches Mal die richtige Richtung gewiesen. In diesem Fall hatte sie seit ihrem Besuch bei dem ehemaligen Pastor Johann van Schuuren das untrügliche Gefühl, auf etwas gestoßen zu sein, das sie weiterbringen würde.

Aber wie sollten sie an Informationen über diesen Wissenschaftler kommen? Weder die Leiterin noch die Sekretärin aus dem St.-Vincenz-Seniorenheim konnten sich an den Fremden erinnern, der angeblich mit Schweizer Akzent gesprochen habe und nicht mehr ganz jung gewesen sei. Er blieb ein Schattenmann. Derjenige, der ihn möglicherweise hätte beschreiben können – Hausmeister Rizzo – war tot.

Nachdem Susanne eingetroffen war, setzten sich Marie und das restliche Team zusammen, um die nächsten Schritte zu besprechen. Wie hingen die Fälle der Entführung, der Ermordungen von Bernhard Reiter und des italienischen Hausmeisters zusammen? Ihr besonderes Interesse gehörte dem Inhalt des Schließfaches bei der Schweizer Bank in Rheineck. Isabelle Meinert hatte ihnen den Schmuck in den Schatullen sowie das Säckchen mit den einzelnen Diamanten genau beschrieben. Sie hatte aber auch erwähnt, dass Maximilian Feldmann Fotos von den Schmuckstücken gemacht hatte.

»Wir müssen unbedingt diese Bilder sehen«, entschied Kriminalhauptkommissar Schlüter.

Sofort nach Beendigung der Teambesprechung brachen

Marie und Susanne auf, um Maximilian Feldmann einen Besuch abzustatten.

Auf ihr Klingeln hin und die Information, wer sie waren, schwang das Gittertor auf, und Susanne lenkte den Wagen über die gekieste Auffahrt. Die zweigeschossige Villa lag zurückgezogen von der Straße inmitten einer großzügig angelegten Gartenlandschaft im englischen Stil.

Maximilian Feldmann, in Anzug und Krawatte, erwartete sie an der geöffneten Eingangstür. Sie begrüßten sich kurz, und der Hausherr wies den beiden Kommissarinnen den Weg ins Wohnzimmer. Der Raum wurde von einer wandbreiten Fensterfront dominiert, die bis hinauf in den Giebel reichte. Marie trat eine breite Stufe hinab auf einen elfenbeinfarbenen, dickflorigen Teppich, der den Sitzbereich vom polierten Parkett abhob. Eine dunkle Natursteinwand bildete einen auffälligen Kontrast zu den hellen Sitzmöbeln. Susanne blickte hinaus in den weitläufigen Garten, der von hohen Buchsbaumhecken vor fremden Blicken abgeschirmt wurde.

Maximilian Feldmann stand noch in der Tür und bot den beiden Kommissarinnen einen Platz auf dem gemütlich wirkenden Sofa an. Er selbst nahm in einem Sessel Platz, und es fiel ihm sichtlich schwer, seine Hände ruhig zu halten. Erwartungsvoll sah er sie an.

»Sicherlich wissen Sie, worum es geht«, begann Susanne.

»Ich gehe davon aus, dass Ihr Besuch in Bezug zu der fehlgeschlagenen Übergabe im Entführungsfall meiner ... äh ... von Jasmin Meinert steht. Ich habe gemeinsam mit der Mutter des Kindes Montagabend eine Aussage bei Ihren Kollegen gemacht.«

Er will die Rolle des coolen Geschäftsmannes spielen, dachte Marie. Dann sagte sie: »Wir bearbeiten einen Mordfall, der vermutlich mit der Entführung Ihrer Tochter in Zusammenhang steht. Näheres können wir Ihnen dazu natürlich nicht mitteilen. Aber wir möchten gerne die Fotos sehen, die Sie von den Schmuckstücken gemacht haben.« Sie hielt Maximilian Feldmann fest im Blick, um seine Reaktion zu beobachten.

»Der Schmuck?« Maximilian Feldmann kniff die Augen zusammen, als müsse er nachdenken.

»Laut Aussage von Frau Meinert haben Sie kurz vor der Übergabe Aufnahmen vom Inhalt der Schatullen gemacht«, half Susanne seiner Erinnerung nach.

Maximilian Feldmann erhob sich langsam. »Die Fotos«, wiederholte er. Dann verließ er den Raum, um die Digitalkamera aus seinem Arbeitszimmer zu holen. Die Fotos, die er gemacht hatte, waren trotz der kurzen Entfernung zu den Schmuckstücken scharf. Sie würden später in den Polizeicomputer eingespielt werden, um eventuell vorhandene Informationen über die abgebildeten Pretiosen abrufen zu können. Gerade als Marie die Kamera einsteckte, hörten sie das Geräusch eines sich drehenden Schlüssels im Schloss. Nervös fuhr sich Maximilian Feldmann mit der Hand durch die gewellten Haare und rückte seine Brille zurecht.

Eine hoch gewachsene, kühle Blondine mit kinnlangem Pagenschnitt betrat das Wohnzimmer, knöpfte ihren weißen Wollmantel auf und stellte ihre Handtasche auf einem Tischchen neben der Tür ab. Fragend blickte sie erst ihren Mann, dann die beiden Kommissarinnen an, wobei ihr Blick eine Sekunde zu lang an Susannes knalliger Lederhose hängen blieb.

»Mein Lieber, wir haben Besuch?«

Maximilian Feldmann räusperte sich und stellte seine Frau und die beiden Kommissarinnen einander vor.

Es wäre spannend, seine Erklärung zu hören, weshalb wir hier wären, dachte Marie, aber Susanne ergriff das Wort. »Guten Tag, Frau Feldmann. Wir untersuchen den Fall der kleinen Jasmin Meinert. Die Siebenjährige wurde letzte Woche entführt.«

»Und wie können wir Ihnen hierbei helfen?«, fragte Constanze Feldmann irritiert.

»Leider ist die Übergabe nicht wie geplant verlaufen. Zwar wurde das geforderte Lösegeld hinterlegt, der Entführer gab jedoch das Mädchen nicht frei. Es ist unsere Aufgabe, Identität und Aufenthaltsort des Täters zu ermitteln.«

Constanze Feldmann hörte schweigend zu, dabei zupfte sie erst am Pelzkragen ihres Pullovers und strich dann mit einer Hand glättend über ihren beigefarbenen Seidenrock, während sie sich setzte.

»Frau Feldmann, in diesem Fall forderte der Entführer kein Lösegeld, sondern Schmuck. Das ist recht unüblich. Daher möchten wir von Ihnen und Ihrem Mann Informationen über diese Schmuckstücke.«

Nur einen Moment schien Constanze Feldmann verwirrt. Dann warf sie ihrem Mann einen fragenden Blick zu. Maximilian Feldmann schluckte und sah zu Boden. Marie trat auf die Hausherrin zu und hielt ihr das Display der Kamera hin.

Die beiden Ermittlerinnen hatten erwartet, Überraschung in Constanze Feldmanns Gesicht zu entdecken, aber sie sah sich nur der Reihe nach die Bilder an. Dann hob sie den Kopf. »Maximilian, was hat das zu bedeuten?«

Maximilian Feldmann ließ die Schultern hängen. »Es ging um das Leben des Kindes.«

»Welchen Kindes?«, hakte Constanze Feldmann nach. Ihre Stimme klang, als habe sie bereits einen Verdacht, um wessen Kind es sich handeln könne. Maximilian Feldmann blieb die Antwort schuldig.

»Maximilian?«

Gespannt verfolgten die beiden Kommissarinnen den Blickwechsel zwischen den Eheleuten. Anscheinend hoffte Maximilian Feldmann, indem er nicht direkt zugab, dass Jasmin seine Tochter war, könne er diese Tatsache vertuschen. Seine Augen jedoch zeigten längst ein anderes Bild.

Er wusste, dass sie es wusste, auch ohne Worte.

»Jasmin ist meine Tochter«, begann er zögernd. »Allerdings habe ich von ihrer Existenz bis zum Tag ihrer Entführung nichts gewusst. Constanze, das musst du mir glauben!«

Constanze Feldmann hob die Augenbrauen, als würde sie gerade über die aktuellen Börsenkurse informiert.

»Die Mutter hat mich um Hilfe gebeten, das Kind auszulösen, sie hatte keine andere Möglichkeit.« Maximilian Feldmann machte einen Schritt auf seine Frau zu, hielt dann aber inne. »Constanze, die Firma tut soviel für Bedürftige, unterstützt Projekte, die Kindern aus schlechten Verhältnissen eine Chance geben – wie konnte ich ihr da die Hilfe verweigern?« Er versuchte, die Wahrheit in ein für ihn positiveres Licht zu biegen.

Constanze Feldmann sah ihren Mann unverwandt an. Man konnte förmlich spüren, wie ihre Beziehung mehrere Grade abkühlte. »Und da hast du mich einfach bestohlen?«

Panisch schüttelte Maximilian Feldmann den Kopf.

»Du spionierst mich aus, hintergehst mich, bestiehlst mich, ohne jemals mit mir darüber zu reden.« Ihre Stimme klang hart und kalt. »Und das alles, um die Folgen eines Seitensprungs vor mir zu verbergen? Wir befinden uns nicht im Wilden Westen, Maximilian. Für solche Fälle gibt es die Polizei. Und du bist Lichtjahre davon entfernt, ein Held zu sein.«

Was für eine Ansprache. Marie erschien es fast, als würde Constanze Feldmann die Situation genießen.

»Es war ein Fehler, Constanze, ein großer Fehler ... lass' mich . ..«

Weiter kam er nicht, als seine Ehefrau ihn unterbrach. »Damit hast du allerdings Recht, mein Lieber, es war ein Fehler – und nicht dein einziger.« Constanze Feldmann drehte sich um und wollte offenbar das Wohnzimmer verlassen. Susanne war mit der Befragung jedoch noch nicht am Ende und bat sie höflich aber bestimmt zu bleiben. Constanze Feldmann bestätigte, dass der Schmuck auf den Fotos aus ihrem Besitz stammte. Es handele sich um Erbstücke ihrer Großmutter. Darüber hinaus konnte sie keine weiteren Angaben zu dessen ursprünglicher Herkunft machen. Da die Stücke sehr wertvoll und von ideellem Wert seien, habe sie diese in einem Schließfach in der Schweiz aufbewahrt. Danach befragt, erklärte sie widerwillig, dass sie nicht alle Wertgegenstände bei nur einem Bankhaus hinterlege, um größtmögliche Sicherheit für ihr Vermögen zu erhalten.

»Warum haben Sie diese besonders wertvollen Erbstücke bei der kleinen, relativ unbekannten Raiffeisenbank in Rheineck hinterlegt, während ihre Familie ansonsten mit dem Privatbankhaus Oppenheim zusammenarbeitet?«, wollte Susanne wissen.

Constanze Feldmann zuckte die Schultern. »Warum nicht?«

»Gab es einen Grund, weshalb Sie Ihrem Ehemann gegenüber die Existenz des Familienschmucks verheimlichten?«, ließ Marie nicht locker.

»Ich bitte Sie!« Constanze Feldmann bedachte sie mit einem mitleidigen Blick.

Vielleicht würde sich Constanze Feldmann im Präsidium etwas zugänglicher zeigen, überlegte Marie. Susanne nickte ihr zu, zum Zeichen, die Befragung erst einmal zu beenden. Sie verabschiedeten sich und überließen die Eheleute sich selbst. Porzellan würde bei der folgenden Aussprache vermutlich nicht zu Bruch gehen, dachte Marie. An diesem Ort wurde mit Kalkül entschieden, nicht durch heißblütige Diskussionen.

Kurz darauf parkte Susanne vor einem anderen Anwesen, in dem ebenfalls Mitglieder des Feldmann-Clans lebten. »Wahrscheinlich hat die Tochter ihre Eltern schon vorgewarnt, aber das macht nichts«, stellte Susanne fest.

Wenn der Klüngel in Köln tatsächlich so funktionierte, wie Susanne das neulich Marie versucht hatte zu erklären, würden sie vermutlich heute noch einen Anruf von Hauptkommissar Schlüter erhalten, der sie daran hindern würde, die verbalen Daumenschrauben bei der Befragung dieser Familie zu fest anzuziehen. Sicher würde das Oberhaupt der bekannten Familienbrauerei Fragen lieber direkt mit dem Polizeipräsidenten klären, und zwar bei einer gemeinsamen Partie Golf, dachte Marie. Aber noch hatten sie freie Bahn, zumindest für den Moment, und den würden sie nutzen.

Die Jugendstil-Villa im noblen Stadtteil Marienburg wirkte trutzig und abweisend. Das konnte man schon vom Tor aus sehen, das in die Mauer, die das Grundstück umgab, eingelassen war. Marie drückte auf den Klingelknopf neben einem schlichten Messingschild mit dem Aufdruck: ‚Feldmann'. Eine Frauenstimme meldete sich durch den Lautsprecher, und wenig später öffnete das Tor mit einem leisen Summen. Die Hausdame erwartete sie in der Eingangshalle und bat, im Salon Platz zu nehmen. Frau Feldmann sei bettlägerig, sie würde sie in Kürze rufen lassen.

»Aha, sie telefoniert also noch mit ihrer Tochter«, bemerkte Marie, während sie sich in dem Raum, den die Hausdame genannt hatte, umsah. Neben den hohen Fenstern zum Vorgarten hin, die bis auf den Boden reichten, stand ein antik aussehender Sekretär. Der schwere Läufer, auf dem sie in den Raum gelangt waren, schluckte die Geräusche ihrer Schritte. In einer Ecke standen zwei rot gepolsterte Sessel vor einer Wand, die von hohen Bücherregalen bedeckt war.

Minuten verstrichen, Susanne blickte aus dem Fenster, während Marie die ausgestellten Bücher einem genaueren Blick unterzog. Max Frisch, Heinrich Böll, die gesammelten Werke Goethes – und zu ihrem Erstaunen auf einem der mittleren Regalfächer eine ganze Reihe Liebesromane. Neugierig zog sie eines der abgegriffenen Taschenbücher hervor. Ein mehrfach gefaltetes Stück Papier fiel zu Boden. Marie bückte sich, um es aufzuheben, als sich die Tür öffnete. Schnell steckte sie den Fund in die Manteltasche, richtete sich wieder auf und schob das Buch zurück an seinen Platz im Regal. Es war die Hausdame, die sie wissen ließ, dass Frau Feldmann die beiden Kommissarinnen im Wohnzimmer empfangen würde.

Anna Katharina Feldmann saß ihnen zugewandt in einem hohen Ohrensessel, die Beine auf einen gepolsterten Hocker gelegt und von einem leichten Überwurf bedeckt.
»Meine Damen, entschuldigen Sie, dass ich nicht aufstehe, aber eines meiner Beine versagt manchmal den Dienst. Bitte setzen Sie sich.« Damit deutete sie auf das geschwungene dunkelgrüne Sofa mit den stilisierten Löwenfüßen ihr gegenüber. Die beiden Kommissarinnen setzten sich vorsichtig auf das antike Möbelstück. Wider Erwarten war das Sofa sehr bequem.
Marie musterte die ältere Dame in dem Ohrensessel. Ihr Blick war freundlich und wirkte offen, dennoch lag eine spürbare Distanz zwischen ihnen, die höfliche Floskeln nicht zu durchbrechen vermochten. Wie vereinbart übernahm Susanne die Gesprächsführung.
»Frau Feldmann, bitte entschuldigen Sie unseren unangemeldeten Besuch, aber wir ermitteln in einem Fall von Kindesentführung, in dem jede Minute zählt.«
Anna Katharina Feldmann nickte. Ruhig folgte sie Susannes Ausführungen, tupfte sich nur einmal zwischendurch mit einem Spitzentuch die Nase. Ganz offensichtlich war sie bereits von ihrer Tochter informiert worden.
»Ihr Schwiegersohn hat die Mutter des Kindes bei der Bereitstellung des Lösegeldes unterstützt. Da es sich aber nicht um eine gewisse Geldsumme handelte, sondern um Schmuckstücke, die sich in Ihrem Familienbesitz befanden, liegt nahe, dass es dem Entführer nicht um den ma-

teriellen, sondern um den ideellen Wert geht. Ihr Schwiegersohn hat Fotos von den einzelnen Stücken gemacht, und wir möchten Sie nun bitten, uns einige Fragen zu beantworten. Wir gehen davon aus, dass wir etwas über die Identität des Entführers erfahren, wenn wir mehr über die Geschichte der Schmucke wissen.«

Anna Katharina Feldmann schwieg und ordnete umständlich einige Unebenheiten auf der Decke über ihren Beinen. Dann blickte sie an beiden Kommissarinnen vorbei an die Wand. »Meine Damen, sicherlich bin ich mir der Tatsache bewusst, dass das Hauptaugenmerk auf der Sicherheit des Kindes liegt, dennoch bin ich nicht der Ansicht, Ihnen derart private Auskünfte geben zu müssen. Ich kenne dieses Kind nicht – das mag in Ihren Ohren hart klingen, aber jeden Tag geschehen unendlich viele schlechte Dinge, Menschen sterben, aber wir können nicht jedem dieser Schicksale nachgehen. Geschweige denn ein Gefühl dazu in uns zulassen. Wir würden niemals zur Ruhe kommen.«

Maries Augen weiteten sich. Sie war nicht sicher, ob sie wirklich gehört hatte, was sie gehört hatte. Was war mit dieser Familie los, für die es scheinbar nichts Dringlicheres gab, als die eigenen Grenzen nach außen zu betonen und sich für nichts verantwortlich zu fühlen?

»Mit Verlaub, Frau Feldmann, ich gehe davon aus, dass Sie bereits mit Ihrer Tochter gesprochen haben, bevor wir gekommen sind. Sicher wird sie Ihnen mitgeteilt haben, dass das Entführungsopfer die Tochter von Maximilian Feldmann ist. Es ist kein eheliches Kind, dennoch gibt es eine Verbindung zu Ihrer Familie, die sich nicht leugnen lässt.«

»Dieses Kind, verehrte Frau Kommissarin, steht in keinerlei Verbindung zu meiner Familie. Wie Sie bereits angedeutet haben, ist es das Kind von Maximilian, nicht das meiner Tochter. Maximilian hatte kein Recht, Constanzes Schmuck an sich zu nehmen – zu welchem Zwecke auch immer. Nun – er wird die Konsequenzen tragen müssen. Wir sind Ihnen in dieser Angelegenheit keinerlei Antworten schuldig. Und jetzt möchte ich Sie bitten zu gehen.«

Mit diesen Worten hatte sie offensichtlich einen unsichtbaren Knopf betätigt, denn sofort öffnete sich die Tür und die Hausdame stand bereit, die beiden Kommissarinnen zum Ausgang zu geleiten.

Das, dachte Marie, war nun also ein höflicher Hinauswurf in besseren Kreisen. Man wurde nicht laut, man benötigte keine Handgreiflichkeiten – einzig die Wortwahl wurde einen Tick förmlicher.

Sobald sie im Wagen saßen und Susanne ein paar Meter gefahren war, zog Marie das Papierstück aus ihrer Manteltasche. »Sieh mal, Susanne, das ist mir vorhin aus dem Bücherregal entgegen gefallen. Ich hatte keine Zeit nachzuschauen, was das ist, weil auf einmal die Hausdame in der Tür stand. Also hab' ich es eingesteckt.«

Das Papier war zweimal gefaltet und sah aus, als sei es bereits mehrfach gelesen worden. Als Marie das Papier glättete, sah sie, dass es sich um einen älteren Brief handelte. »Datiert auf Mai 1996 . . . und unterschrieben von ‚Margarethe'. Es ist nicht so einfach zu lesen, weil die Schrift sehr verschnörkelt ist.«

»Das ist die Mutter von der Feldmann, die wir eben besucht haben«, erklärte Susanne. »Sie war eine große Kunstmäzenin und hat der Stadt etliche Sammlungen zeitgenössischer Künstler geschenkt. Es gibt ein Museum, das ihr zu Ehren gebaut wurde. Nach ihrem Tod hat Richard Feldmann, ihr Ehemann, dem Museum ihre private Picasso-Sammlung gestiftet. Damit besitzt Köln die drittgrößte Picasso-Sammlung weltweit.«

Marie zeigte sich beeindruckt. »Was du alles weißt.«

»Nur weil ich Turnschuhe trage, heißt das noch lange nicht, dass mein Horizont nicht über Kinofilme und Popcorn hinausgeht!«

»So habe ich das nicht gemeint«, setzte Marie sofort an, unterließ es dann aber, den Satz zu Ende zu führen. Es würde nichts bringen, jetzt mit Susanne zu diskutieren. Aber ihr war klar, dass sie die Kollegin irgendwann auf ihre bissigen Bemerkungen ansprechen musste. Sie konnte nicht gut damit umgehen, wenn etwas Unausgesprochenes im Raum lag.

Aber zuerst widmete sie ihre Aufmerksamkeit dem Brief und begann zu lesen.

5. Mai 1996

Meine geliebte Annina,

wenn du dies liest, bin ich nicht mehr bei Euch. Es heißt, wenn man dem Tod ins Antlitz schaut, sucht man Vergebung. Und tatsächlich gibt es etwas, das ich mein Leben lang mit mir herumtrage. Etwas, das ich jetzt nicht mehr für mich behalten kann.

Ich dachte, die Zeit würde mir Vergessen schenken – aber das, was ich getan habe, wiegt schwer, das habe ich nun begriffen. Ich kann dir nicht in die Augen sehen, deshalb schreibe ich dir – und wünsche mir aus tiefstem Herzen, dass du nicht mit Groll an mich zurückdenkst, sondern mir verzeihen kannst. Außer uns beiden gibt es nun niemanden mehr, der die Wahrheit kennt. Es liegt an dir, sie zu bewahren.

Du bist ein Kind der Liebe, das habe ich dir immer gesagt. Als ich ein sehr junges Mädchen war, wurde von meinem Vater und seinem Freund Paul Feldmann die Ehe zwischen dessen Sohn Richard und mir arrangiert. Das war damals keine Seltenheit. Romantische Liebe, hieß es, sei eine Erfindung der Romanschreiber. Richard war mir immer ein sorgsamer Ehemann und dir ein guter Vater.

Aber die Liebe geht ihre eigenen Wege. Selbst jetzt kann

ich mich nicht für das schämen, was ich getan habe, denn mir wurde ein großes Geschenk zuteil: Du.

Ich war Richard schon versprochen, als ich Fritz kennen lernte. Er war nur ein einfacher Junge aus einem Viertel am anderen Ende der Stadt. Er wurde als Bote zu meinem Vater geschickt, so sahen wir uns zum ersten Mal – und plötzlich fühlte es sich in mir genauso an, wie es in meinen Romanen stand. Er kam immer häufiger, und es war, als könne ich nicht mehr atmen ohne ihn. Ich musste ständig an ihn denken und wollte am liebsten jede Sekunde bei ihm sein.

Natürlich war das unmöglich. Ich, die Tochter eines angesehenen Verlegers, und ein Junge aus ärmlichen Verhältnissen. Dennoch blieben uns ab und zu ein paar kostbare Momente. Du wirst es längst ahnen: Nicht Richard ist dein Vater, sondern Fritz Winter – er war nur ein einfacher Junge, aber er war meine einzige ganz große Liebe ...

»Das ist so etwas wie eine Lebensbeichte der Mutter an ihre Tochter«, fasste Marie zusammen. »Es geht aber noch weiter.« Sie überflog den Rest des Briefes. »Sie schreibt weiter, dass sie mit ihrem Fritz durchbrennen wollte. Alles sei geplant gewesen, aber er sei nicht am verabredeten Treffpunkt erschienen.«

»Das hat ja direkt was von Romeo und Julia«, unterbrach Susanne.

»Mensch, das glaubst du jetzt nicht!« Aufgeregt wedelte Marie mit dem Brief vor Susannes Nase und her. »Jetzt kommt es! Hier haben wir die Verbindung zu unserem Entführungsfall!«

»Und die wäre?« Susanne setzte den Blinker und ordnete sich in die Linksabbiegerspur ein. Plötzlich fluchte sie, weil ein anderes Auto unerwartet die Richtung wechselte und vor ihr in eine kleine Lücke drängte.

»Fritz hatte Margarethe ein Päckchen zur Aufbewahrung

gegeben, das sie zum Treffpunkt mitbringen sollte. In diesem Päckchen sei ihre Zukunft und sie brauche sich keine Sorgen mehr zu machen«, setzte Marie wieder an. »Da Fritz auch Wochen später nicht mehr auftauchte, öffnete Margarethe das Päckchen. Und rate, was sie vorfand?«

Susanne zuckte mit den Schultern und fixierte die Ampel vor sich.

»Den Schmuck! Sie schreibt hier von einem Smaragd-Collier und Diamanten. Das muss der Schmuck sein, den Isabelle Meinert aus dem Schließfach geholt hat!«

Susanne antwortete nicht sofort darauf, drehte dann aber doch ihren Kopf in Maries Richtung. »Da komme ich nicht mit. Was beweist das denn jetzt? Doch nur, dass der Schmuck tatsächlich seit mindestens drei Generationen in Besitz der Familie ist. Aber wie passt die Entführung ins Bild? Und wo ist die Verbindung zu unseren beiden Toten?«

Die Ampel schaltete auf Grün, und Susanne fuhr wieder an.

»Susanne, es gibt einen neuen Aspekt. Der Schmuck gehörte ursprünglich nicht den Feldmanns. Er wurde Margarethe als Pfand für die gemeinsame Zukunft übergeben. Nun hat Margarethe zwar den Schmuck, teilt aber nicht die Zukunft mit dem Eigentümer. Was ist mit Fritz Winter passiert, lebt er noch? Will er sein Eigentum zurück? Will er Rache an seinem Nebenbuhler nehmen oder fühlt er sich von Margarethe hintergangen?«

»Dieser Fritz Winter müsste heute über achtzig Jahre alt sein. Nach so langer Zeit ermordet er zwei Menschen und entführt ein kleines Kind? Marie, wie passt das zusammen?«

»Was, wenn Fritz damals aus dem Krieg zurückgekehrt ist und feststellen muss, dass seine geliebte Margarethe scheinbar glücklich mit Mann und Kind in ihrer teuren Villa lebt und ihn vergessen hat. So eine Enttäuschung sitzt tief. Vor allem, wenn er davon ausgeht, dass sie auch noch seinen Schmuck behalten hat. Was, wenn er später selbst Nachkommen hat, denen er von dieser Ungerechtigkeit erzählt, dass man ihn um den Familienschmuck gebracht hat.«

Susanne bog auf den Parkplatz des Präsidiums, parkte den Wagen schwungvoll ein und stellte den Motor ab. Das alles könne Marie gleich in der Teambesprechung vorbringen, bemerkte sie. Vielleicht sähe Schlüter diese vermeintliche Spur ja ähnlich wie sie und beraume eine Recherche nach diesem Fritz Winter an.

»Meine Damen, was genau haben Sie sich dabei gedacht, Frau Feldmann derartige Fragen zu stellen?«

Hauptkommissar Schlüter klang nicht richtig wütend, fand Marie. Susanne gab in einem kurzen Umriss die Erkenntnisse des Nachmittages wider und erklärte, dass es nötig gewesen sei, die Feldmanns aufzusuchen. Schließlich brauchten sie Antworten aus erster Hand. Einerseits sei es erfreulich, neue Erkenntnisse zu haben, befand Schlüter, diese jedoch stünden auf sehr dünnen Füßen.

Marie kam es eher so vor, als gefalle ihm die angedeutete Verbindung zu den Feldmanns nicht besonders gut. »Das sind keine Andeutungen, Hauptkommissar Schlüter, das sind Fakten«, sie wedelte Margarethes Brief vor sich her.

»Ermitteln Sie, aber um Himmels Willen im Hintergrund! Und wenn Sie einen aus der Feldmann-Familie befragen müssen, kommen Sie zuerst zu mir.«

Kommissar Jürgen Thiele, der sich bisher im Hintergrund gehalten hatte, klopfte mit dem Kugelschreiber auf den Block, den er vor sich liegen hatte. »Es war zwar nicht viel Zeit soeben, aber ich habe mal schnell im Internet nachgeforscht.« Marie hatte den Kollegen gleich nach ihrer Ankunft von dem Brief erzählt, und Thiele hatte sich sofort hinter seinen Computer geklemmt. »Margarethe Feldmann hieß früher Camphausen. Ihr Vater war ein gut betuchter Kölner Verleger. Ihre Heirat mit Richard Feldmann fand 1942 statt, kurz darauf ist der alte Camphausen verstorben. Was mit dem Verlag passiert ist, habe ich noch nicht herausgefunden, auf jeden Fall existiert er heute nicht mehr.«

Marie hatte aufmerksam zugehört und fragte den Kollegen, ob er auch zu den Feldmanns schon etwas gefunden hatte.

Jürgen Thiele blätterte eine Seite in seinem Schreibblock um und berichtete, dass der Krieg erhebliche Teile der Brauerei zerstört hatte, sie sich aber in den Jahren des Wiederaufbaus schnell erholen konnte. »Ende der 1950er Jahre machten sich die Feldmanns in der Kunstszene einen Namen durch öffentliche Leih-Ausstellungen ihrer privaten Sammlung.« Er berichtete weiter vom Aufstieg der Feldmanns, die in der kulturellen Entwicklung der Stadt eine wichtige Rolle gespielt hatten. Richard Feldmann war zu seiner Zeit ein herrschsüchtiger Patriarch gewesen, den es sicher geärgert habe, dass seine Frau ihm nach seiner Tochter – Anna Katharina – keinen Sohn mehr geboren hatte, mutmaßte Thiele. Seine Tochter habe er mit Heinrich Feldmann, Sohn seines Halbbruders, verheiratet, den er zuvor zu sich ins Haus und ins Unternehmen geholt hatte.

»So blieb das Unternehmen in der Familie«, sagte Marie langsam. »Und der Name blieb bestehen.«

Hauptkommissar Schlüter nahm Thieles Ausführungen mit nicht zu deutender Miene zur Kenntnis und erteilte ihm den Auftrag, schnellstens Informationen über Fritz Winter zusammenzutragen und herauszufinden, was mit ihm nach 1942 passiert war.

Zwölf

Die Sonderkommission ‚Jasmin' wurde kurzfristig um weitere Kollegen aufgestockt, die im Wohnviertel rund um die alte Kapelle am Stadtwald Nachbarn und Anwohner befragten. Diese Aktion war sehr aufwändig, aber niemand erinnerte sich an ein kleines Mädchen wie auf den herumgezeigten Fotos. Auch unter den Handwerkern, Architekten und Kaufinteressierten, die sich ständig auf dem neu erschlossenen Baugebiet hinter der Kapelle aufhielten, war niemandem ein Kind aufgefallen.

Der Gerichtsmediziner hatte bestätigt, dass Michele Rizzo, der Kriminaloberkommissarin Thalbach in einem Müllsack verschnürt buchstäblich vor die Füße gefallen war, nicht länger als zwei Tage tot war. Weitere Details würden folgen. Zumindest wirkte die Ermordung des Hausmeisters eher wie eine Tat im Affekt. Darauf ließ auch das Versteck der Leiche im Schlafzimmerschrank schließen. Offensichtlich hatte der Mörder keine Gelegenheit gehabt, den Toten abzutransportieren.

Zu der morgendlichen Besprechung im Präsidium hatten sich die Ermittlungsteams der MoKo ‚Reiter' und der SoKo ‚Jasmin' zusammengesetzt. Alles deutete darauf hin, dass es zwischen dem Mord und der Entführung eine Verbindung gab. Die alte Kapelle schien in beiden Fällen eine Rolle zu spielen, und man vermutete, dass der Entführer von Jasmin auch der Mörder von Bernhard Reiter und Michele Rizzo sein könnte. Das Motiv des Täters lag jedoch derzeit noch im Dunkeln.

Bei der Befragung möglicher Zeugen auf dem Gelände der ehemaligen Kaserne waren auch Kriminalkommissar Adrian Franzen und Kriminalkommissarin Katja Fehrenbach im Einsatz. Nach der Befragung einer Mieterin glaubte die junge Polizeibeamtin plötzlich aus einer der Wohnungen ein ungewöhnliches Geräusch zu hören. Sie tippte ihrem Kollegen auf die Schulter und deutete auf eine Wohnungstür, die schräg hinter ihnen lag. »Adrian, hast du das auch gehört? Lass' uns mal dort drüben weitermachen.«

Franzen konnte sich die Laute ebenfalls nicht erklären und folgte Katja Fehrenbach. Auf ihr Klingeln hin wurde sofort geöffnet. Ihnen gegenüber stand ein Mann in mittleren Jahren in leicht gebeugter Haltung. Seine Füße steckten in ausgetretenen Hausschuhen, die speckige Cordhose war mindestens zwei Nummern zu groß und schlackerte um seine Beine. Aus der Wohnung strömte den beiden Beamten ein Gemisch aus abgestandener Luft und gekochtem Kohl entgegen.

Nachdem Katja Fehrenbach ihren Kollegen und sich vorgestellt hatte, fragte sie den Mieter, ob er in den letzten Tagen etwas Auffälliges im Haus bemerkt habe. Etwas, das anders gewesen sei als sonst. »Können Sie uns sagen, wann Sie den Hausmeister das letzte Mal gesehen haben?«, fügte sie hinzu.

Der Mann sah die Beamten misstrauisch an, es schien, als warte er nur auf eine Gelegenheit, die Tür sofort wieder zu schließen. Eine Bewegung zu seinen Füßen ließ die junge Polizistin nach unten blicken. Ein zottiger Cockerspaniel gesellte sich zu seinem Herrchen und schaute sie aus treuen Augen an.

»Wollen Sie meine Frage nicht beantworten?«, bohrte Katja Fehrenbach nach und sah ihren Kollegen Hilfe suchend an. Der Mann im Türrahmen vermied es, einen der beiden anzusehen und kaute auf einem Zahnstocher herum, der halb aus seinem dichten und ungepflegten Bart hervor lugte. Er nuschelte etwas Unverständliches.

»Bitte?«, die junge Beamtin wollte noch nicht aufgeben und sah ihn unverwandt an.

»Den Rizzo«, sagte er stockend, »den Rizzo hab' ich schon lange nicht mehr gesehen.« Während er sprach, hatte er weder den Kopf gehoben, noch aufgehört, den Zahnstocher hin und her zu bewegen.

Kommissar Adrian Franzen trat einen Schritt zurück und bedeutete seiner Kollegin, dass eine weitere Befragung sinnlos sei.

»Merkwürdiger Typ, oder?« Katja Fehrenbach drehte sich um, als der Mieter die Tür geschlossen und den Schlüssel im Schloss gedreht hatte. »Dieses Geräusch, das ich eben gehört habe – ich glaube, das kam aus seiner Wohnung.«

Franzen schaute sie fragend an.

»Ich hatte den Eindruck«, fuhr Katja Fehrenbach fort, »als wollte er die Wohnung verlassen, hat uns auf dem Flur gesehen und dann schnell die Tür wieder zugezogen. Als ob er etwas zu verbergen hat. Sollen wir ihn vorladen?«

Franzen schüttelte zögernd den Kopf. Er war unsicher, ob sich seine junge Kollegin nicht vielleicht getäuscht hätte. Sie waren mit den Befragungen noch nicht am Ende. Energisch drückte Katja Fehrenbach den nächsten Klingelknopf. Wieder hallte der gleiche durchdringende Ton durch den Hausflur. Wenn jemand zu Hause war, konnte dieser Laut gar nicht ungehört bleiben. Im Innern dieser Wohnung tat sich nichts, alles blieb ruhig. Auch hinter dem Türspion blieb es dunkel, offensichtlich brannte in der Wohnung kein Licht.

Die Beamtin klopfte trotzdem heftig an die Tür. »Polizei, bitte öffnen Sie. Es geht um eine Befragung.«

Aus der Wohnung drang kein Laut.

»Lass' gut sein ... offensichtlich ist niemand da«, meinte Adrian Franzen. »Die Dienststelle wird eine Vorladung schicken, aber für den Moment bleibt uns nichts weiter zu tun.«

Aber die Kriminalkommissarin wollte so leicht nicht aufgeben und klingelte erneut. Plötzlich war ein Klirren zu hören, als ob jemandem ein Schlüsselbund oder etwas Ähnliches heruntergefallen sei. Katja Fehrenbach hämmerte gegen die Tür. »Machen Sie auf! Wir wissen, dass Sie da sind!«

Wider Erwarten wurde die Tür einen Spalt geöffnet. »Kann ich Ihren Ausweis sehen?«, fragte eine Frauenstimme.

Katja Fehrenbach zog ihren Ausweis hervor und zeigte ihn durch den schmalen Türschlitz. Wenig später wurde die Tür ein Stück geöffnet, und ein junges Mädchen blickte die beiden Beamten schüchtern an.

»Guten Tag Frau . . .« Vergeblich suchte Katja Fehrenbach nach einem Namensschild.

»Maiwald. Franziska Maiwald.«

»Wir haben nur ein paar Fragen an Sie, Frau Maiwald.« Um die scheue junge Frau nicht weiter einzuschüchtern, vermieden es die Beamten, sich in die Wohnung Einlass zu verschaffen. »Wir ermitteln im Fall eines verschwundenen kleinen Mädchens, das sich möglicherweise hier in der Nähe aufgehalten hat.« Franzen zog das Foto von Jasmin aus der Tasche und hielt es der Frau hin. »Haben Sie dieses Mädchen gesehen oder kennen Sie es?«

»Ich kenne niemanden in diesem Haus. Und ich möchte auch niemanden hier kennen.«

»Das Mädchen, das wir suchen, heißt Jasmin Meinert, ist sieben Jahre alt und wird seit einer Woche vermisst.«

Ein Poltern unterbrach Adrian Franzen, etwas war klirrend zu Boden gefallen.

»Frau Maiwald, sind Sie allein oder ist jemand bei Ihnen?« Etwas war hier nicht in Ordnung, das spürte Katja Fehrenbach deutlich.

Franziska Maiwalds Blick flackerte. »Doch, sicher. Ich bin allein!«

»Es tut mir leid, aber das glauben wir nicht.« Damit schoben sich die Beamten an der überraschten Frau vorbei in die Wohnung.

Franziska Maiwald blickte sich ängstlich im Hausflur

um, schloss die Tür und folgte den beiden Beamten durch die Diele ihrer Wohnung.

Der schmale Flur führte in einen hellen, großen Wohnraum, der durch eine spanische Wand in zwei Bereiche geteilt war. Während ihr Kollege die Türen zu Bad und Küche aufstieß und mit einem kurzen Blick feststellte, dass sich dort niemand aufzuhalten schien, sah sich Katja Fehrenbach im Wohnraum um. An einem schlichten Esstisch aus Kiefernholz standen vier dazu passende Stühle. Dahinter befand sich eine knallrot lackierte Anrichte, auf der verschiedene Tierfiguren aus Holz aufgestellt waren. Zwei ausladende Zimmerpalmen schlossen an den Paravent an und lockerten den Übergang vom Ess- in den Wohnbereich auf. Durch die Zwischenräume fiel der Blick auf ein kleines Sofa vor einem Fernseher. Das Gerät war auf stumm gestellt, nur das Bild flimmerte über den Monitor. An der gegenüberliegenden Wand stand ein Bett, das mit einer bunt geblümten Tagesdecke überzogen war. Auf dem Boden davor lag inmitten einer Wasserlache ein zersprungenes Glas.

Adrian Franzen drängte sich an Katja Fehrenbach vorbei, Franziska Maiwald folgte ihm mit verzagtem Gesichtsausdruck. Und dann sahen sie es.

Vor dem Sofa kauerte ein schmächtiges Kind auf dem Boden und starrte sie alle drei an. Der Kollege zückte das Foto und hielt es hoch. Das Mädchen am Boden sah blass und dünn aus, aber es handelte sich eindeutig um Jasmin.

Marie Thalbach legte erschöpft die Beine auf den kleinen Couchtisch vor ihrem Sessel. Endlich Feierabend!

Sie waren kurz davor, den Fall zu lösen, das hatte sie im Gefühl. Wenn nur die alte Frau Feldmann etwas kooperativer wäre! Leider konnte man sie nicht zwingen, mit ihnen zu reden. Aber Marie war sicher, dass Frau Feldmann Entscheidendes zur Klärung des Falles beitragen könnte.

Obwohl sie sich vorgenommen hatte, diese Angewohnheit abzulegen, fluchte Marie laut. Wenn ihr doch nur eine Idee käme, die alte Dame zu erweichen. Schließlich handelte es sich ja fast um ihr eigenes Enkelkind, das gefunden werden musste. Läge der Sachverhalt nur etwas anders, würde sie bestimmt alles tun, um das Kind zu retten. Aber durch eine Laune des Schicksals ging es nicht um das Kind ihrer Tochter, sondern um den Bastard des abtrünnigen Schwiegersohns. Dabei lag sein Fehltritt schon Jahre zurück.

Fast spürte Marie einen Anflug von Mitgefühl für Maximilian Feldmann. Er hatte alles daran gesetzt, im Leben voranzukommen, einen bekannten Namen zu tragen und eine einflussreiche Familie hinter sich zu haben. Und nun war all das in kurzer Zeit zerstört worden.

Das gedämpfte Brummen ihres Handys erinnerte Marie daran, dass sie es noch in der Jackentasche stecken hatte. Sie stemmte sich aus dem Sessel und griff nach ihrem Mobiltelefon.

»Mensch, gut, dass man dich auch mal erreicht!« Susannes ungeduldige Stimme tönte aus dem Hörer. Marie erklärte, dass sie nach Feierabend nur schnell eine Pizza essen war und das Handy auf Vibrationsalarm umgestellt hatte.

»Ich hab mindestens zehnmal versucht, dich zu erreichen! Die Kleine ist wieder da!«

»Was? Das ist ja prima! Wo ist sie oder wo war sie? Geht es ihr gut?«

Susanne berichtete in knappen Worten von der Entdeckung des Kindes. Die Kleine würde aber nicht sprechen, und das sei auch der Grund, warum die junge Frau sie erst einmal bei sich zu Hause behalten hatte. Sie hätte dem Kind Sicherheit geben wollen und gehofft, es zum Reden zu bringen. Auf die Idee, zur Polizei zu gehen, sei sie überhaupt nicht gekommen.

Marie konnte Franziska Maiwald sogar beinahe verstehen, nur dass diese offensichtlich völlig verdrängt hatte, welche Angst die Mutter des Kindes in den letzten Tagen ausgestanden hatte.

»Jasmin wurde auch schon von einer Ärztin untersucht. Ihr fehlt nichts. Mutter und Kind sitzen grade zusammen bei einer Psychologin, die versucht, mit Jasmin zu reden.«

»Und wo bist du?«, fragte Marie.

»Ich war auch schon zu Hause, bin aber wieder ins Kommissariat gefahren, als ich die Nachricht erhalten habe. Schlüter wollte, dass ich dich sofort anrufe und dich auf den neuesten Stand bringe.«

Susanne berichtete, dass das Kind erst wieder gesprochen hätte, als seine Mutter gekommen wäre. »Wir wissen noch nicht alles über den genauen Ablauf, und wie sich der Mann dem Kind gegenüber verhalten hat.«

Marie war erleichtert, dass Jasmin wohlbehalten gefunden worden war. Sie hatte aber auch Susannes beiläufige Bemerkung zur Kenntnis genommen, dass sie scheinbar nur auf Wunsch von Hauptkommissar Schlüter bei ihr angerufen hatte.

Sie mussten dringend miteinander reden – schließlich war es ihr gemeinsamer Fall, und es konnte nicht sein, dass Susanne sie nicht mit einbeziehen wollte.

Als Marie etwa eine halbe Stunde später mit dem Taxi im Walter-Pauli-Ring vorfuhr und hinauf in ihr Büro eilte, hatten Frau Meinert und ihre Tochter das Präsidium gerade verlassen.

Susanne saß zusammen mit einer fremden Frau in ihrem Büro. »Hallo Marie. Das ist Frau Dr. Hannen, die Kinderpsychologin, die wir hinzu gezogen haben. Sie hat mit Jasmin gesprochen, aber da es recht spät und viel passiert ist, braucht die Kleine jetzt erstmal Ruhe.«

Marie begrüßte die junge Ärztin, die ihnen in Jeans und Pullover gegenüber saß, und zog sich einen Stuhl heran.

Frau Dr. Hannen berichtete, dass Jasmin den Mann zwar gesehen hatte, als er sie zu sich ins Auto einlud, sie aber dann plötzlich müde geworden sei. »Wahrscheinlich hat er sie direkt betäubt, nachdem sie eingestiegen war. Ich denke nicht, dass er ihr Gewalt angetan hat.«

»Wie sieht es mit einer Beschreibung des Mannes aus?«, wollte Marie wissen.

Die Psychologin schüttelte den Kopf. »Sehr vage. Ein großer Mann, vor dem sie Angst hatte. Er hat ihr ein Foto ihrer Mutter gezeigt, um sie dazu zu bringen, in sein Auto zu steigen. Viel war aus ihr nicht herauszubekommen. Es ist immer noch eine Stresssituation für das Kind, daher müssen wir sehr behutsam sein. Sie wirkt zwar verängstigt und war von ihrer Mutter nicht mehr zu trennen, aber ansonsten macht sie einen stabilen Eindruck.«

Als die Psychologin sich verabschiedet hatte, nahm Marie allen Mut zusammen, um Susanne anzusprechen. »Hast du einen Moment für mich? Ich würde dich gern etwas fragen.«

Susanne schaute Marie von der Seite aus an und brummte etwas in sich hinein.

Marie wertete dies als Zustimmung und holte tief Luft. »Ich bin nicht besonders gut in solchen Gesprächen, deshalb sage ich es einfach frei heraus: Ich habe den Eindruck, dass du nicht gern mit mir zusammenarbeitest.«

Susanne schwieg und atmete laut aus.

»Wir müssen da auch kein großes Ding draus machen«, setzte Marie wieder an, wurde aber von Susanne unterbrochen.

»Hör' zu. Ich bin kein Typ für so ein Freundschaftsgetue. Ich will einfach nur meinen Job machen und ansonsten meine Ruhe haben.«

»Aber das möchte ich doch auch. Hier ist alles neu für mich, das Team, die Stadt, und ich möchte einfach nur so weitermachen wie vorher.«

»Ja, das denke ich mir!«

Verwundert zuckte Marie zurück. Was hatte sie bloß

getan, dass Susanne derart negativ auf sie reagierte? Auf ihre Frage hin winkte die Andere nur ab. »Ist doch egal.« Aber das war es eben nicht. Marie schaute Susanne unverwandt an.

Endlich antwortete diese. »Du bist doch der große Star aus Augsburg. Ist doch klar, dass du das hier auch sein willst.«

Marie verstand nicht ganz, was Susanne meinte. Und sie verstand auch nicht, wieso sie »ein Star« sein sollte.

»Normalerweise leite ich die Mordkommission.«

Nur dieses Mal hatte Schlüter sie, die Neue, dafür vorgesehen, beendete Marie im Stillen den Satz für sich. Anscheinend fühlte sich Susanne übergangen und machte sie dafür verantwortlich. Aber für Schlüters Entscheidungen konnte Marie nun wirklich nichts.

»Und was machen wir jetzt? Können wir nicht wenigstens versuchen, miteinander auszukommen? Schlüter hat uns schließlich als Partner eingeteilt.«

Susanne brummte wieder nur etwas in sich hinein. »Ich kann's halt nicht leiden, wenn alle automatisch davon ausgehen, dass unsere Aufklärungsquote nun besser wird, nur weil du jetzt da bist. Als ob wir vorher im Dunkeln gestochert haben und rein zufällig ein paar Fälle aufklären konnten.«

Offenbar spielte Susanne auf den Serientäter an, der lange Zeit im Süden äußerst grausame Morde an Jugendlichen begangen hatte und vor einem halben Jahr in Augsburg ins Netz gegangen war. Mehr durch einen glücklichen Umstand war sie, Marie, an Informationen gelangt, die sie auf die Fährte des Täters gebracht hatte. Die Verhaftung war durch alle Medien gegangen, die eingerichtete Sonderkommission und besonders Marie in schillernden Farben gelobt worden.

»Das war ein Fall! Was glaubst du, wie oft wir – wie alle anderen übrigens auch immer wieder – von der Presse niedergemacht worden sind?«

»Sag' das Schlüter, dann wird's hier auch wieder entspannter.« Damit rückte Susanne ihren Stuhl zurück, schnappte ihre grüne Lederjacke und ließ Marie allein zurück.

Gut, dachte sich diese, dann muss ich das wohl aushalten. Sie konnte kaum zu Hauptkommissar Schlüter gehen und ihm seine positive Meinung von ihr ausreden wollen. Bei den anderen Kollegen hatte sie zudem nicht das Gefühl, unwillkommen zu sein.

Der nächste Morgen begann in großer Hektik. Susanne erwähnte das gestrige Gespräch mit keiner Silbe und wollte bezüglich der Herkunft des Schmuckes weiter recherchieren, um dem Motiv des Täters endlich auf die Spur zu kommen. Marie entschied sich daraufhin, ebenfalls einfach weiterzumachen, als sei nichts gewesen. Sie beschloss, die Hausdame der Feldmanns zu befragen. Sie wusste natürlich, dass es nicht den Vorschriften entsprach, Zeugen allein zu befragen – aber sie war sicher, dass sich die Frau eher öffnen würde, wenn sie nur einer Beamtin gegenüberstand.

Auf ihr Klingeln hin wurde sofort geöffnet. Die Hausdame erklärte, dass Frau Feldmann ausgegangen sei.

»Das macht nichts, ich möchte sowieso mit Ihnen sprechen«, antwortete Marie.

Die Angestellte schien mit sich zu kämpfen. Sie blickte sich nervös um, dann bat sie Marie Thalbach aber doch hinein, streckte ihr die Hand entgegen und stellte sich als Joana Nowak vor. Sie setzten sich an einen blank gescheuerten Holztisch in der Küche, und Marie legte ein Foto von Jasmin auf den Tisch.

»Das ist die kleine Jasmin, die Opfer einer Entführung war. Seit gestern ist sie wieder bei ihrer Mutter. Sie ist das Kind aus einer früheren Beziehung von Maximilian Feldmann. Daher glaube ich, dass der Täter im Umkreis der

Familie Feldmann zu suchen ist. Ihm ging es um den Familienschmuck und nicht um Geld.«

Frau Nowak hielt den Kopf leicht zur Seite geneigt und knetete ihre Hände. Aber sie schien zuzuhören.

»Was will der Täter mit dem Schmuck?«, setzte Marie wieder an. »Geht es um Rache? Oder glaubt er, der rechtmäßige Besitzer zu sein? Sie arbeiten schon seit vielen Jahren bei Frau Feldmann. Ist Ihnen etwas aufgefallen in letzter Zeit, oder haben Sie etwas Ungewöhnliches beobachtet?«

In der Küche war es still, nur das Ticken der Wanduhr war zu hören. Die Hausdame blickte unsicher von dem Foto auf. Marie versuchte, den Blick der Angestellten festzuhalten.

Frau Nowak spielte mit dem schmalen Ring an ihrem Finger und atmete hörbar. »Vor ein paar Wochen war jemand hier. Ein Mann. Er wollte zu Frau Feldmann. Er gab mir einen Zettel. Der war zusammengefaltet, damit ich nicht sehen konnte, was darauf stand. Ich sollte ihn nur Frau Feldmann übergeben. Sie öffnete die Nachricht, las und sagte mir, der Mann solle im Salon warten. Sie schien beunruhigt. Richtig nervös, obwohl sie sich ansonsten immer im Griff hat und stets darauf achtet, gelassen zu erscheinen. Ihr Verhalten war auffallend anders als sonst, deshalb erwähne ich das.«

»Wie sah der Mann aus?«, wollte Marie wissen. »Können Sie ihn beschreiben?«

»Es liegt schon eine Weile zurück ... Er war groß, größer als ich, und hatte dunkle Haare. Vom Alter her schätze ich ihn vielleicht auf Anfang Vierzig.«

»Hat er etwas gesagt, an das Sie sich erinnern können?«

»Nein, er wollte nur mit Frau Feldmann sprechen. Er hat mir nicht einmal seinen Namen genannt. Er hat allerdings sehr langsam gesprochen, ein bisschen gedehnt.«

»Hatte er einen Akzent? Vielleicht weil Deutsch nicht seine Muttersprache ist?«

»Das kann ich nicht sagen. Vielleicht eher etwas Mundartliches, aber nichts, das ich kenne.«

Marie überlegte, ob es sich bei dem Besucher um den Mann mit dem Schweizer Dialekt handeln könnte, den auch die beiden Frauen im Vincenz-Haus erwähnt hatten.

»Sie haben nicht zufällig doch den Zettel gelesen, bevor Sie ihn an Frau Feldmann übergeben haben?«

»Nein. So etwas mache ich nicht!«

»Nein, natürlich nicht. Es war nur so eine Idee«, versuchte Marie Thalbach die Hausdame zu besänftigen.

»Doch da fällt mir noch etwas ein. Als ich im Salon den Kaffee servierte, hörte ich, dass er behauptete, Geschichtswissenschaftler zu sein. Er recherchiere irgendetwas mit Kriegsgeschehnissen hier in Köln. Es tut mir leid, aber an mehr kann ich mich nicht erinnern.«

Die Hausdame war bereit gewesen, sofort mit Marie ins Kommissariat zu fahren und ihre Angaben zu Protokoll zu geben. Gemeinsam mit einem Kollegen war am Computer ein Phantombild erstellt worden.

Mit diesem Bild waren Marie und Adrian Franzen erneut ins Vincenz-Haus gefahren. Aber sowohl die beiden Damen, als auch Johann van Schuuren konnten nur eine vage Ähnlichkeit bestätigen. Also wurde die Pressestelle gebeten, das Bild des vermeintlichen Zeugen veröffentlichen zu lassen. Vielleicht meldete sich ja jemand, der den Mann erkannte.

Wie sie es auch betrachteten, Anna Katharina Feldmann war vermutlich diejenige, die einen großen Teil der offenen Fragen beantworten konnte. Aber der Chef der MoKo, Kriminalhauptkommissar Schlüter, hatte ihnen zu verstehen gegeben, dass sie die Familie ohne sein Einverständnis nicht behelligen durften.

»Schlüter hat nur von dem Teil der Feldmann-Familie gesprochen, der in Marienburg wohnt, oder?«, meinte Susanne.

Marie begriff sofort, worauf sie hinaus wollte und zog die Augenbrauen hoch. »Wir fahren nach Hahnwald und fühlen den jungen Feldmanns auf den Zahn.«

Susanne nickte. »An die Mutter kommen wir nicht ran, die hat sämtliche Jalousien runtergelassen. Ich bin ziemlich sicher, wenn wir herausfinden, warum der Entführer kein Geld, sondern den Schmuck als Lösegeld gefordert hat, kennen wir das Motiv und kommen dem Täter auf die Spur.«

Susanne hatte bisher kaum etwas über die Herkunft des Schmuckes herausgefunden. Keines der Stücke war aktenkundig, zumindest war kein Diebstahl solcher Schmuckstücke in den letzten Jahren angezeigt worden.

Sie hatten Glück, die Eheleute Feldmann waren beide zu Hause. Constanze Feldmann öffnete persönlich die Tür. Entweder war sie über den Besuch nicht sonderlich überrascht, oder sie ließ es sich nicht anmerken. Ihre Augen wirkten müde, um ihren Mund lag jedoch ein entschlossener Zug.

»Wie können wir Ihnen denn noch behilflich sein? Hat Ihnen meine Mutter nicht erklärt, dass wir Sie in diesem Fall nicht weiter unterstützen können?«

»Wie Sie vermutlich inzwischen wissen, ist das Mädchen mittlerweile gefunden worden, Frau Feldmann«, ergriff Marie das Wort.

Am anderen Ende des Flures tauchte Maximilian Feldmann auf. Langsam kam er auf sie zu, er wirkte abgespannt und blass, die oberen beiden Knöpfe seines Hemdes waren geöffnet, und er trug keine Krawatte.

»Maximilian, die Damen möchten sicherlich mit dir sprechen«, sagte Constanze Feldmann an ihren Mann gewandt und bat die beiden Kommissarinnen ins Haus. Das Paar führte die Ermittlerinnen in das großzügig geschnittene Wohnzimmer, das Marie noch von ihrem ersten Besuch in Erinnerung war. Nachdem sie alle Platz genommen hatten, registrierte Marie, dass mehrere Koffer neben der Tür zur Diele bereit standen. War ein gemeinsamer Urlaub geplant, oder zog Maximilian Feldmann etwa aus?

»Jetzt, wo das Kind wieder zu Hause ist«, begann Susanne Drewitz, »konzentrieren wir uns darauf, Schmuck und Täter zu finden. Aus diesem Grund sind wir hier.« Sie blickte Constanze Feldmann fest an, als sei sie die Hauptperson, um die es hier ging. Sie hofften, die Feldmann-Tochter zur Mithilfe zu bewegen, indem sie den Fokus auf die Wiederbeschaffung des Schmuckes legten.

»Der Täter wird sicher nicht mit dem Schmuck in der Stadt bleiben.« Constanze Feldmann schien heute nicht ganz so unzugänglich zu sein wie beim letzten Besuch.

»Wir gehen davon aus, dass es sich bei dem Schmuck um Familienerbstücke handelt, deren ideeller Wert für Sie vermutlich höher ist als der materielle.«

Susanne schien den richtigen Ton zu treffen, denn Constanze lehnte sich scheinbar entspannt zurück. Marie stieg in das Gespräch ein und berichtete der Brauerei-Erbin von dem angefertigten Phantombild. Sie zog das Bild hervor und legte es auf den Wohnzimmertisch. »Kennen Sie diesen Mann?«

Sowohl Maximilian als auch Constanze Feldmann warfen nur einen kurzen Blick auf die Zeichnung und verneinten.

»Wir hoffen, mit Ihrer Unterstützung etwas über das Motiv der Entführung in Erfahrung zu bringen. Es sieht so aus, als ging es dem Täter weniger um Geld, als um den Schmuck. Auch fehlt uns noch die Verknüpfung der Entführung zu den beiden Toten. Der Mann auf dem Phantombild hat sich als Geschichtswissenschaftler ausgegeben. Er ist auch bei Ihrer Mutter gewesen, Frau Feldmann. Seine Vorgehensweise deutet auf exakte Planung hin.«

»Ich weiß, dass er bei meiner Mutter war.« Constanze Feldmann drehte den Kopf ein Stück zur Seite und atmete tief ein. Dabei fiel ihr Blick auf die Koffer, die durch die offene Tür zu sehen waren. Sie stockte kurz und wandte sich in Richtung ihres Mannes. Diese Bewegung reichte aus.

»Wenn Sie mich nicht mehr brauchen, würde ich gern noch etwas erledigen«, entschuldigte sich Maximilian Feldmann auch sofort. Marie und Susanne nickten ihm zu. Er erhob sich, schob sich an einem niedrigen Glastisch vorbei und griff auf dem Weg in das obere Stockwerk nach zwei Koffern.

Marie hatte den Eindruck, dass Constanze Feldmann jetzt bereit war, sich ein wenig kooperativer zu zeigen. Sie zog den Brief der Großmutter an Constanzes Mutter aus ihrem Notizbuch. »Was wissen Sie über diese Geschichte, Frau Feldmann? Hat man versucht Sie oder Ihre Mutter damit zu erpressen?«

Constanze Feldmann hatte sich fest unter Kontrolle. »Ich wüsste nicht, wie ich Ihnen helfen könnte. Suchen Sie den Entführer, dann finden Sie den Schmuck. Das ist Ihre Arbeit.« Sie lächelte unverbindlich.

»Genau darum sind wir hier«, konterte Susanne. »Es ist unsere Aufgabe, Zeugen zu befragen und zur Mithilfe zu bewegen.«

»Hat jemand Ihre Mutter erpresst mit Informationen, die nicht für die Öffentlichkeit bestimmt sind?«, ergriff Marie wieder das Wort.

»Nicht, dass ich wüsste.« Constanze Feldmann schlug die Beine übereinander, zog mechanisch die Bügelfalte ihrer Hose gerade und legte die Hände in ihren Schoß. Es war ihr nicht anzumerken, ob sie die Wahrheit sagte.

»Gab es vielleicht in früheren Generationen Familienmitglieder, die nicht offiziell zur Familie gehörten, die aber aufgrund ihrer Geburt glauben könnten, Anrecht auf Familienerbstücke anmelden zu können?«

Vorsichtiger ließ sich die Frage nach unehelichen Kindern des Vaters oder Großvaters nicht formulieren.

»Davon ist mir nichts bekannt.« Sie blickte Marie geradewegs ins Gesicht, als könne sie damit den Wahrheitsgehalt ihrer Antwort belegen.

»Was ist mit Fritz Winter, den Ihre Großmutter in ihrem Brief erwähnt?«

»Ich kenne diesen Namen nicht.«

Jetzt lügt sie, dachte Marie. Auch wenn Constanze Feldmann ihren Blick nicht von dem der Kommissarin gelöst hatte, war ihre Antwort doch zu schnell gekommen. Marie schwieg. Das war oft für den Gesprächspartner schwerer zu ertragen, als ein Bombardement an Fragen.

Und tatsächlich lenkte Constanze Feldmann schließlich ein. »Ja, ich kenne diesen Brief. Meine Mutter hat ihn mir gezeigt. Als Großmutter vor einigen Jahren gestorben ist, wurde der Brief vom Testamentsvollstrecker übergeben. Meine Großmutter wollte, dass meine Mutter nach Großmutters Tod die Wahrheit erfahren würde. Zusammen mit diesem Brief hat sie meiner Mutter ein Kästchen hinterlassen.«

»Und darin lagen die Schmuckstücke«, ergänzte Susanne.

Constanze Feldmann nickte. »Wir konnten diese Holzkiste nicht in unserem Bankfach bei Oppenheim aufbewahren. Mein Vater hätte wissen wollen, woher der Schmuck käme. Daher kamen wir auf die Idee, ein separates Fach bei einer kleinen Bank anzumieten, bei der uns niemand kennen würde.«

»Wenn wir die Herkunft des Schmuckes verfolgen wollen, müssen wir etwas über Fritz Winter erfahren. Es wäre möglich, dass Fritz Winter, nachdem er feststellen musste, dass Ihre Großmutter für ihn nicht mehr erreichbar war, sich anderweitig verheiratet hat. Falls er Kinder hat, könnten diese Ansprüche auf den Schmuck erheben.«

»Irgendwie kann ich nicht glauben, dass Fritz Winter dahinter steckt. Nach dem Brief meiner Großmutter zu schließen, hat er sie doch geliebt.« Offensichtlich floss doch eine romantische Ader durch Constanze Feldmann, aber sie vergaß, dass Liebe auch in Hass umschlagen konnte.

»Fritz Winter hätte allen Grund gehabt, seine einstige Liebe Margarethe dafür zu hassen, dass sie nicht mit ihm gegangen ist, den Schmuck aber behalten hat«, überlegte Marie. »Fritz Winter war, wie man dem Brief entnehmen konnte, aus einfachen Verhältnissen. Der Schmuck war vielleicht alles, was er besessen hat.«

»Fritz Winter wäre heute ein alter Mann«, ereiferte sich Constanze Feldmann. »Wie sollte er das, was sie ihm unterstellen, alles geplant und durchgeführt haben?«

»Stimmt«, bestätigte Susanne. »Deshalb gehen wir davon aus, dass es einen Sohn oder sogar Enkel geben könnte, der wie Sie auch, zufällig von dieser alten Geschichte erfahren hat und nun seinen vermeintlichen Anteil einfordert.«

Es klang konstruiert, war aber dennoch nicht völlig abwegig. Wieso hatte es sonst so lange gedauert, bis sich jemand für den Schmuck interessierte. Auch Constanze Feldmann schien die Version zu bevorzugen, dass ihr wahrer Großvater kein schlechter Mensch war, und vielleicht ein möglicher Nachkomme zu seinem späten Recht gelangen wollte.

»Sollten wir diese Vermutungen nicht auch mit Ihrer Mutter besprechen?«

Wenn es gelang, Constanze Feldmann dazu zu bringen, dass sie ihre Mutter zu mehr Kooperation überreden würde, waren sie einen guten Schritt weiter.

»Meine Mutter hat nicht viel über den Besuch dieses Geschichtenschreibers gesagt. Er wollte etwas über die letzten Kriegsjahre in Köln wissen.«

»Hat sie seinen Namen erwähnt oder den Grund, weshalb er ausgerechnet sie aufgesucht hat?«

»Nein. Dazu hat sie nichts gesagt. Nur, dass er für seine Recherchen mit Persönlichkeiten sprechen wollte, die diese Zeit in Köln erlebt hatten.«

Plötzlich polterte Maximilian Feldmann die Treppen hinunter und stellte einen Koffer in den Flur. Er betrat den Wohnraum und suchte schweigend den Blick seiner Frau. Er vermied es, die Kommissarinnen anzusehen. Constanze Feldmann hatte sich erhoben, das Telefon in die Hand genommen und eine Nummer gewählt. Sie blickte nur kurz auf, schaute ihn einen Moment lang an und wandte ihm dann den Rücken zu. Maximilian Feldmann trat zurück in die Diele, nahm seinen Mantel von der Garderobe, zog ihn über und schlang einen Schal um den Hals. Erst rollte er die Koffer vor die Haustür, dann kam er zurück, um eine Sporttasche zu holen. Constanze tat, als habe sie keinen Blick mehr für ihren Mann und telefonierte mit leiser Stimme. Als Maximilian Feldmann fast an der Wohnzimmertür vorbei war, richtete sie doch noch einmal das Wort an ihn. »Die Schlüssel, bitte.«

Mehr sagte sie nicht. Ihr Mann schien in sich zusammenzusacken. Er fischte umständlich die Schlüssel aus der Manteltasche, legte sie auf das Sideboard in der Diele und knallte die Haustür hinter sich ins Schloss. Kurz darauf hörte man die Zündung des Cayenne, dann spritzte Kies auf, als der Hinausgeworfene in der Auffahrt wendete und davon fuhr.

Mit einem gezwungenen Lächeln wandte sich Constanze Feldmann an die Kommissarinnen. Es war ihr offensichtlich unangenehm, dass es Zeugen für diese Szene ihrer zerbrochenen Ehe gegeben hatte. Aber sie versuchte emotional unbeteiligt zu wirken. »Ich schlage vor, wir fahren zu meiner Mutter. Sie erwartet uns.«

»Meine Mutter hat den Brief aus reiner Sentimentalität aufbewahrt. Nicht auszudenken, wenn mein Vater ihn gefunden hätte.« Constanze Feldmann saß mit dem Rücken zum Fenster und strich sich eine kinnlange Ponysträhne aus dem Gesicht. Ihre hellrot geschminkten Lippen waren zu einem schmalen Strich verzogen.

»Bevor wir uns weiter unterhalten, verlange ich absolute Diskretion von Ihnen«, sagte Anna Katharina Feldmann. Sie hatte beide Arme auf die Lehne ihres Sessels gelegt, dennoch wirkte sie schmächtig in dem großen Möbelstück. Obwohl sie ihre Beine wieder unter einer Decke verborgen hielt, trug sie heute ein Kostüm. An ihrem Handgelenk glänzte eine zierliche, goldene Uhr.

Marie sicherte ihr zu, das Gespräch und die Informationen, die Frau Feldmann ihnen gab, vertraulich zu behandeln.

»Ich wünsche natürlich, dass der Schmuck gefunden und unserer Familie wieder übergeben wird. Deshalb habe ich mich entschlossen, Ihnen einige Fragen zu beantworten.«

Marie sah Anna Katharina Feldmann aufmerksam an, das Notizbuch lag aufgeschlagen auf ihren Knien.

»Vor einigen Wochen war ein Mann hier. Es ging mir nicht gut an diesem Tag, und ich wollte eigentlich keinen Besuch empfangen. Aber er hat Frau Nowak eine Nachricht überbringen lassen.«

Marie dachte an den gefalteten Zettel, den die Hausdame und auch Constanze Feldmann erwähnt hatten. »Und was war das für eine Nachricht?«

»Es standen nur ein paar Namen auf dem Zettel. Die anderen habe ich mir nicht gemerkt, aber einer davon lautete ‚Fritz Winter'. Zuerst wollte ich den Mann sofort wieder wegschicken lassen. Da ich den Brief meiner Mutter kannte, wusste ich natürlich, wer Fritz Winter war. Ich gebe zu, ich dachte an Erpressung. Aber wenn dies tatsächlich sein Plan war, würde er sich nicht davon abhalten lassen, weil ich ihn nicht empfing. Ich wollte zumindest wissen, mit wem ich es zu tun hatte, und was er wollte. Also ließ ich ihn in den Salon bringen.«

Marie zog das Phantombild aus ihrem Notizbuch, und Anna Katharina Feldmann erkannte darauf ihren Besucher wieder. »Er hat sich mir als Johann Meister vorgestellt.

Ich habe ihn natürlich direkt gefragt, was die Namen in seiner Nachricht zu bedeuten hätten und was der Grund seines Besuches sei. Er reagierte sehr gelassen und erzählte, dass er ein Buch über die Kriegs- und Nachkriegsjahre in Köln schreibe. Die Geschichte unserer Brauerei würde er gerne näher beleuchten, weil es eine Geschichte beispiellosen Erfolgs sei.«

Die Namen auf dem Zettel, so habe Johann Meister erklärt, seien alles Männer, die in der Brauerei gearbeitet hatten und während des Krieges verschwunden seien. Zwar läge dies alles schon sehr lange zurück, aber er sei der Meinung, man dürfe diese dunklen Jahre und so manches Einzelschicksal nicht vergessen. Anna Katharina Feldmann habe ihrem Besucher erklärt, dass sie keinen dieser Namen je gehört habe und ihres Wissens aus der Brauerei damals auch keine Arbeiter – Juden, wie er sicher meine – verschwunden seien.

»Er fragte extra noch einmal nach, ob ich sicher sei, diese Namen nicht zu kennen. Als ich wieder verneinte, wollte er plötzlich wissen, ob meine Eltern damals Verbindungen zur Wehrmacht unterhalten hätten. Es sei doch auffällig, dass sich die Brauerei nach dem Krieg trotz Zerstörung der beiden Braukessel so schnell wieder erholt habe. Ich habe ihn gebeten zu gehen. Diese Unterstellungen musste ich mir nicht anhören.«

Susanne Drewitz wunderte sich, woher Johann Meister diese Informationen hatte.

»Auf der Webseite wird die Geschichte der Brauerei von der Grundsteinlegung im Jahre 1882 an erzählt. Es war also kein Problem für ihn, die Firmengeschichte zu verfolgen und etwas über die Schäden, die der 2. Weltkrieg der Produktion zugefügt hat, in Erfahrung zu bringen«, beantwortete Constanze Feldmann die Frage der Kommissarin.

»Dieser Name, den Sie erwähnt haben – Fritz Winter – so hieß doch auch der junge Mann, den Ihre Mutter damals kannte«, ließ sich Susanne vernehmen, während Marie eifrig mitschrieb.

»Was ist damals genau passiert, Mama, weißt du etwas darüber? Kann es sein, dass dieser Fritz Winter – beziehungsweise sein Sohn – dein geheimnisvoller Besucher war? Oder dass Winter derjenige ist, der das Kind entführt hat? Es ist doch merkwürdig, dass dieser Herr Meister ausgerechnet diesen Namen aufgeschrieben hat.«

Anna Katharina Feldmann seufzte und strich sich ihr sorgfältig frisiertes, silbergraues Haar zurück. »Nachdem Johann Meister gegangen war, habe ich Nachforschungen anstellen lassen. Zuerst dachte ich auch, dass er möglicherweise irgendetwas mit Winter zu tun hat und vielleicht sogar davon wusste, dass meine Großmutter ein Kind von ihm geboren hat. Ich dachte, er wäre gekommen, um sich sein Wissen nun von uns bezahlen zu lassen. Allerdings habe ich dann herausgefunden, dass Fritz Winter 1943 an die Front geschickt wurde. Entweder hat er es gewusst und wollte deshalb mit meiner Mutter davon laufen, oder aber es traf ihn überraschend. Jedenfalls konnte er sein Versprechen, sie mitzunehmen, nicht mehr einlösen. So oder so, er war zum vereinbarten Zeitpunkt nicht am verabredeten Ort. Und wie ich weiter erfahren habe, ist er aus dem Krieg nicht zurückgekehrt. Es ist nicht ganz klar, wo er gefallen ist. In den Akten vom Roten Kreuz wird er als Kriegsopfer geführt. Ich denke nicht, dass meine Mutter das wusste. Wie hätte sie auch Fragen stellen können, und vor allem, wem?"

»Fritz Winter ist also seit mehr als sechzig Jahren tot?«, warf Marie ein.

»Ich denke ja. So wie es aussieht, hat er keine Nachkommen gehabt. In ihrem Tagebuch schrieb meine Mutter nur, dass er Mutter und Schwester hatte. Die Agentur, die ich mit den Nachforschungen beauftragte, konnte deren Spuren tatsächlich bis 1960 verfolgen, dann verstarben beide bei einem Häuserbrand. Darüber gibt es Unterlagen, so dass keiner der beiden hinter der jetzigen Erpressung stecken kann.«

»Hat sich dieser Johann Meister noch einmal bei Ihnen gemeldet oder versucht, mit Ihnen in Kontakt zu treten?«, wollte Marie wissen, aber Anna Katharina Feldmann schüttelte den Kopf.

Constanze Feldmann erhob sich aus ihrem Sessel und trat an das Fenster zum Vorgarten. »Was hat es bloß mit diesem Schmuck auf sich, dass jemand einen dermaßen komplizierten Plan ausheckt, um in seinen Besitz zu kommen?«

»Streng genommen hätte meine Mutter den Schmuck damals zurückgeben müssen, aber an wen und wie?«, nahm Anna Katharina Feldmann den Faden wieder auf. »Sie wusste, dass sie ein Kind von Fritz Winter erwartete. Vielleicht dachte sie, dass dieses Kind ein Anrecht auf sein Erbe hätte, auch wenn es natürlich offiziell unter dem Mantel ihrer Ehe geboren wurde.«

Die Tochter nickte nur, es erschien ihr nicht einmal merkwürdig, dass ihre Mutter von sich selbst als »dem Kind« sprach. Aber der neutrale, fast unbeteiligte Ton half, die ganze Angelegenheit sachlich zu behandeln. Es blieb die Frage, wie eine dritte Person Kenntnis über das Schließfach in der Schweiz und dessen Inhalt erlangt haben konnte.

In diesem Moment klingelte Susannes Handy, sie entschuldigte sich und nahm das Gespräch entgegen.

»Wir müssen weg, das Zeitungsbild unseres Verdächtigen ist von einer Hotelangestellten erkannt worden. Bis heute morgen hat er in ihrem Hotel gewohnt.«

Als sich die beiden Kommissarinnen verabschiedet hatten, saßen sich Mutter und Tochter eine Zeit lang schweigend gegenüber.

»Max ist gegangen«, sagte Constanze unvermittelt.

»Es ist besser so, glaub' mir, Kind.«

»Das weiß ich. Er hat mich betrogen, belogen und bestohlen. Wie soll ich ihm jemals wieder trauen können?«

»Am besten, du ziehst einen Schlussstrich unter all das.« Anna Katharina Feldmann streckte beide Hände aus, und Constanze ging hinüber zu ihrer Mutter an den Sessel. Sie umarmten sich, das erste Mal seit langer Zeit.

Das Hotel ‚Domspitzen' lag zentral, nicht weit entfernt vom Kölner Dom. Die junge Angestellte erwartete die beiden Kommissarinnen an der Rezeption.

»Herr Meister hat für mehrere Wochen bei uns ein Zimmer bezogen. Das ist ungewöhnlich, unsere Gäste bleiben meist nicht so lange. Daher ist er mir auf dem Bild in der Zeitung sofort aufgefallen.«

»Vor wie vielen Wochen genau hat er eingecheckt?«, erkundigte sich Marie Thalbach.

Die Hotelangestellte schlug das Reservierungsbuch auf und blätterte einige Seiten zurück. »Herr Meister ist am Montag, den 10. November, hier angekommen. Er wollte vier Wochen bleiben, weil er für ein Buch recherchieren würde.«

Susanne Drewitz zog die Zimmerbuchungen zu sich heran und überprüfte den Eintrag. »Wieso ist hier keine Adresse eingetragen?«

»Das muss wohl irgendwie untergegangen sein . . .« Unsicher blickte das junge Mädchen zu Boden.

»Sie wollen jetzt nicht andeuten, er habe sich nicht mit seinem Ausweis identifiziert?«, bohrte Marie nach.

Susanne schlug mit der flachen Hand auf den Tresen. »Es ist uns total egal, ob Sie hier schwarz abrechnen. Wir sind nicht vom Finanzamt. Aber es geht um einen Kriminellen, wahrscheinlich um einen Mörder, und wir sind so nah dran.« Sie hielt Daumen und Zeigefinger wenige Zentimeter auseinander.

»Hätten Sie sich den Personalausweis zeigen lassen, wie es das Gesetz verlangt, hätten wir ihn so gut wie am Haken«, erklärte Marie. »Aber irgendwelche Spuren muss er hinterlassen haben!«

»Er hat ein Auto gemietet. Sicher hat er da seinen Führerschein vorzeigen müssen!«, versuchte die Angestellte den Fehler wieder gutzumachen. Sie habe ihm den Anbieter empfohlen, mit dem sie immer zusammen arbeiten würden.

Marie Thalbach informierte Hauptkommissar Hans-Joachim Schlüter sofort telefonisch und Schlüter entschied, Jürgen Thiele und einen weiteren Kollegen zum benannten Unternehmen ‚Auto Köln' zu schicken.

Susanne und Marie ließen sich den Schlüssel zu dem Zimmer geben, das der Mann bewohnt hatte. Natürlich war es zwischenzeitlich gereinigt worden, aber sie wollten sich einen Eindruck verschaffen.

Das Zimmer wirkte leicht abgewohnt und wies etliche Schrammen an den hellen Wänden auf. Ein schmales Bett, daneben ein Nachttisch, gegenüber ein Einbauschrank und ein Schreibtisch in Bucheoptik. Neben einem schwarzen Kunstledersessel stand eine Stehlampe mit einem kegelförmigen Schirm aus hellgrünem Stoff.

Der Blick aus dem doppelflügeligen Fenster ging in einen Hinterhof hinaus. Marie versuchte sich vorzustellen, wie der Mann hier gesessen und seinen Plan ausgearbeitet hatte. Sie waren ihm endlich auf der Spur. Zwar hatte er einen leichten Vorsprung, aber sie waren nah dran.

»Du, Susanne, schau mal, was ich im Papierkorb im Bad gefunden habe!«, Marie hatte sich Einweghandschuhe übergezogen und hielt einige Papierfetzen in der Hand. »Gut, dass die Zimmermädchen hier genauso schlampig arbeiten wie das Empfangspersonal«, grinste sie.

Die Fotografien waren zwar mehrfach durchgerissen worden, aber einige Teile ließen sich leicht wieder zusammensetzen. Susanne streifte ebenfalls dünne Gummihandschuhe über und griff sich zwei der Fragmente. Sie zeigten ein kleines Mädchen mit einem rosafarbenen Schulranzen an der Hand seiner Mutter. Jasmin und Isabelle Meinert.

»Die Bilder sind nicht sehr scharf«, urteilte Marie. »Wir werden sie ins Labor geben. Aber allein diese beiden Stücke bestätigen schon, dass unser Mann in diesem Zimmer gewohnt hat.«

Auf dem Weg zurück ins Präsidium schlug Susanne vor, bei den Kollegen nachzufragen, ob deren Besuch bei ‚Auto Köln' zu neuen Erkenntnissen geführt hatte. Während Susanne den Wagen durch den dichten Verkehr lenkte, telefonierte Marie mit Jürgen Thiele. Er berichtete, dass bei dieser Autovermietung niemand auf den Namen Johann Meister einen Wagen gemietet hatte. »Es lag auch keine Reservierung vor, die in voller Länge in den entsprechenden Zeitraum passen würde«, meinte Thiele resigniert. »Wir sind jetzt dabei, weitere Autovermietungen im näheren Umkreis abzuklappern.«

»Schade, damit verlieren wir Zeit. Wer weiß, wo Meister jetzt steckt. Sicher ist er gerade dabei, Köln zu verlassen.« Marie seufzte enttäuscht.

Plötzlich bog Susanne scharf nach rechts ab in eine kleine Seitenstraße. Sie nuschelte etwas von »Unfall« und »Umfahren«.

Marie rieb sich den Ellbogen, mit dem sie an die Beifahrertür geknallt war. »Halt! Was war das da eben?« Sie drehte sich um und versuchte ein Firmenschild am Straßenrand zu lesen. »Halt bitte mal an. Ich glaube, wir sind gerade an einer Autovermietung vorbei gefahren.«

Susanne drosselte die Geschwindigkeit, fand aber nicht sofort eine Parklücke. Schließlich stellte sie den Wagen in einer Toreinfahrt ab. Marie hatte ihren Gurt schon abgeschnallt und öffnete die Tür. Sie lief ein paar Schritte vor und rief Susanne dann zu, ihr zu folgen.

Das Ladenlokal war nur klein und schien neu zu sein,

denn vor dem Eingang flatterte ein Werbebanner mit dem Aufdruck ‚Sonnige Eröffnungsangebote'. Als Marie und Susanne die Tür aufdrückten, ertönte eine melodische Klingel. Sofort trat ein junger Mann aus einem Nebenraum hervor und begrüßte sie hinter einer leuchtend gelben Theke. »Willkommen bei Sunny Cars. Wie kann ich Ihnen helfen?«

Die beiden Kommissarinnen stellten sich vor und Susanne legte das Phantombild auf den Tresen. »Haben Sie diese Person schon einmal gesehen?« Sie schob dem jungen Mann das Foto hinüber.

»Ja«, antwortete er zu ihrer Überraschung. »Der Mann hat bei uns einen Wagen gemietet und heute morgen zurück gebracht. Deshalb erinnere ich mich auch sofort an ihn«, fügte er erklärend hinzu.

Klasse, dachte Marie, was für ein Glück, dass wir in diese Straße abbiegen mussten. Sie fragte, ob der Mitarbeiter sich an die genaue Rückgabezeit erinnern könne und ob der Mann vom Phantombild gesagt habe, ob er zum Flughafen oder zum Bahnhof wolle.

Der junge Mann tippte etwas in die Tastatur seines Computers ein, zog danach einen Ordner aus einem Schrank und schlug diesen auf. »Hier ist der Mietvertrag und die Rückgabenotiz.« Er zeigte die beiden Dokumente, die aber nicht mit dem Namen Johann Meister unterschrieben waren.

»Sie sind sicher, dass der Mann vom Phantombild diesen Vertrag unterschrieben hat?«, fragte Susanne.

Der junge Mann bestätigte dies, da er den Vertrag selbst ausgefüllt und bei der Unterschrift zugesehen habe. »Außerdem habe ich eine Kopie seines Ausweises abgeheftet.« Damit blätterte er eine weitere Seite um und präsentierte den Kommissarinnen die Kopie einer Schweizer Identitätskarte.

In der linken Ecke prangte ein weißes Kreuz auf rotem Grund, darunter ein Foto, das zwar nicht besonders gut zu erkennen war, aber durchaus Ähnlichkeit mit dem Phantombild aufwies.

»Georg Neubauer«, las Marie vor.

»Und«, warf der hilfsbereite Mitarbeiter strahlend ein, »er hat mich nach dem Weg zum Bahnhof gefragt.«

Unter Missachtung der Vorfahrtsregeln schoss Susanne aus der kleinen Straße hinaus, kreuzte eine andere und ordnete sich dann auf der Spur ein, die in Richtung des Kölner Hauptbahnhofes führte.

»Vor drei Stunden hat Neubauer alias Meister seinen Mietwagen zurückgegeben. Er könnte also noch am Bahnhof sein.« Marie trommelte mit den Fingerspitzen auf ihren Oberschenkel. »Ich rufe Verstärkung!«

Schnell informierte sie Hauptkommissar Schlüter über die jüngsten Ereignisse. Der versprach, sofort weitere Kollegen zum Hauptbahnhof zu schicken. Das Phantombild würde umgehend an die Schutzpolizei verteilt, die dort auf ihrer Routinetour im Einsatz war.

»Der Wohnort auf seinem Ausweis lautet ‚Untereggen'. Wir müssen wissen, welche Zugverbindung er nehmen könnte, wenn wir davon ausgehen, dass er nach Hause fährt. Richtung Basel oder Zürich? Und wir brauchen die Abfahrtszeiten von Köln aus beginnend von vor drei Stunden bis in etwa einer Stunde.«

Schlüter sicherte zu, dass ihnen die nötigen Informationen schnellstens übermittelt würden.

Susanne bog zwischenzeitlich auf dem Bahnhofsvorplatz ein und stellte den Wagen am Ende der Taxispur ab. Sofort hupte einer der Taxifahrer und gestikulierte aus dem Fenster heraus. Im Laufen zückte Marie ihren Ausweis und hielt ihn in Richtung des aufgebrachten Fahrers. Für Erklärungen blieb jetzt keine Zeit. In diesem Moment klingelte Susannes Mobiltelefon. Sie lauschte wortlos und beendete die Verbindung mit einem knappen »Danke«.

»Gleis sechs, in einer halben Stunde.«

»Ist das die einzige Verbindung?« Marie stieß fast mit der Kollegin zusammen, als diese abrupt stehen blieb.

»Vor zweieinhalb Stunden fuhr ebenfalls ein Zug nach Zürich, aber ich bezweifle, dass er das zeitlich geschafft hat. Gleich werden hier jede Menge Kollegen eintreffen, die anhand des Phantombildes den Bahnhof nach unserem Mann durchsuchen. Wir konzentrieren uns auf Gleis sechs. Irgendwo da in der Nähe muss er jetzt sein. Den kriegen wir!« Schon hatte Susanne sich abgewandt und lief mit großen Schritten durch die Vorhalle auf den Bereich zu, von dem aus die Gleisaufgänge abzweigten. Marie blickte sich um, sie konnten nicht alle Ladengeschäfte nach Neubauer durchsuchen, aber früher oder später würden sie ihn so oder so entdecken. Sie oder die uniformierten Kollegen, die sicher schon an Gleis sechs aufliefen und dort Ausschau nach dem Verdächtigen hielten. Wenn sie selbst mit dem Zug reiste, kaufte sie immer vorher eine Zeitschrift oder etwas zu essen. Sie blickte sich um. Zu ihrer Rechten sah sie einen Buchladen mit einer großen Auswahl an Zeitungen und Magazinen. Aber Susanne war schon so weit vorgestürmt, dass sie ihr ihre Idee nicht vorschlagen konnte, ohne ihr laut hinterher zu rufen. Marie beschleunigte ihre Schritte und schaute sich aufmerksam in der Halle um. Ein Backshop, Burger King, ein Asia Imbiss, ein Wurststand, vor dem eine lange Schlange stand. Die aufgestellten Sitzgelegenheiten waren alle besetzt, an einem mobilen Informationsstand der Deutschen Bahn gab eine Angestellte Auskunft über Verspätungen und verteilte Kaffee in Pappbechern. Fast hatte Marie die Kollegin erreicht, da sah sie hinter einem Müllcontainer einen Mann auf einer Zweierbank sitzen. Neben ihm stand eine Aktentasche. Eben wischte er sich die Finger an einer Serviette ab und warf diese in den Abfallbehälter. Sie tippte Susanne an die Schulter und deutete auf den Wartenden.

*

Er hatte noch einen Platz auf einem der fest installierten Metallstühle in der Mitte der Halle ergattert. Noch eine halbe Stunde, dann käme sein Zug. Er stellte die Aktentasche neben sich auf den zweiten Sitz und biss herzhaft in die heiße Mettwurst, die er bei ‚Meister Bock' gekauft hatte. Bald hatte er es geschafft, bald lag alles hinter ihm. Er würde Deutschland den Rücken kehren. Seine Hand wanderte über die Aktentasche. Er spürte das kühle Leder unter seinen Fingerkuppen. In dieser Tasche lag seine Vergangenheit, die Geschichte seines Vaters, der Besitz der Familie. Er würde alles sicher nach Hause bringen. Endlich. Er malte sich den Gesichtsausdruck seiner Eltern aus, wenn er zurückkehren und berichten würde. Er glaubte die Erleichterung ahnen zu können, die das Herz seines Vaters erfüllen musste, wenn er ihm den Inhalt der Tasche zeigte. Er hatte das nicht für sich getan, sondern für die Familie. Damit sie endlich Frieden finden konnte.

*

»Entschuldigen Sie bitte! Im Rahmen einer Routinekontrolle möchten wir gerne Ihre Papiere sehen.«

Er hob den Kopf. Zwei Frauen standen rechts und links von ihm. Die Blonde mit der Igelfrisur hatte eine Hand an ihre Hüfte gelegt. An ihrem kleinen Finger trug sie einen breiten Silberring. Sie war ungeschminkt. Im Gegensatz zu der anderen Frau, die er mit ihren dunklen Locken und den großen Augen fast attraktiv fand. Sein Herz begann schneller zu schlagen.

»Was? Eine Ausweiskontrolle? Ich habe Deutschland doch noch nicht verlassen.«

»Bitte zeigen Sie uns Ihren Ausweis, es ist reine Routine.«

Die Kurzhaarige hielt ihm ihren Ausweis hin, der sie als Polizeibeamtin auswies. Der Lockenkopf lächelte ihn an, wie um entspannte Gelassenheit zu verbreiten. Gedanken rasten durch seinen Kopf, aber er zwang sich zur Ruhe. Er war nur ein Tourist. Oder ein Geschäftsreisender auf dem Weg zurück nach Hause. Er griff in sein Jacket und holte das Lederetui hervor, in dem er seinen Personalausweis verwahrte.

»Georg Neubauer, wohnhaft in Untereggen in der Schweiz«, las die Größere der beiden halblaut vor, und er glaubte, einen angespannten Unterton wahrzunehmen.

»Weshalb waren Sie in Deutschland, Herr Neubauer?«

Im Blick der Beamtin lag eine Intensität, die ihn aufmerken ließ.

»Eine Geschäftsreise in Verbindung mit einigen Tagen Erholung.«

Seine Beine zuckten. Er dachte kurz an Flucht, aber seine Position war ungünstig. Die beiden Polizistinnen standen zu nah vor ihm. Sobald er nach seiner Tasche greifen würde, wüssten sie, was er vorhatte. Seine Gedanken überschlugen sich. Schweißperlen sammelten sich auf seiner Stirn. Er hatte nicht bemerkt, dass andere Fahrgäste ebenfalls überprüft worden wären. Wie unachtsam von ihm, dass er seine Umgebung aus den Augen gelassen hatte. Sich in Sicherheit gewogen hatte. Wütend ballte er die Hand zur Faust.

»Herr Neubauer, wir müssen Sie bitten, uns ins Polizeipräsidium zu begleiten.«

»Das geht nicht, mein Zug kommt gleich.« Wie lächerlich. Es war zu spät. Er hatte keinen Plan für eine Flucht. Damit hatte er nicht gerechnet. Jetzt nicht mehr.

»Sie missverstehen mich. Das ist keine Bitte, sondern eine Anweisung.« Die Kurzhaarige, die sich als Oberkommissarin Drewitz vorgestellt hatte, schaute ihn grimmig an.

Er lachte trocken auf. »Sie können nicht einfach Leute mitnehmen, wie Ihnen das gerade einfällt. Ich bin ein freier Mann.«

»Sie sind kein freier Mann mehr, Herr Neubauer. Sie

sind vorläufig festgenommen wegen des Verdachts des Mordes und der Entführung in Tateinheit mit räuberischer Erpressung. Alles, was Sie von jetzt an sagen, kann vor Gericht gegen Sie verwendet werden.«

Dann ging alles blitzschnell. Noch bevor er wusste, wie ihm geschah, waren da plötzlich mehrere Beamten in Uniform. Kurz darauf klickte es, und kaltes Metall schloss sich um seine Handgelenke.

Mit abweisendem Blick saß Georg Neubauer auf dem Stuhl im Vernehmungsraum. Vor ihm auf dem Tisch stand ein Mikrofon. Die Kommissarin mit den braunen Locken, er glaubte sich an den Namen Thalbach zu erinnern, saß ihm gegenüber, während die Kurzhaarige, deren Namen er schon wieder vergessen hatte, im Zimmer auf und ab ging. Er sah hinüber zu dem obligatorischen Spiegel an der Wand und hielt seinen Blick für einige Sekunden in dessen Mitte gerichtet. Neben der Tür stand ein Polizeibeamter in Uniform, der an ihm vorbei schaute und die Arme vor seinem Körper verschränkt hielt. Georg Neubauer legte die Hände auf den Tisch, faltete sie, und lehnte sich auf dem einfachen Metallstuhl zurück.

Kommissarin Thalbach legte einen Stoffbeutel auf die Tischplatte. Neubauer ignorierte ihre Bewegungen und fixierte einen imaginären Punkt an der Wand, nicht bereit, ihr auch nur einen Schritt entgegen zu kommen. Warum auch, er hatte nichts mehr zu verlieren. Die Frau zog umständlich mehrere Schatullen hervor und öffnete eine nach der anderen. Niemand sprach ein Wort. Schließlich hatte sie den Schmuck und die Verpackungen im Halbkreis auf dem Tisch angeordnet und sah ihn schweigend an. Seine Hände lagen ruhig auf der Kunststoffoberfläche des Tisches. Er sagte nichts, blickte ihr trotzig in die Augen. Auf der Fahrt ins Präsidium hatte er sich wieder gefasst und die Kontrolle über sich zurück gewonnen.

»Herr Neubauer, dieser Schmuck gehört Constanze Feldmann. Können Sie uns erklären, wie er in Ihre Aktentasche gelangt ist?«, fragte die andere Kommissarin und stellte sich neben ihre Kollegin.

»Ich weiß nicht, wer den Schmuck in meine Tasche gesteckt hat. Meine Antwort lautet: Nein, ich kann Ihnen nicht sagen, wie er dort hinein gelangt ist.« Er war nicht bereit, ihr Spielchen mitzuspielen. Warum sollte er? Er brauchte einen neuen Plan.

Marie Thalbach konnte nicht umhin, seine Kaltblütigkeit fast ein bisschen zu bewundern. Auf der anderen Seite machte es sie unendlich wütend, dass er versuchte, so zu tun, als habe man ihm die Beutestücke untergeschoben. Aber sie würden ihn kriegen, da war sie ganz sicher. Schließlich hatten sie genug Zeugen und Beweise.

Neubauer entschloss sich, jede weitere Aussage zu verweigern. Deshalb entschied Susanne Drewitz, ihn abführen zu lassen. Vielleicht würde eine Nacht in der Arrestzelle Neubauer etwas zermürben und ihn zugänglicher machen.

Dreizehn

In der Nacht war Marie nur wenig zur Ruhe gekommen. In Gedanken hatte sie mehrfach die Vernehmung Georg Neubauers durchgespielt. Sie hoffte, dass er die Ausweglosigkeit seiner Situation mittlerweile erkannt hatte und nun bereit war, mit ihnen zu reden. Eilig stürzte sie eine Tasse schwarzen Kaffee hinunter, fasste die verwuschelten Locken halbwegs ordentlich zusammen und steckte sie mit einer türkisfarbenen Haarspange fest.

Nachdem Marie und Susanne bei der Morgenbesprechung ihre Teamkollegen über die Umstände der Festnahme Neubauers am späten Abend in Kenntnis gesetzt hatten, begaben sie sich wieder in das Vernehmungszimmer, wo der Verdächtige schon auf sie wartete.

»Herr Neubauer, Sie wissen, weshalb Sie hier sind?«, begann Susanne die Vernehmung und lehnte sich an die Wand gegenüber dem Tisch, an dem der Verdächtige saß.

Neubauer sah zu ihr auf und schüttelte den Kopf.

Er will sich dumm stellen, dachte Susanne und atmete tief ein. »Sie haben Johann van Schuuren aufgesucht. Was wollten Sie von ihm?«

Georg Neubauer sah sie nur abschätzend an.

»Was wollten Sie von Frau Feldmann?«

Der Angesprochene blickte schräg an Susanne vorbei auf einen Punkt in der Ecke.

»Sagen Sie es mir!«, forderte er Susanne auf. Er legte den Kopf in den Nacken, als studiere er die Zwischenräume in der Zimmerdecke.

»Es wird Ihnen nicht helfen, wenn Sie schweigen. Aber es würde Ihnen helfen, sich kooperativ zu zeigen. Nun, heute Vormittag gibt es eine Gegenüberstellung. Sie waren in den letzten vier Wochen in Köln, Sie haben Spuren hinterlassen. Und Sie haben Menschen getroffen. Wir wissen eine Menge über Sie.«

Marie legte die Fotos aus dem Hotel auf den Tisch, die von den Kollegen wieder zusammen gefügt worden waren.

»Sie haben zum Beispiel diese Personen beobachtet, um nicht zu sagen, ausspioniert. Wir haben diese Fotos aus dem Hotel, in dem Sie gewohnt haben. Dort haben wir Ihre Fingerabdrücke gefunden. Und nicht nur dort. Sie haben mit verschiedenen Personen gesprochen, und diesen Personen werden wir Sie gegenüberstellen. Wir werden beweisen können, was Sie in den letzten Wochen in Köln getan haben.«

Georg Neubauer schwieg, als ließe ihn all das kalt.

»Herr Neubauer«, mischte sich Marie in das Gespräch. »Es wäre besser für Sie, wenn Sie . . .«

»Warum soll ich Ihnen erzählen, was Sie schon zu wissen glauben?«, unterbrach Neubauer die Kommissarin. »Ich will einen Anwalt«, sagte er, lehnte sich in seinem Stuhl zurück und verschränkte die Arme vor der Brust.

Bei der Gegenüberstellung erkannten sowohl die Hausdame, die Hotelangestellte, die beiden Frauen aus dem Vincenz-Haus als auch Anna Katharina Feldmann Georg Neubauer als den Mann, der sich zeitweise als Geschichtswissenschaftler ausgegeben hatte. Schließlich stand Jasmin Meinert in Begleitung ihrer Mutter und der Psychologin hinter der sicheren Glasscheibe und identifizierte Georg Neubauer eindeutig als den Mann, der sie in sein Auto gelockt und der sie in dem Verlies gefangen gehalten hatte.

Am Nachmittag konfrontierten Marie und Susanne ihn mit den Ergebnissen ihrer Ermittlungen.

»Wir wissen, dass Sie Jasmin Meinert entführt und den Schmuck der Familie Feldmann erpresst haben. Wir wissen, dass Sie den Hausmeister im ehemaligen Mannschaftshaus am Stadtwald ermordet haben. Die Hautpartikel unter den Fingernägeln des Toten stimmen mit Ihrer DNA überein. Das einzige, was wir noch nicht wissen . . .«, Susanne stützte beide Hände auf der Tischplatte ab und beugte sich Neubauer halb entgegen, ». . . was wir noch nicht wissen, ist, in welcher Beziehung Sie zu Fritz Winter stehen, der den Schmuck Anfang des Krieges seiner Freundin Margarethe Feldmann geschenkt hat.«

»Ist Fritz Winter Ihr Vater?«, bohrte Marie. »Wollten Sie den Schmuck erpressen, weil Sie glauben, Sie hätte ein Anrecht darauf? Haben Sie zwei Menschen umgebracht, weil sie Ihnen bei der Entführung im Weg waren?«

»Hören Sie auf!« Neubauer donnerte seine Faust auf den Tisch und ließ Marie zusammen fahren. »Niemals nennen Sie meinen Namen in einem Satz mit dem dieses Verräters!«

Überrascht wechselten Marie und Susanne einen Blick, keine der beiden hatte mit einem derartigen Ausbruch gerechnet.

»Mein Vater ist ein Ehrenmann. Anders als dieser Verräter. Winter hat meinen Vater bestohlen – um das, was ihm gehörte und um sein Leben!« Aus seinen Augen sprühte Hass.

»Der Schmuck gehört Ihrem Vater?«, fragte Marie in der Hoffnung, Neubauer endlich zum Reden zu bringen.

»Der Schmuck war über Generationen im Besitz meiner Familie. Mein Vater hat vor dem Krieg mit seinen Eltern in Köln-Lindenthal gelebt. Als mein Großvater eingezogen wurde, wusste er nicht, wie es weitergehen sollte, und so vertraute mein Vater seinem besten Freund den Familienschmuck an. Dieser Junge war Fritz Winter!« Neubauer spuckte verächtlich auf den Boden. »Aber Winter war kein Freund, sondern ein Verräter!«

»Können Sie das näher erklären?«, hakte Susanne nach. »Womit konnte Fritz Winter Ihren Vater denn verraten – sie waren doch fast noch Kinder.«

»Die Mutter meines Vaters war Halbjüdin. Fritz Winter denunzierte sie, und so wurden sie und mein Vater nach Theresienstadt deportiert.« Neubauer ließ die Arme in den Schoß sinken, als habe ihn alle Kraft verlassen. »Wenn die Vergangenheit nicht gesühnt ist, gibt es keine Zukunft.« Seine Augen verengten sich zu Schlitzen. »Der Schmuck ist Eigentum unserer Familie. Ich habe nur zurückgeholt, was uns gehört.«

»Erwarten Sie kein Verständnis«, schaltete sich Marie Thalbach ein. »Was geschehen ist, können Sie nicht durch weiteres Unrecht gutmachen. Sie haben zwei unschuldige Menschen getötet, nur weil sie Ihnen im Weg waren!«

Georg Neubauer lachte auf. »Wer ist schon ohne Schuld?«

»Das haben Sie nicht zu entscheiden«, sagte Marie.

»Winter ist Schuld am Tod meiner Großmutter. Er hat aus meinem Vater einen gebrochenen Mann gemacht.«

»Wie sind Sie auf die Spur des Schmuckes gestoßen«, unterbrach ihn Susanne.

»Nennen Sie es Zufall, nennen Sie es Schicksal.« Neubauer wischte mit der flachen Hand über die Tischplatte. Er sei als Bankangestellter zu der Zweigstelle in Rheineck versetzt worden und über den Namen ‚Feldmann' gestolpert. Sein Vater hatte ihm von Margarethe Feldmann und ihrer Verbindung zu Fritz Winter erzählt. Als er diesen Namen nun plötzlich vor Augen hatte, war ihm dies als Wink des Schicksals erschienen, endlich etwas zu unternehmen. Die Familie Feldmann war in Köln eine bekannte Größe. Es war nicht schwer, ihre Spuren über die Jahre zu verfolgen. Er war überzeugt, dass Anna Katharina Feldmann die uneheliche Tochter von Fritz sein musste. Er beschloss, die Familie auszuspionieren und im geeigneten Moment zuzuschlagen, um sie genauso zu zerstören, wie seine Familie zerstört worden war. Wegen des Nervenkitzels hatte er Anna Katharina Feldmann persönlich aufgesucht. Zudem hatte er prüfen wollen, wie weit sie sich reizen ließ. Ursprünglich hatte er sie selbst mit seinem Wissen erpressen wollen, aber leider hatte sie auf seine Anspielung mit dem Namen ‚Winter' nicht so reagiert, wie er es sich ausgemalt hatte. Während seines Besuches war in ihm der Plan gereift, wie er an den Schmuck seiner Familie gelangen konnte. Er wollte Constanze Feldmann entführen. Auf der Suche nach einem geeigneten Versteck für sein Entführungsopfer war er über die alte Kapelle auf dem ehemaligen Militärgelände gestolpert. Es war ihm passend erschienen, sich in der Nähe des Hofes umzusehen, in dem seiner Meinung nach die Zerstörung seiner Familie begonnen hatte. Die Kapelle stand leer, niemand schien sich um sie zu kümmern. »Wenn man als jemand unterwegs ist, der Informationen für ein Buch zusammenträgt, sind die Leute gerne bereit, einem zu helfen«, erklärte Neubauer. Er habe herausgefunden, dass der alte Pastor noch in Köln lebte und habe ihn daraufhin besucht. Von ihm erfuhr er nicht nur etwas über den Grundriss der Kapelle, wie er sich erhofft hatte, sondern auch etwas über einen längst vergessenen Gang zwischen der Kapelle und einem der äußeren Mannschaftshäuser. Für seinen Plan, Constanze Feldmann dort gefangen zu halten, war das die entscheidende Information. Nur der halb-senile Pastor und der damalige Hauswart des Kasernengeländes schienen von dem Gang überhaupt zu wissen.

Den ehemaligen Hauswart, an dessen Namen sich der Pastor leider nicht mehr erinnern konnte, habe er ebenfalls ausfindig gemacht. Reiter war bereit gewesen, sich mit ihm zu treffen. Er sei sogar richtiggehend heiß darauf gewesen, sich etwas dazu verdienen zu können und hätte ihm bereitwillig Informationen über Kapelle und den geheimen Gang gegeben. Überraschenderweise habe sich herausgestellt, dass der Wachdienst, bei dem Reiter beschäftigt war, im Hahnwald Streife fuhr. Er hätte das als Zeichen gedeutet und die Chance ergriffen, den Rentner über die Familie Feldmann auszufragen. Reiter hätte ihm für ein paar Euro gerne jede Auskunft erteilt, und ihm sogar eine spannende Begebenheit erzählt, die einige Jahre zurück lag.

Auf einer seiner abendlichen Touren durch das Viertel sei dem Wachmann Bernhard Reiter ein Streit aufgefallen. Die Kontrahenten waren Maximilian Feldmann und eine junge Frau. Feldmann habe die Frau stehen lassen und sei auf seinem Grundstück verschwunden. Die junge Frau hätte geweint und Reiter habe seinen Wagen angehalten, um ihr Hilfe anzubieten. Er erfuhr ihren Namen – Isabelle Meinert – und sie übergab ihm wütend einen Umschlag, den er dem Hausbesitzer, den sie mit Schimpfworten bedachte, wiedergeben sollte. In dem Umschlag hätte sich eine große Summe Geld befunden.

In Neubauer war der Gedanke gereift, dass ihm das Wissen um diesen Zwischenfall nützlich sein könnte. Es sei nicht schwer gewesen, die Adresse von Isabelle Meinert in Köln zu recherchieren. Er fand heraus, dass Isabelle mit ihrer Tochter allein lebte und habe nur eins und eins zusammenzählen müssen. Für ihn stand fest, dass Isabelle Meinerts Schwangerschaft der Anlass für den damaligen Streit mit Maximilian Feldmann gewesen sein musste.

»Warum haben Sie Michele Rizzo, den Hausmeister im alten Mannschaftsgebäude, umgebracht?«, fragte Susanne.

»Er hatte mein Versteck entdeckt, so dachte ich«, erklärte Neubauer. Er sei davon ausgegangen, dass der Hausmeister das Kind befreit hatte. Deshalb hätte er den Mann in seiner Wohnung aufgesucht, ihn erwürgt, in den Plastiksack gewickelt und im Schrank versteckt. Im Anschluss war er zum vereinbarten Treffpunkt gefahren, um das Lösegeld in Empfang zu nehmen. Er habe Panik gehabt, dass sein Plan doch noch platzen könnte.

»Sie haben sich geirrt. Rizzo hatte keinen Zweitschlüssel. Und er hat auch das Kind nicht befreit«, korrigierte Susanne. »Sie haben einen völlig unbeteiligten Menschen getötet.«

Aber das schien Georg Neubauer nicht zu rühren. Er sah nur, dass seinem Vater Unrecht geschehen war. Sich selbst verstand er als Medium zur Wiedergutmachung. Er schien kein Mitgefühl für andere Menschen zu haben, sah nur das Unglück der eigenen Familie.

»Aber noch einmal zurück zu Bernhard Reiter. Er hatte ihnen doch alles gegeben, was Sie wollten. Wieso musste er dennoch sterben?«, wollte Marie wissen.

»Er war zu neugierig. Er gefährdete meinen Plan, und schließlich wusste er zuviel«, erklärte Neubauer ungerührt.

Susanne schüttelte den Kopf. »Sie gehen eiskalt über

Leichen. Und das alles wegen dieser Schmuckstücke.«

»Sie haben keine Ahnung!«, fuhr Georg Neubauer sie an. »Das sind nicht irgendwelche Stücke – das ist das Erbe meines Vaters, das ihn wieder mit dem Leben versöhnt.«

Marie Thalbach ließ Neubauer nicht aus den Augen.

»Reiter war ein Mitwisser«, fuhr dieser fort. »Ein Mitwisser, der meinen Plan gefährden konnte. Er fing an, Fragen zu stellen, und einmal tauchte er vor der Kapelle auf. Da war mir klar, dass er verschwinden musste.«

Neubauer hatte Reiter in eine Falle gelockt. Er hatte ihm einen Job versprochen, im Umland etwas für ihn und sein Buch zu recherchieren. Darauf sei Reiter sofort angesprungen.

»Und so haben Sie es geschafft, dass Bernhard Reiter mit gepacktem Koffer auftauchte und angenommen werden musste, er habe eine Reise angetreten«, resümierte Susanne.

»Seine letzte Reise«, ergänzte Neubauer.

Nachdem Georg Neubauer zurück in die Arrestzelle gebracht worden war, setzte sich Marie an ihren Schreibtisch. Ihr erster Fall in Köln, und sie hatten ihn erfolgreich abschließen können. Sie dachte an die kleine Jasmin. Für sie war es letztlich gut ausgegangen.

Es war ein langer Tag gewesen, auf einmal spürte sie die Müdigkeit in ihren Gliedern.

»Na, Kollegin«, Jürgen Thiele war an ihren Schreibtisch getreten und lächelte sie freundlich an. »Jetzt haben wir uns alle den Feierabend verdient.«

Marie sah zu ihm auf und nickte. Sie sehnte sich nach einer heißen Dusche und einem Abend auf der Couch. Plötzlich gurgelte ihr Magen derart laut, dass sie verlegen auflachte. Auch Jürgen grinste.

Die Tür zu ihrem Dienstzimmer flog auf, und Katja Fehrenbach bat um Aufmerksamkeit. »Los Leute, eine Runde Pizza, bevor wir alle nach Hause fahren!«

Zustimmendes Gemurmel erhob sich unter den Kollegen, und Katja gab ein Blatt Papier und den Prospekt des Lieferservices herum, damit jeder seine Bestellung notierte. Als sich alle eingetragen hatten, wandte sich die junge Kriminalbeamtin an Susanne, die eben ein Telefonat beendete. »Wir bestellen alle Pizza. Möchtest du auch?« Katja hielt ihr die Bestellliste hin.

Marie dachte an ihr Gespräch mit Susanne vor ein paar Tagen. An den Abend, als Jürgen Thiele vorgeschlagen hatte, sie alle sollten zu Maries Einstand ein Kölsch trinken gehen. An Susannes Ablehnung damals. An die Sticheleien, die sie während ihrer Zusammenarbeit immer mal wieder platziert hatte.

Susanne drehte sich zu Katja um, nahm die Liste mit den Bestellungen der anderen entgegen, und ging damit auf Maries Schreibtisch zu. »Ein kleines Abschlussessen?«, sagte sie in die Runde. »Klar, warum nicht. Wir sind doch ein gutes Team!«

Da die Besitzverhältnisse nicht anders dokumentiert worden waren, wurde der Schmuck Constanze Feldmann zurückgegeben. Aber sie wollte dieses unselige Diebesgut nicht länger in ihrem Besitz wissen. Weder ihre Mutter noch sie selbst hatten Interesse daran, die Vergangenheit weiter lebendig zu erhalten. In einem Brief bot Constanze Feldmann an, den Schmuck – bis auf die fehlenden zehn Diamanten, die möglicherweise für den Wiederaufbau der Brauerei genutzt worden oder in die Kunstsammlung ihrer Großmutter geflossen waren – an Familie Neubauer zurückzugeben.

Das Antwortschreiben aus der Schweiz war kurz, von Frauenhand geschrieben, und nannte nur die Bankverbindung einer Stiftung für Holocaustüberlebende. Constanze Feldmann verstand. Auch in dieser Familie wollte niemand das Erbe der Vergangenheit annehmen. Einzig Georg Neubauer hatte das nicht begriffen.

Epilog

Der Regen peitschte ihm ins Gesicht, lief von den Haaren in den Nacken hinab und sammelte sich am Rande seines Hemdkragens. Vor ihm tauchten die Umrisse der Kaserne auf. Die beleuchtete Auffahrt wies ihm die Richtung.

Er hatte es den Freunden nicht sagen können, aber dieser Abend war ein Abschied gewesen. Vielleicht würden sie sich irgendwann wiedersehen, wenn Gras über alles gewachsen war. Viel wahrscheinlicher aber war, dass es ein Abschied für immer sein würde. Ein paar Tage noch, dann würde für ihn und Margarethe ein neues Leben beginnen. Fritz lächelte und klopfte im Gehen den Regen von seinen Schultern, obwohl die Jacke schon völlig durchnässt war. Er war selbst überrascht von seinem Mut, aber als Margarethe ihm gesagt hatte, dass sie ein Kind erwartete, war ihm klar gewesen, dass er handeln musste. Ein Mann muss Entscheidungen treffen, und genau das hatte er getan. Es war ihm nicht leicht gefallen, aber er war sicher, dass Hans, seine Mutter und seine Schwester ihn verstehen würden. Auch wenn es vielleicht eine Weile dauerte. Wie man es auch sehen wollte, für ihn und Margarethe gab es nur diesen Weg.

Den Karton, den Hans ihm anvertraut hatte, hatte sie jetzt als Pfand dafür, dass er sein Wort halten würde. Er wusste, dass sie Angst hatte, so wie er. Aber er wusste auch, dass sie ihm vertraute, an den gemeinsamen Plan glaubte. In drei Tagen wäre es soweit. Sie würden sich nach Antwerpen durchschlagen und sich dort auf ein Flüchtlingsschiff nach Amerika schmuggeln. Fritz hatte keine Ahnung, ob das so einfach klappen würde, aber er hoffte, dass er ihnen beiden zur Not mit den Diamanten einen Platz erkaufen konnte. Wenn sie erst einmal in Amerika angekommen waren, er eine Arbeit gefunden hatte und Geld verdiente, würde er Hans die Schachtel mit dem Schmuck zurückschicken. Schließlich wollte er den Freund nicht bestehlen – es sollte nur eine Leihgabe sein. Eine Sicherheit, dass sie die Flucht und den Neuanfang auf der anderen Seite der Welt meistern würden.

Er atmete tief ein und dachte an Margarethe, an ihre weichen Arme, die ihn so fest umschlangen, wenn sie sich heimlich trafen. An den Geruch ihres Haares und ihre Augen, die leuchteten, wenn sie ihn anlächelte. Es würde alles gut werden!

Der Wind war stärker geworden, und nun klatschten ihm Regentropfen wie Nadelstiche ins Gesicht. Bis nach Braunsfeld, wo er seit dem Tod des Vaters mit seiner Mutter und der Schwester in einer kleinen Arbeiterwohnung lebte, war es noch ein ganzes Stück. Alles Fluchen half nichts, er musste weiter. Der Weg, der an der Kaserne vorbei führte, war schlammig und aufgeweicht. Fritz war gespannt, ob es im Zaun noch das Loch gab, durch das er und Hans sich gezwängt hatten, als die Kaserne vor ein paar Jahren gebaut worden war. Natürlich war es verboten, sich auf dem Gelände der Wehrmacht aufzuhalten, aber gerade das machte es umso spannender. Damals waren ihm die Soldaten wie Abenteurer erschienen. Seit jedoch kaum eine Nacht der Fliegeralarm ausblieb, war der Krieg kein fernes Abenteuer mehr.

Die Latten am Zaun, die Hans und er damals gelockert hatten, ließen sich immer noch zur Seite schieben. Wie damals quetschte er sich durch den Spalt und lief auf den Unterstand zu, der sich in der Nähe befand. Hier hatten damals Reifen und Holzbalken gelagert, jetzt war der Unterstand leer. Frierend kauerte er sich in eine Ecke und beschloss, zu warten, bis zumindest der Wind etwas nachließ. Bisher war es ruhig gewesen, und er hoffte, dass nicht ausgerechnet an diesem Abend wieder feindliche Flugzeuge Bomben abwerfen würden. Eigentlich durfte er weder an diesem Ort noch überhaupt außerhalb der Wohnung sein.

Stimmen weckten ihn, und Fritz wurde bewusst, dass er eingeschlafen sein musste. Kurz darauf zerrten ihn zwei Soldaten zum Haupthaus.

»Junge, was machst du um diese Zeit auf der Straße? Und vor allem hier auf dem Gelände der Kaserne?« Der Leutnant musterte Fritz.

Wie hatte er nur einschlafen können? Er stotterte eine Antwort, dass er vor dem Regen Unterschlupf gesucht hatte. Seine Erklärungsversuche interessierten den Offizier nicht. Ohne ein Wort zu sagen, blickte er Fritz grimmig ins Gesicht. »Wo kommst du her?«

»Braunsfeld, es ist nicht weit . ..«

»Glaubst du, ich weiß nicht, wo Braunsfeld liegt?« Wütend hieb der Mann in Uniform mit seinem Stock auf den Dielenboden. Fritz zuckte zusammen. Er verstand den Ärger nicht, den er verursacht zu haben schien. Er hatte nichts getan, außer sich in eine Ecke des Unterstandes zu verkriechen. Und immerhin war er ja Deutscher und kein Kriegsfeind.

»Wie alt bist du?«

»Siebzehn«, sagte Fritz leise.

»Wir könnten ihn gleich hier behalten, wo er doch so unbedingt in die Kaserne wollte, was meinen Sie, Hauptgefreiter?«

Fritz erschrak, kalter Schweiß bildete sich auf seiner Stirn. Der diensthabende Offizier sprach bereits weiter, mehr zu sich selbst als zu Fritz, der kaum glauben konnte, in was für eine Situation er sich da gebracht hatte. »Für junge Kerle wie dich haben wir immer Verwendung!«

Fritz wollte schon antworten, dass er jede Arbeit übernehmen würde, dass er seine Strafe ableisten wollte, wenn sie ihn nur jetzt gehen ließen. Aber dann schwieg er. Schließlich war er ein Mann, und er wurde noch dazu bald Vater, da musste er sich angemessen verhalten.

»Heute Nacht bleibst du hier, und morgen werden wir prüfen, was wir mit dir machen.« Der Leutnant winkte einem Soldaten, dass er den Jungen mitnehmen sollte.

Plötzlich wurde Fritz doch mulmig. »Bitte, Sie müssen mich nach Hause gehen lassen . . .«

Der Offizier drehte sich langsam zu ihm um. »In Gewahrsam mit ihm!«, brüllte er.

In Fritz' Ohren rauschte das Blut. Nur ein paar Tage trennten ihn noch davon, mit Margarethe in ein neues Leben aufzubrechen, ohne nächtliche Bomben, ohne Krieg, und er war gerade dabei, all das zu gefährden.

»Bitte, darf ich sprechen?« Er wartete die Antwort nicht ab, was hatte er noch zu verlieren. Er berichtete von seiner Mutter, für die er zu sorgen hatte, seit der Vater in Russland gefallen war. Er sprach von der kleinen Schwester, die jede Nacht Angst vor der Sirene und den Bomben hatte. Er hatte schnell gesprochen, die Worte herausgepresst, aber im Gesicht des Offiziers war kein Verständnis zu finden. Es war still in dem halbdunklen Raum.

»Abführen!«

Der Befehl traf Fritz wie ein Schlag. Ehe er richtig überlegt hatte, bot er dem Offizier einen Handel an. »Wenn ich etwas weiß, lassen Sie mich dann gehen?«

Der Hauptgefreite blieb stehen, lockerte jedoch nicht den Griff um Fritz' Arm. Er wartete auf den Befehl seines Vorgesetzten. Zwei Augenpaare richteten sich auf den Leutnant.

»Nun?«

Fritz schluckte. Konnte er aussprechen, was ihm zuvor in den Sinn gekommen war? Ungeduldig pochte der Stock des Offiziers auf den Dielenboden. Es blieb keine Zeit zum

Überlegen. Er konnte den Mund halten, aber dann würden sie ihn einsperren, und wer wusste schon, ob er nicht sofort nach Russland geschickt werden würde? Fritz' Gedanken rasten. Er dachte an Hans, seinen besten Freund, und das Geheimnis, das dieser ihm anvertraut hatte. Margarethe fiel ihm ein, das Grübchen auf ihrer Wange, das sich vertiefte, wenn sie lachte. Wem war er mehr verpflichtet? Wem musste sein erster Gedanke gelten?

Der Griff des Soldaten um seinen Oberarm wurde kräftiger. Und Fritz traf eine Entscheidung.

»Es gibt noch Juden in Köln.«

Er hatte ausgesprochen, was er geschworen hatte, bis an sein Lebensende für sich zu behalten. Der Satz schwebte in seinem Kopf, schien immer größer und lauter zu werden. Um ihn herum passierte nichts.

Dann durchschnitt die harte Stimme des Leutnants die Stille. »Mitwisser sind nicht besser als das Judenpack selbst. Rede!«

Fritz wurde kalt, nicht nur wegen der nassen Klamotten an seinem Leib. Er hatte das untrügliche Gefühl, einen großen Fehler begangen zu haben. Aber es gab kein Zurück mehr. Leise nannte er den Namen der Mutter seines besten Freundes. Er wusste nicht genau, was passieren würde. Er hatte gehört, dass die jüdischen Nachbarn, die früher in ihrem Viertel gelebt hatten, weggebracht worden waren. Und keiner von ihnen war zurückgekommen. Er hatte gerade das Schlimmste getan, was ein Freund tun konnte: er hatte den Anderen preisgegeben, hatte ihn verraten. Denn in diesem Moment wurde ihm unmissverständlich klar, dass nicht nur die Mutter betroffen war, sondern auch der Sohn. Hans, sein bester Freund.

Das Blut in seinen Ohren rauschte, als er durch die Tür geschoben, eine Treppe hinunter und in einen kalten Raum gestoßen wurde. Der Schlüssel im Schloss drehte sich, und Fritz stand zitternd mitten in der dunklen Arrestzelle. Sie würden ihn nicht nach Hause lassen. Er würde den Freund nicht warnen können. Sie würden ihn in ein Ausbildungslager stecken und seiner Mutter einen Brief schicken. Einen Brief mit Wehrmachtssiegel, in dem ihr mitgeteilt würde, dass er einberufen worden war. Margarethe würde in drei Tagen am vereinbarten Treffpunkt stehen und vergeblich auf ihn warten.

Fritz ließ sich auf den kargen Steinboden sinken. Er legte das Gesicht in seine Hände. Die Tränen, die hart hinter seinen Augen brannten, wollten nicht kommen. Noch vor ein paar Stunden hatte er seine Zukunft geplant, hatte alles gehabt. Jetzt schaute er blicklos in die Dunkelheit und sah, was ihm geblieben war.

Sämtliche Figuren dieses Kriminalromans sind frei erfunden. Ähnlichkeiten mit lebenden Personen sind nicht beabsichtigt.

Ich danke all meinen Beratern dafür, dass sie stets ein Ohr für meine Fragen hatten. Meinen Freunden danke ich, dass sie nicht müde geworden sind, sich immer wieder neue Szenen anzuhören und über die Erlebnisse meiner Kommissarinnen zu diskutieren.

Besonders erwähnen möchte ich Herrn Jürgen Fehn von der Polizei NRW, der mir die Arbeit der Polizei näher gebracht und sich geduldig Zeit für meine Fragen genommen hat.
Vielen Dank dafür!

Zum Schluss denke ich an meine Lektorin Ina Coelen, die mir viele hilfreiche Tipps gegeben und mir gezeigt hat, wie man kleine Kanten rund schleift.
Herzlichen Dank für deine Zeit für mich!

Herausgegeben von Ina Coelen

Abmurksen und Tee trinken

– Bitterböse Mordgeschichten –

ISBN 978-3-936783-45-2 · 280 Seiten · € 9,90

Diese dunklen Kriminalgeschichten sind ein Genuss der besonderen Art. Genau wie z. B. Tee, Russische Schokolade, Negerküsse, Lakritzlikör, schwarzer Kaffee, Cappuccino, Caffè corretto oder Frappé. Sie alle verwöhnen unsere Sinne, lassen den Blutzuckerspiegel steigen, wirken stimmungsaufhellend oder anregend.

Die Krimiautorin Ina Coelen, die ihre Schwäche für schwarzen Tee, dunkle Schokolade und finstere Geschichten nicht abstreitet, hat einige der bekanntesten deutschsprachigen Krimiautorinnen und -autoren dazu angestiftet, ihre Kurzkrimis dunklen Genussmitteln zu widmen.

Kriminalgeschichten
(und mörderisch gute Rezepte) von
Christiane Dieckerhoff, Jürgen Ehlers,
Brigitte Glaser, Peter Godazgar,
H. P. Karr, Arnold Küsters, Ulla Lessmann,
Niklaus Schmid, Gesine Schulz
und anderen.

Gesine Schulz

Grab mit Aussicht

*11 saubere Fälle der
Privatdetektivin & Putzfrau Karo Rutkowsky*

ISBN 978-3-936783-42-1 · 230 Seiten · € 9,90

*Ganz gleich, ob sie einen Mord aufklären soll, hinter
Wollmäusen her ist oder entführte Blutegel jagt –
Karo Rutkowsky, Privatdetektivin mit schwacher Auftrags-
lage sowie erfolgreiche Putzfrau von Villen und Lofts,
erledigt ihre Fälle mit Schwung.
Nicht immer legal, aber gründlich.*

» . . . mit viel Humor und feiner Ironie geschildert«
MICHAELA PLATTENTEICH, Westdeutsche Zeitung

*»Ihre von Leichtigkeit und trockenem Humor geprägten
Kurzkrimis . . .«*
DAGMAR SCHWALM, Westdeutsche Allgemeine Zeitung

»Wild und witzig«
CAROLA DUNN, Autorin von *»Miss Daisy und der Tod im Wintergarten«*

TIERISCHE KRIMINALGESCHICHTEN

Herausgegeben von Ina Coelen & Arnold Küsters

Ausgefressen

ISBN 978-3-936783-37-7 · 288 Seiten · € 9,90

Des Deutschen liebstes Haustier ist das halbe Hähnchen – heißt es. Ein harmloser Kalauer, verglichen mit dem Inhalt dieser Anthologie. In »Ausgefressen« geht es um tierisch mörderische Geschichten.
Der Leser trifft auf den »Killerkakadu von Krefeld« und erlebt den »Schafsmord in Hamminkeln«. Wer kann schon einer Katze widerstehen? Was hat ein Testament mit Spinnen zu tun? Oder warum Fliegen töten können? Finden Sie es heraus. Die lieben Haustierchen warten schon auf Sie.
Einige der bekanntesten deutschsprachigen Krimiautorinnen und -autoren haben hinter Katzenklo und Hundekörbchen recherchiert – oder ihren Goldfisch beschattet. Herausgeber der ungewöhnlichen Haustier-Anthologie sind die niederrheinischen Autoren Ina Coelen und Arnold Küsters.
Die Krefelderin hat eine ganz besondere Beziehung zu Katzen. Arnold Küsters bekam von seinem Golden Retriever Robin die Pfote auf die Brust gesetzt. Ihm blieb keine Wahl.

Tierisch gute Kriminalgeschichten u. a. von
**Jürgen Ehlers, Kathrin Heinrichs, H. P. Karr,
Paul Lascaux, Ulla Lessmann, Hartwig Liedtke,
Susanne Mischke, Niklaus Schmid,
Klaus Stickelbroeck.**